특명관 3

특명관 3
일본공격

이원호 지음

HANGYEOL
MEDIA

차례

1장
일본공격

후버와 윌슨이 방을 나간 것은 30분쯤이 지난 후다. 그때는 국무장관 리빙스턴이 따라 나갔고 오벌룸에는 부시와 비서실장 마이클, 안보보좌관 포크너까지 셋이 남았다. 고개를 든 부시가 포크너에게 말했다.

"블랙스턴을 불러."

"예, 각하."

벌떡 일어선 포크너가 방을 나가더니 5분쯤 지나서 장신의 50대 사내와 함께 들어섰다. 회색 머리칼에 푸른 눈동자의 백인, CIA의 관리담당 부장보인 블랙스턴이다. 블랙스턴은 CIA 경력 25년, 10년 동안 해외작전국에 근무한 경력도 포함되어 있다. 후버의 후임자 서열로는 3위. 오히려 윌슨보다 경력이 세다. 지금은 리스타연합 사장이 되어 있는 해밀턴과 같은 급이었다. 인사를 한 블랙스턴이 자리에 앉았을 때 부시가 시선을 들었다. 블랙스턴은 옆방에서 기다리고 있었던 것이다.

"블랙스턴, 방금 당신 보스 후버가 다녀갔어."

알고 있었기 때문에 블랙스턴은 시선만 주었다. 부시가 말을 이었다.

"이번 이라크군 숙청으로 후세인 제거는 물 건너간 것 같은데, 이거 우연이야? 어때? 조사해 보았어?"

마침내 부시가 본론을 꺼내었다. CIA 내부의 배신으로 이라크군 내부의 동조자가 발각되었을지도 모르는 것이다. 그때 블랙스턴이 정색했다.

"각하, 그것은 다음과 같은 질문으로 끝나게 됩니다."

"무슨 말야?"

부시가 짜증을 냈다.

"대통령 앞에서 모호한 소리 하지 마, 그 자리에 앉아 있고 싶으면."

"이 질문에 대답하시면 됩니다, 각하."

"말해, 갓댐."

"각하께서 후버와 저 둘 중에서 누구를 믿으십니까? 그것만 대답해주시면 됩니다."

그때 부시가 고개를 저었다.

"대답 안 하고 끝내자고, 갓댐."

바그다드를 출발한 리스타 소속의 화물기 L-174호가 리스타랜드 공항에 도착했을 때는 오후 9시 반이다. 어둠에 덮인 공항 활주로를 벗어나 화물기 격납고로 들어선 L-174호가 멈춰 섰다. 화물기의 뒤쪽 문이 열리더니 먼저 사내 셋이 내려왔다. 단정한 양복 차림의 아랍인. 그러나 수염을 말끔하게 깎아서 유럽인으로도 보인다. 경호원이다. 그 뒤로 사담 후세인 대통령의 모습이 드러났다. 후세인이 리스타랜드에 온 것이다. 그때 아래쪽에서 기다리고 있던 리스타 그룹 회장 이광이 후세인에게 다가갔다. 이광이 마중을 나온 것이다. 두 팔을 벌리고 다가간 이광을 보자 후세인이 활짝 웃는다. 후세인도 두 팔을 벌리고 다가가 이광을 부둥켜안았다. 뺨을 서로 부딪치면서 입을 맞추기를 세 번째 끝내고 떨어졌을 때다. 이광이 낮게 말했다.

"리."

그때 후세인이 대답했다.

"광."

진짜다. 몸을 뗀 둘은 나란히 대기시킨 리무진으로 다가갔다. 비밀 방문이어서 텅 빈 격납고에는 경호원들뿐이다. 마중 나온 안학태는 후세인과 눈인사만 했다. 이번에 후세인은 수행 경호관 타카트만 대동하고 온 것이다, 물론 쿠르크족 경호원과 함께.

리무진에는 이광과 후세인 둘이 탔다. 이곳은 리스타랜드다. 리무진의 앞쪽 좌석과는 칸막이가 되어 있어서 둘이 앉은 뒷좌석은 밀실이다. 차가 출발했을 때 이광이 후세인에게 말했다.

"숙소를 바닷가의 별장으로 정했습니다. 제 별장에서 100미터쯤 떨어진 곳이지요."

이광이 웃음 띤 얼굴로 말을 이었다.

"저도 각하가 이곳에 계시는 동안 옆쪽 별장에 머물겠습니다."

"그것 잘됐군."

후세인이 만족한 얼굴로 고개를 끄덕였다.

"난 바닷가 별장이 꿈이었어. 거기서 할렘을 만들고 사는 것이지."

"그렇습니까? 그럼 제가 이곳에다 만들어 드리지요."

이광이 정색하고 말했을 때 후세인이 고개를 끄덕였다.

"이 회장이 만들어주게."

후세인이 정색하고 있었기 때문에 이광이 숨을 들이켰다.

"지금 가시는 별장이 좁다고 느끼시면 얼마든지 확장할 수 있습니다."

"난 언젠가는 국제사회의 공적(公敵)으로 몰려서 제거될 거야. 이번에는 CIA가 내 이용 가치가 조금 남아있다고 생각해서 미리 정보를 주었지만 말야."

"……"

"이번에 부시가 날 제거해서 국내 경제를 추락시킨 것을 만회할 계획이었다가 CIA의 비협조로 무산되었어."

"……"

"이것으로 부시의 재선은 물 건너갔고 클린턴이 대통령으로 당선될 거야."

"……"

"하지만 난 언젠가는 미국의 제물이 돼. 날 제거하면 미국은 얻는 것이 많아. 알고 있지?"

"알고 있습니다."

"미리 대비를 해야 돼. 그래서 내가 자네를 만나러 온 거야."

"잘 오셨습니다."

이광이 고개를 끄덕였다. 이광은 그동안 후세인의 비자금을 관리해온 것이다. 후세인은 이광의 리스타투자의 대주주로 참여해서 투자금을 늘린 공신이다. 지금 후세인의 비자금은 1천억 불이 넘는다. 그때 후세인이 손을 뻗쳐 이광의 손을 잡았다.

"이 회장, 내가 지금까지 삼인일역(三人一役) 또는 이인일역(二人一役) 해왔지만 곧 나로 돌아가겠어. 그것은……"

"일인일역(一人一役)을 말씀 하십니까?"

후세인이 말하기 거북하다고 느낀 이광이 대신 물었다. 그러자 후세인이 고개를 끄덕였다.

"그래, 내가 여기 온 건 그것 때문이야. 이건 자네한테 직접 내가 말해야 될 일이어서."

"알겠습니다, 각하."

이광이 후세인의 손을 힘주어 잡았다.

"제가 적극 협조해 드리지요."

"지금은 아냐, 이 회장."

"알고 있습니다. 이번 사건이 끝났으니까 조금 시간은 있을 것입니다."

"클린턴 시대에는 날 건드리지 못할 거야."

"재선이 되면 8년은 여유가 있겠지요."

"나도 지쳤네."

갑자기 긴 숨을 뱉은 후세인의 얼굴에 쓴웃음이 번졌다.

"내 능력의 한계를 느껴."

"각하, 기운 내시지요."

"지금 내 대역이 바그다드에서 내 역할을 하고 있지만 카심이나 모하메드하고 10분만 이야기를 한다면 정체가 탄로 나겠지."

"장관이나 실장 모르게 떠나오신 건 아니지요?"

"그들에게 대역을 잘 모시라고 이야기 해주고 왔어."

고개를 끄덕인 이광을 향해 후세인이 쓴웃음을 지었다.

"앞으로 대역 이야기를 하지 않고 이곳으로 올 거야. 대역을 연습시켜야지."

이광이 다시 고개를 끄덕였다. 그러다가 대역을 놓고 사라지면 될 것이다. 대역이 본인이 진짜 후세인이라고 믿으면 더 좋고, 그렇게 만들지 못한다면 다른 방법도 있겠지.

타카트 소장이 데려온 측근 경호원은 모두 9명이다. 모두 쿠르크족 전사로 지금은 남방셔츠에 바지 차림으로 위장했는데 무장을 했기 때문에 셔츠가 헐렁했다. 오전 10시, 정재국이 별장 현관 앞에서 만난 타카트에게 물었다.

"각하께서 낚시하러 가실 때 당신도 수행하겠지?"

"당연히."

타카트가 웃음 띤 얼굴로 말을 이었다.

"요트가 60인승이더군. 훌륭해."

"요트 1척이 더 따라갈 거야. 거기에는 내가 타고 가."

"좋아, 부탁해."

"그런데 타카트."

정재국이 목소리를 낮췄다.

"대통령 각하께 시중들 여자 넷을 태웠어. 아무래도 여자가 있어야 될 것 같아서."

정재국과 타카트는 같은 소장 계급이라 말을 놓는다. 타카트가 7, 8년 연상이지만 정재국이 개의치 않았기 때문이다. 그리고 타카트도 그것을 자연스럽게 받아들인다. 고개를 끄덕인 타카트가 몸을 돌렸다. 후세인은 오늘 요트를 타고 바다낚시를 할 예정이다. 후세인이 원했기 때문이다. 그래서 이광은 후세인에게 자신의 요트를 내놓고 준비시켰는데 시중들 여자 아이디어는 안학태가 내놓았다. 정재국은 후세인의 경호역 및 대리인, 역할까지 맡고 있는 터라 제일 바쁘다.

오전 10시, 바그다드 시간이다. TV 화면에 나온 후세인 대통령이 입을 열었다.

"국민 여러분, 정부는 경제개발을 위해 5년 계획을 수립했습니다. 올해에는 중공업 발전을 위해 정부는 대규모 투자를 할 것입니다."

후세인의 표정은 엄격했다. 뒤쪽에 각료들이 늘어서 있었기 때문에 회담장 안 분위기는 엄숙했다.

요트 안에서 남방셔츠 차림의 후세인이 TV에 비친 후세인을 쳐다보고 있다. 후세인 옆에는 이광이 앉아 있었는데 얼굴에 웃음이 떠올라 있다. 그때 후세인의 손짓을 받은 타카트가 리모컨으로 TV의 음 소거를 시켰다. 고개를 든 후세인이 이광을 보았다.

"어때?"

"똑같습니다."

TV에서 입만 벙긋대는 대역을 보면서 이광이 말을 이었다.

"뒤에 선 장관들도 모르고 있겠지요?"

"카심과 모하메드만 알고 있어."

후세인이 눈으로 대역을 가리켰다.

"저놈은 50퍼센트야."

"무슨 말씀입니까?"

"용모는 똑같지만 내 머릿속의 50퍼센트 정도만 알고 있지."

"아!"

감탄한 이광이 후세인을 보았다.

"또 있습니까?"

"있지, 70퍼센트가."

후세인이 웃음 띤 얼굴로 말을 이었다.

"그놈은 아껴두고 있어. 내 오랜 측근인 카심과 모하메드하고 30분쯤

이야기를 시켜도 알아채지 못할 거야."

그러더니 후세인이 아직도 떠드는 대역을 가리켰다.

"저놈은 10분도 견디지 못할걸?"

그러자 이광이 얼굴을 펴고 웃었다.

"마치 비장의 무기를 숨겨 두신 것처럼 말씀하시는군요."

"맞아."

따라 웃으면서 후세인이 자리에서 일어섰다.

"저놈들 둘은 원자탄 두 발보다도 더 나한테 가치 있는 무기야."

후세인이 옆에 놓인 낚싯대를 잡고 선실을 나갔다. 이곳 시간은 오후 2시가 지나고 있다.

밤 10시 반, 리스타랜드의 시간이다. 베란다의 의자에 앉아 있던 후세인이 다가오는 정재국을 보더니 이를 드러내고 웃었다. 어둠 속에서 이가 하얗게 드러났다. 3미터쯤의 거리를 두고 멈춰선 정재국이 고개를 숙여 절을 했다. 이광과 함께 낚시를 하면서 후세인은 요트에서 저녁까지 먹고 별장으로 돌아왔다. 이광은 옆쪽 별장으로 돌아갔고 후세인은 휴식 중이다. 베란다의 탁자에는 놀랍게도 위스키 병과 안주가 놓여 있다. 후세인 뒤쪽의 어둠 속에 타카트가 서 있을 뿐 베란다에는 셋이 모여 있다. 그때 후세인이 입을 열었다.

"정, 네 직책은 특명관이야. 아직도 내가 고용한 부하다. 아느냐?"

"예, 각하."

부동자세로 선 정재국이 후세인을 보았다. 그렇다. 그리고 그 이상이다. 처음에는 고용되었지만 지금은 후세인에 대한 충성심이 뭉쳐 있다. 물론 그것은 후세인과 이광의 굳은 우정을 기반으로 한 것이다. 그때 후세인이 손을 들어 가깝게 오라는 손짓을 했다.

"예, 각하."

정재국이 두 걸음쯤 거리로 다가가 섰을 때 후세인이 먼저 길게 숨부터 뱉었다.

"네가 필요해, 특명관."

"예, 각하."

"난 언젠가는 이곳에서 살 거야."

"예, 각하."

"난 대역이 두 놈이나 있어. 그놈들 중 하나가 내 역할을 하다가 끝날 거다."

"예, 각하."

대답은 했지만 정재국은 머리끝이 솟는 느낌을 받는다. 그때 후세인이 말을 이었다.

"너, 내가 이 세상에서 믿고 있는 사람이 누군지 아느냐?"

알 리가 없는 정재국이 숨만 쉬었고 후세인이 말을 이었다.

"지도자를 말한다. 제대로 된 지도자."

정재국의 어깨가 늘어졌다. 하마터면 자신도 그 속에 끼어 있다고 말할 뻔했다. 그때 후세인이 똑바로 정재국을 보았다.

"딱 하나야. 리스타의 이 회장이다. 그 외의 인간은 아무도 안 믿는다."

숨을 죽인 정재국의 귓속에 후세인의 목소리가 파고들었다.

"물론 내 부하들은 믿지, 너를 포함해서."

"지금 뭐하시는 거야?"

카심이 묻자 모하메드가 한숨을 쉬었다.

"어제는 요트를 타고 낚시를 했답니다."

"음, 낚시질."

카심이 감동한 표정으로 고개를 끄덕였다. 대통령궁의 경호실장실이다. 오후 5시 반, 리스타랜드는 이미 9시 반이 되어 있을 것이다. 모하메드는 정재국의 연락을 받았다.

"각하께서도 쉬고 싶으시겠지, 이해해."

"그래요, 우리가 너무 피곤하게 해 드린 것도 있고."

모하메드가 시선을 내렸을 때 카심이 혀를 찼다.

"모하메드, 이제 그만 자책해."

"각하께 죄송해서 그럽니다."

"지금 말하지만 각하는 특명관이 증거 자료를 갖고 오기 전부터 널 믿고 계셨어. 나한테도 말씀하셨다고."

"하미드의 사촌 되는 놈이 정보국 소령으로 남아 있어서 그놈을 오늘 오후에 사고로 처리했습니다."

"이런."

이맛살을 찌푸린 카심이 모하메드를 보았다.

"명단에 있었던 놈이야?"

"있었다면 특명관이 처리했겠지요."

"하미드가 자백했나?"

"아닙니다."

"그럼 왜?"

"자백은 안 했지만 그놈은 하미드의 후광으로 진급했을 겁니다. 그리고 정보를 주었을 가능성도 크고요."

"하미드 가족이 눈치채지 않았을까?"

"교통사고로 처리했습니다. 민간인 화물차가 그놈 지프를 깔아뭉갠 것이지요."

"……."

"하미드 그놈 일족 중에서 군이나 정보기관에 있는 놈들은 다 없앨 겁니다."

카심이 길게 숨을 뱉었다. 할 말이 없어졌기 때문이다.

"카다피가 지금 많이 위축되어 있더군."

후세인이 커피 잔을 내려놓으면서 말했다.

"거의 외부 행사에 나타나지도 않고 대통령궁에 박혀 있어."

오후 1시 반, 리스타랜드 시간이다. 둘은 후세인의 별장에서 점심을 먹고 있는 중이다. 후세인이 말을 이었다.

"카다피를 보면 내가 떠올라. 반면교사 역할이야."

이광이 고개를 끄덕였다. 카다피는 1942년생, 후세인은 1937년생이다. 후세인이 5살 연상인 것이다. 그리고 둘 다 아랍의 이단자, 또는 반항자, 미국과 적대적인 국가의 수장이다. 그리고 또 있다. 카다피는 27세였던 1969년, 중위 시절에 군사 쿠데타를 일으켜 정권을 장악했다. 그리고 후세인은 1968년, 알바르크 장군의 무혈 쿠데타에 가담, 바르크 대통령의 보좌관이 된 후에 1979년 바르크를 처형하고 권력을 쥐었다. 둘 다 쿠데타로 집권했고 반미주의자다. 그때 후세인이 흐린 눈으로 이광을 보았다.

"카다피는 융통성이 없어."

후세인은 리스타랜드에서 5일 동안 머물고 돌아갔다. 공항에 배웅 나온 이광에게 다음에는 10일간 머물 것이라고 약속했다. 이광은 그동안 후세인이 머물 별장을 다시 짓겠다고 해서 기쁘게 만들었다. 물론 정재국은 후세인과 함께 돌아갔다.

밤에 출발해서 밤에 도착했기 때문에 다음 날 아침에 후세인이 대통령궁 집무실에서 카심과 모하메드를 불러놓고 물었다.

"어떠냐? 별일 없었지?"

"예, 각하."

카심이 먼저 대답했다.

"장관들이나 정보국장까지 전혀 눈치채지 못했습니다, 각하."

정보국장까지 거론하자 후세인이 빙그레 웃었다.

"정보국장도 몰랐다면 위장이 성공한 셈이군."

"예, 각하."

후세인의 시선이 둘을 번갈아 보았다.

"언젠가는, 그러니까 5년 후가 될지 8년 후가 될지 모르지만 난 리스타랜드에 가서 살 거다. 그때까지 이라크는 내가 없어도 잘 살 수 있도록 만들어야겠지."

둘은 긴장으로 굳어져 있었지만, 후세인의 얼굴에는 웃음이 떠올랐다.

"내가 떠난 후에 너희들 둘이 이라크를 통치해도 된다."

"각하."

모하메드가 서두르듯 말했다.

"그때는 제가 모시고 가겠습니다."

"안 돼."

일언지하에 거절한 후세인이 이맛살을 찌푸렸다.

"내 계획을 망치지 마라, 모하메드."

"예, 각하."

"네가 따라가면 내 정체가 탄로 날 가능성이 커."

"저도 대역을 만들어 놓는다면 가능한 일이 되지 않겠습니까?"

"미친놈."

입맛을 다신 후세인이 고개까지 저었다.

"나야 외모가 준수한 데다 이라크인의 전형적인 모습이지만, 너같이 못생긴 놈의 대역은 찾기 힘들 거다."

모하메드는 숨만 쉬었고 카심은 태연했지만, 콧구멍이 벌름거렸다. 후세인이 말을 이었다.

"나는 10여 년간 공을 들여서 대역의 성형수술을 수십 번 시키고 목소리까지 변형시킨 거다. 그동안 대역에 실패해서 죽은 놈이 8명이나 되지 않느냐?"

"그렇습니다, 각하."

"너희들은 내가 떠나면 이라크를 맡아 통치하란 말이다."

"예, 각하."

마침내 모하메드가 고개를 숙였다. 세상에 이런 이야기를 나누는 대통령, 장관, 경호실장이 있겠는가? 있다.

조지 허버트 워커 부시는 후세인의 예상대로 재선에서 패배했다. 부시는 4년간의 재임 중에 냉전을 종식시킨 업적을 이루었고 베를린 장벽이 무너진 역사적인 사건에 대한 공적도 있었지만, 국내 경제가 나빠진 데다 내정 문제에 약점이 잡힌 것이다. 클린턴이 그것을 파고들어 '바보야, 문제는 경제다'라는 슬로건으로 부시를 낙마시킨 것이다.

"특명관, 네가 할 일이 있다."

후세인이 정재국에게 말했을 때는 클린턴이 취임한 지 한 달쯤 지난 어느 날 오후다. 정재국은 여전히 헌병사령관 겸 특명관 직을 맡고 있었는데 이젠 이라크어도 익숙해져서 듣는 건 문제가 없다. 부동자세로 선 정재국에게 후세인이 영어로 말을 이었다. 얼마 전부터 후세인은 정재국에게 영어, 아랍어를 번갈아 쓴다.

"이번 작전지는 일본이야."

긴장한 정재국을 보자 후세인이 고개를 돌려 옆쪽에 앉은 카심에게 말했다.

"장관, 말해줘라."

"예, 각하."

카심이 정재국을 향해 돌아앉았다.

"특명관, 일본 노무라 투자신탁에서 우리 비자금을 관리하다가 무려 1천6백억 불의 손실을 끼쳤다. 우리 허가 없이 투자를 했다가 날린 건데 핑계를 대고 손실 보전을 거부하고 있어."

카심의 두 눈이 번들거렸다.

"미국의 배경을 믿고 있는 거지. 그놈들은 계약서상 조건도 무시하고 있어."

"어떻게 처리합니까?"

"돈을 받아내는 것이지. 그러기 위해서는 폭력적인 방법밖에 남은 게 없다."

"예, 알겠습니다."

그때 후세인이 웃음 띤 얼굴로 말을 이었다.

"너한테 맡기겠다, 특명관."

대통령 집무실을 나온 정재국에게 카심이 쪽지를 내밀었다.

"이건 일본주재 이라크 대사관에 있는 정보원 이름과 연락처야. 이 친구가 안내역까지 맡을 거다."

"알겠습니다."

쪽지를 받아 넣은 정재국이 어깨를 폈다. 일본 원정인 것이다. 그때 카심이 말을 이었다.

"그동안 헌병사령관은 내가 겸임할 거야."

"알겠습니다."

둘은 붉은색 양탄자가 깔린 복도를 나란히 걸어가는 중이다. 그때 카심이 웃음 띤 얼굴로 정재국을 보았다.

"정, 리스타랜드에서 각하가 잘 지내시더냐?"

정재국의 시선을 받은 카심이 쓴웃음을 지었다.

"리스타랜드에서 돌아오신 후에 각하가 놀랄 만하게 밝아지셔서 그런다."

"예, 매일 요트를 타고 바다낚시를 하셨습니다. 이 회장님과 함께 말입니다."

"그런가?"

"자주 웃으시더군요. 저도 각하께서 그렇게 소리 내어 웃으시는 건 처음 보았습니다."

"권력도 한계가 있는 것이지. 끝이 있다는 말이야."

카심이 복도 복판에 멈춰 서서 정재국을 보았다.

"그렇지 않으냐?"

"예. 동양에도 그런 속담이 있습니다, 장관님."

"어떤 속담인데?"

"화무십일홍. 즉, 꽃은 열흘이면 떨어진다는 말입니다."

"흠."

"권불십년. 권력은 10년 이상 지속되지 않는다는 말입니다."

"그렇군. 중국 속담인가?"

"한국 속담입니다."

"오, 넌 미국에서 자랐다면서 그것까지 아는군."

"미국 육군사관학교에서 배웠습니다."

그것을 중국 속담으로 배웠지만, 한국으로 바꿨다. 고개를 끄덕인 카심이 다시 발을 떼면서 말했다.

"나도 리스타랜드로 가고 싶다."

카심이 길게 숨을 뱉었다.

"특명관, 일본에 다녀와서 이야기 하자."

"잘되었습니다."

이칠성이 얼굴을 활짝 펴고 웃었다. 이곳은 헌병 사령관실, 소파에는 정재국과 이칠성, 박상철이 둘러앉아 있다. 정재국이 방금 후세인의 지시를 말해준 것이다. 박상철이 상기된 얼굴로 말했다.

"일본, 좋죠. 가십시다."

그때 정재국이 이맛살을 찌푸렸다.

"이 자식들, 놀러 가는 게 아니다. 정신 차리지 않으면 골로 가게 될 거야."

둘이 긴장했고 정재국의 말이 이어졌다.

"1천6백억 불이야. 이건 지난번 작전들보다 몇 배나 더 어렵고 힘들단 말야. 간단한 일이 아니다."

그리고 시간도 더 걸릴 것이다.

도쿄, 긴자의 요릿집이 모인 야스코 골목에 위치한 아카사카 요정 안, 안쪽의 밀실에서 노무라 투자신탁의 다케다 부사장이 투자국장 가네모리와 둘이 마주 앉아 있다. 오후 7시 반, 방 안은 조용하다. 방음 장치가 되어 있기 때문이다. 다케다가 입을 열었다.

"요즘은 이라크에서 연락이 안 오는데, 오히려 더 불안해져서 총리실에 연락을 했어."

"잘하셨습니다."

반색을 한 가네모리가 한숨까지 쉬었다.

"저도 시간이 지날수록 먹은 것이 소화가 안 되고 요즘은 변비까지 걸렸습니다."

"흥."

쓴웃음을 지은 다케다가 가네모리를 흘겨보았다.

"사내 녀석이 그렇게 간뎅이가 작아서야 어떻게 큰일을 하겠나?"

"죄송합니다, 부사장님."

"이건 국익을 위한 일이야. 우리가 1천4백억 불을 횡령한 것도 아니라고. 투자하다가 생긴 일이야."

"이라크 측에서는 1천6백억 불이라고 합니다."

"마음대로 불리라고 해, 우린 지불할 수 없으니까."

"이라크에 진출한 도요타, 후지, 가토 건설의 자산을 압류할 수도 있습니다."

"흥. 그건 국제법에 걸려서 힘들 거다."

술잔을 든 다케다가 한 모금에 정종을 삼키더니 가는 눈을 더 가늘게 떴다. 다케다는 165센티 정도의 키에 체중이 80킬로가 넘었기 때문에 앉은 모습이 꼭 드럼통 같다. 55세, 차기 사장을 바라보는 인물로 노무라 투자신탁의 서열 10위권 안에 드는 거물이다.

"가네모리."

"예, 부사장님."

가네모리가 반듯이 앉았다. 47세, 180센티의 신장에 90킬로의 거구. 도쿄대학 정경학부 졸업, 다케다의 대학 후배로 심복이다. 넓은 얼굴, 두툼한 콧날과 굳게 닫은 입술, 노무라 투자신탁의 핵심 부서인 해외 금융투자국의 국장이다. 증권 내부 서열 30위권, 30위에서 39위 안에 드는 인물이니 이것도 거물이다. 노무라 투자신탁은 일본 제1의 투자증권 상사로 임직원이 3만 명이나 되는 대기업이다.

"좀 크게 봐라, 가네모리."

"예, 부사장님."

"이번에 CIA가 후세인을 제거하려다가 좌절되었어."

"그렇습니까?"

놀란 가네모리가 숨을 들이켰다.

"안타깝습니다. 성공했다면 좋았을 텐데요."

"흥."

쓴웃음을 지은 다케다가 다시 술잔을 들었다.

"세상이 그렇게 단순한 것이 아니야."

"어떻게 좌절되었습니까?"

"군부에 있는 CIA 내통자들을 대거 색출해서 처형한 것이지."

다케다가 입맛을 다셨다.

"공교롭게도 말야. 그래서 CIA의 작전이 좌절된 것이나 같다."

"그런데요."

다시 자리를 고쳐 앉은 가네모리가 다케다를 보았다.

"후세인이 잠자코 있을까요? 투자금 회수 말씀입니다."

"그래서 내가 총리실에 간 건데."

다케다가 목소리를 낮췄다.

"대비해주겠다고 했어."

"아!"

감동한 가네모리가 그때서야 술잔을 쥐었다.

"그럼 안심했습니다, 부사장님."

가네모리가 존경심에 가득 찬 얼굴로 다케다를 보았다.

"수고하셨습니다, 부사장님."

총리실에는 '부속실'이 있다. 그곳에서 모든 정보를 통합, 작전 지시까지 내리는 것이다. 미국의 CIA 역할이다. 패전 후에 정보국을 만들 수 없도록 되어 있었던 터라 총리실의 부속실에서 정보국을 대신하는 것이다.

대사 집무실로 들어선 소가가 두 손을 모으고 절을 했다. 일본식 절, 그때 소파에 앉아 있던 타이란 대사가 손으로 앞쪽 자리를 가리켰다.

"앉아요."

타이란은 52세, 호주 주재 이라크 대사를 지내다가 작년에 일본으로 옮겨 왔다. 영전이다. 일본은 미국, 영국, 프랑스에 이어서 1급지다. 이 4곳을 거친 대사는 외교차관으로 승진하는 것이 관례다. 소가가 자리에 앉았을 때 타이란이 번들거리는 눈으로 시선을 주었다. 타이란은 거구다. 180쯤의 신장에 100킬로가 넘는 체격, 아랫배가 나와서 셔츠 단추가 튕겨 나올 것 같다. 까다롭고 치밀한 성품, 웃는 얼굴을 거의 보이지 않는다. 권위적이어서 참사관, 영사들이 설설 긴다. 타이란의 백이 대통령 경호실장 모하메드 대장이라는 소문을 소가도 들었다. 본인이 그런 분위기를 풍겼기 때문이겠지.

"소가 씨, 가족은 아직도 미국에 있지?"

불쑥 타이란이 묻자 소가는 긴장했다.

"예, 대사님."

고개를 끄덕인 타이란이 다시 물었다.

"우리 대사관 근무가 2년 반인가?"

"그렇습니다, 대사님."

"소가 씨는 미국에서 살다가 대학은 일본에서 마쳤더군. 국적이 미국이고."

"예, 대사님."

"지금도 독신이고?"

"그렇습니다, 대사님."

"사귀는 남자 있나?"

"지금은 없습니다."

다시 고개를 끄덕인 타이란이 지그시 소가를 보았다.

"본국에서는 소가 씨를 신뢰하고 있어."

무슨 일인가? 이제는 소가의 눈썹이 조금 모아졌다. 갸름한 얼굴, 맑은 눈, 쌍꺼풀이 없는 눈이 깔끔하다. 곧은 콧날과 다소 고집스럽게 다물린 입, 소가 아사코는 일본 주재 이라크 대사관의 문화 담당관이다. 27세, 대학을 졸업하고 이라크 대사관에 채용된 지 2년 반, 그동안 2번 바그다드에 들어가 보안 교육까지 받은 준영사급이다. 그때 타이란이 말을 이었다.

"며칠 후에 본국에서 어떤 분이 올 거야. 소가 씨는 그분의 수행비서 역할을 해야 돼."

"그분이 누구신데요?"

소가가 묻자 타이란은 고개를 저었다.

"그건 나도 잘 모르겠어, 아니⋯⋯."

타이란이 소가를 쳐다보았는데 눈동자가 흔들렸다. 소가는 타이란의 이런 표정은 처음 보았다. 물론 자주 접촉할 기회는 없었지만.

"내가 그분에 대해서 말할 수는 없어."

분위기가 '그분'이 타이란보다 상급자인 것 같았기 때문에 소가는 입을 다물었다.

총리실 부속실장 히데다다는 전(前) 비서실장 오무라한테서 모든 정보 조직과 자료를 인계 받았다. 그것이 3년 전이다. 오무라가 사라진 후에 총리실은 비서실과 부속실로 나뉘어졌는데 부속실이 정보국 역할이다. 따라서 히데다다는 일본 정보국 최고 책임자다. 경찰, 군, 민간 기업의 모든 정보를 총괄, 수집, 작전까지 책임지고 있다. 히데다다는 57세, 경시청 정보국장 출신으로 총리 비서실에서 오무라한테서 오랫동안 교육을 받았기 때문에 '수제자'로 불린다. 보수적인 사고를 가진 인물로 치밀하지만 과격한 성품으로 정, 관, 인계에 인맥이 많다. 오후 2시 반, 히데다다가 정보 부장 야스오한테서 보고를 받는다.

"실장님, 노무라 투자신탁 증권 다케다 부사장이 이라크 투자금은 상환 불가능하답니다."

"그럴 수도 있는 법이지."

히데다다가 흰 얼굴을 들고 말했다.

"고의로 투자금을 날린 것도 아니니까."

"후세인의 반발을 걱정하고 있었습니다."

야스오는 다케다를 만난 것이다. 부동자세로 선 야스오가 말을 이었다.

"노무라도 세계에 퍼져 있는 정보망을 이용해서 후세인의 동향을 파악한 것 같습니다."

야스오는 48세, 야심만만한 간부다. 큰 키에 각진 얼굴.

"후세인이 파리나 터키에서 일으킨 사건들을 알고 있거든요."

"흥."

고개를 든 히데다다가 쓴웃음을 지었다.

"일본은 그런 나라하고는 다르다. 후세인의 특공대가 활개를 칠 조건이 아냐."

"다케다는 후세인이 가만있을 성격이 아니라고 합니다."

"네 의견을 듣자."

히데다다가 이맛살을 찌푸리고 야스오를 보았다.

"정보부장답게 말해."

"후세인의 특공대는 특명관입니다."

"알고 있어. 데니스 정이라는 한국계 미국인이라는 것."

"위험하다고 생각합니다."

"위험해?"

"네. 파리 사건도 비자금 관리인이 횡령을 했기 때문에 특명관을 보내 대량 학살을 한 것입니다."

"그놈을 이곳에도 보내리라고 생각하나?"

야스오가 눈만 끔벅이고 있었기 때문에 히데다다가 고개를 끄덕였다.

"노무라 그놈들이 너한테 로비를 한 것 같군."

그래도 야스오가 굳세게 입을 열지 않았고 히데다다가 말을 이었다.

"좋아. 전국 입출국 관리소에 데니스 정 프로필을 보내. 위장할 가능성도 있어. 수배하라고."

마침내 일본 정보국도 움직였다. 일본의 전(前) 정보기관을 말한다.

그날 오후 8시 반, 요코하마의 미 공군 제44 파견대의 활주로에 C-140 수송기가 착륙했다. 44 파견대는 주일 미 공군 수송부대 중 하나로 주로 탄약과 무기류를 운반한다. C-140기는 방금 프랑스에서 날아온 것이다. 화물 격납고로 들어선 C-140기의 뒤쪽 화물창이 열리더니 곧 군복 차림의 사내 셋이 나왔다. 모두 동양인, 각각 대위 계급장을 붙인 미 육군 차림이다. 셋은 대기하고 있던 승합차에 오르더니 곧장 기지에서 달려 나왔다. 승합차는 기지 정문의 경비초소 앞에서 잠깐 멈춰서더니 10초도 안 되어서 다시 출발했다. 그러고는 요코하마 시내를 향해 속력을 내어 달려갔다.

오후 10시 반, 응접실에 있던 소가가 전화기의 벨소리를 들었다. 탁자위의 전화기를 든 소가가 귀에 붙였다.

"여보세요."

"소가 아사코 씨?"

사내 목소리가 울렸을 때 소가는 숨을 들이켰다. 영어, 유창한 영어다.

"네, 그런데 누구시죠?"

"난 맨해튼 퍼싱 고등학교 동창인 마이클이야. 기억나?"

"아."

놀란 소가가 짧게 외쳤다.

"마이클, 오랜만이야. 우리 10년 만인가?"

"졸업한 지 9년이지. 너 결혼했어?"

"아직. 마이클 넌?"

"나도 아직이야."

"그런데 지금 어디야?"

"어딘 어디야? 도쿄지."

사내의 목소리에 웃음기가 섞여졌다.

"나 회사 일로 일본에 왔다가 갑자기 네 생각이 나서, 동창들한테 물어보았더니 네가 외국 대사관에서 일한다던데. 미국 대사관이야?"

"아니."

"어쨌든 내일 시간 있어?"

"좋아, 만나."

소가가 밝은 목소리로 말했다.

"내가 한잔 살게."

녹음기의 버튼을 누른 하타마가 앞에 앉은 오지를 보았다.

"좋아, 통과."

"통과라니요?"

오지가 묻자 하타마가 한숨을 쉬었다.

"보고 올릴 필요가 없다는 말이다. 내 선에서 끝내고 증거로만 보관시켜."

"알겠습니다."

"감시 대상이 27명이나 돼. 요원 12명으로는 벅차단 말이다."

"그렇습니다."

오지는 고개를 끄덕였다. 정보부장 야스오가 이번 작전에 배당해준 요

원은 12명이다. 그것만 해도 대형 사건의 감시 요원보다 많은 것이다. 12명
은 도청요원 3명, 미행요원 6명, 연락요원 3명이었는데 이 인원으로 이라
크 대사관 소속의 주요 인물 27명을 모두 감당하기는 거의 불가능하다.
오지가 녹음기를 들고 일어섰다. 어젯밤 이라크 대사관 문화담당관 소가
아사코의 전화를 녹음한 녹음기다.

소가는 밤에 전화를 해온 마이클이 타이란이 말한 '그분'인 것을 알고
있었다. 타이란한테서 연락을 받았기 때문이다. 다음 날 오전 10시가 되었
을 때 소가가 대사관 건너편의 '문화관'으로 들어섰다. 10층 건물의 3층을
빌려 이라크 소개 사진실과 상품 전시실, 관광지 소개까지 해놓은 문화관
의 실제 책임자는 소가다. 일본인 고용원 3명을 지휘해서 문화관을 운영
하지만 방문객은 하루 20명 정도다. 소가가 들어섰을 때 안내원 미시코가
말했다.
"상품 전시실에서 손님이 기다리세요."
미시코의 얼굴에 웃음이 떠올랐다.
"관장님하고 약속이 되어 있다는데요."
고개를 끄덕인 소가가 곧장 전시실로 다가갔다. '그분'이다. 어젯밤 건
성으로 약속을 한 것은 도청 대비용이다. 오늘 이곳으로 온다는 암시였는
데 정확하게 출근 시간에 맞춰 왔구나.

전시실로 들어선 소가는 벽에 붙여진 유적 사진을 쳐다보고 있는 장신
의 사내를 보았다. 양복 맵시가 어울리는 건장한 몸매, 뒷모습만 보인 채
사내가 혼자 서 있다. 인기척으로 몸을 돌린 사내와 시선이 마주쳤다. 동
양인, 윤곽이 굵은 얼굴, 담담한 표정이지만 눈빛이 강하다. 이 사람이 '그

분'인가?

몸을 돌린 정재국이 여자를 보았다. 머리를 틀어서 뒤쪽으로 묶어 올렸고 긴팔 셔츠에 바지 차림, 단화를 신었지만 날씬한 몸매, 갸름한 얼굴, 섬세한 윤곽의 미인, 옷 색깔이 검정색이어서 흰 얼굴이 환한 느낌이 든다. 여자가 세 걸음 앞에서 멈춰 섰을 때 정재국이 물었다.

"소가 씨?"

"네, 접니다."

소가는 어젯밤의 전화 목소리가 아닌 것을 알았다. 이 목소리는 굵고 낮지만 분명하다. 같은 영어를 썼지만 다르다. 그때 사내가 고개를 끄덕이면서 말했다.

"어젯밤에는 다른 사람이 전화했어요."

"네."

"회사에 휴가원을 내고 집을 나오시도록. 오후 8시까지 시부야의 오리엔트호텔 로비에서 만나지."

"예, 알겠습니다."

"감시받고 있을 테니까 짐 같은 건 갖고 오지 않아도 돼."

정재국이 몸을 돌렸다.

노무라 투자신탁 증권의 오꾸보 회장은 63세, 15년 째 회장 직을 유지하고 있는 이유는 오꾸보가 노무라 투자신탁 증권의 주식 22퍼센트를 보유하고 있을 뿐만 아니라 회사 정관에 대주주인 노무라가 무기한으로 대표 이사 회장 직위를 유지하도록 기록되어 있기 때문이다. 오전 10시 반, 오꾸보가 회의실로 들어서자 기다리고 있던 간부들이 일제히 일어섰다. 도쿄 긴자에 위치한 노무라 빌딩은 57층 빌딩으로 도쿄 전역에서 보이는 명물이다. 그 56층에 회장실과 회장이 주재하는 회의실이 있다. 고개를 끄덕인 오꾸보가 자리에 앉았을 때 원탁에 간부들이 앉았다. 간부들의 면면은 사장 사사끼, 비서실 사장 모리, 그리고 부사장 다케다와 말석에 투자국장 가네모리가 끼어 앉아 있다. 의자에 등을 붙인 오꾸보가 사사끼에게 물었다.

"말해라, 사사끼."

"예, 회장님."

사사끼는 56세, 오꾸보의 비서 출신으로 2인자인 사장에 오른 인물이다. 따라서 지금 비서실장 모리의 선배. 사사끼와 모리는 오꾸보의 좌우손이나 같은 존재인 것이다. 그때 사사끼가 말했다.

"다케다가 총리 부속실의 정보부장 야스오한테서 조치하겠다는 약속을 받았다고 합니다만 좀 약합니다."

"야스오가 부속실에서 서열이 몇 번째인가?"

"8위쯤 됩니다."

"약하군."

"예, 회장님. 히데다다 실장한테서 직접 약속을 받았어야 합니다."

"다케다가 히데다다를 직접 만날 급은 아니지. 사사끼, 네가 나서야 히데다다가 만나줄 거다."

"아무래도 그래야 될 것 같습니다."

그때서야 오꾸보가 고개를 돌려 다케다를 보았다.

"다케다, 야스오한테 인사는 한 거냐?"

"예, 회장님."

다케다가 상체를 반듯이 세웠다.

"현금으로 1천만 엔을 갖고 갔습니다."

"직접 받더냐?"

"차 트렁크에 돈 가방을 넣으라고 차 열쇠를 줘서 넣어 줬습니다."

"흥."

코웃음을 친 오꾸보가 다시 사사끼를 보았다.

"하는 짓을 보니까 그놈은 잔챙이로군. 사사끼, 히데다다는 집이 어디지?"

"신주쿠에서 단독주택에 삽니다. 30평쯤 되는 단층집이지요. 마당이 10평쯤 됩니다."

"히데다다한테 돈 먹인 적 있나?"

"도요타에서 1억 엔을 먹였다는 소문이 났었는데요."

그때 오꾸보가 고개를 돌려 모리를 보았다.

"사실이냐?"

모두의 시선이 모리에게 옮겨졌다. 비서실 사장은 총리 비서실처럼 모든 정보를 수립, 관리하는 역할을 하는 것이다. 모리가 긴 얼굴을 들고 오꾸보를 보았다.

"히데다다가 도요타에서 1억 먹었다는 소문은 미쓰비시에서 퍼뜨린 역 공작입니다."

"먹인 것 아닌가? 그런데 왜 히데다다가 도요타 편을 들었지?"

"다른 걸 먹였지요."

"뭐냐?"

"히데다다 아들이 마약을 먹고 여자를 칼로 찔렀습니다."

모두 숨을 죽였고 모리의 말이 이어졌다.

"그것을 도요타 비서실에서 해결해주었지요. 대역 하나를 사서 죄를 뒤집어씌운 겁니다."

"빌어먹을 놈들."

어깨를 부풀렸다가 내린 오꾸보가 눈을 치켜떴다.

"그, 히데다다 아들놈을 다시 이용하건 어쩌건 간에 그놈을 이용해야 돼."

다시 고개를 돌린 오꾸보가 사사끼를 보았다.

"사사끼, 참고가 됐을 거다. 서둘러라."

셋이 남았다. 사사끼, 다케다, 가네모리다. 아래층의 회의실로 옮겨 온 셋이 이제는 사사끼를 중심으로 회의를 한다. 사사끼는 반쯤 대머리에 얼굴이 붉다. 임기응변이 탁월하고 눈치가 빨라서 오꾸보의 신임을 받았다.

"젠장, 모리가 정보를 쥐고 잘난 체를 하는군. 나도 그때를 거쳤지."

먼저 자존심이 상한 사사끼가 투덜거리고 나서 다케다를 보았다.

"다케다, 너 어영부영하면서 이 일을 내 책임으로 미루지 마라."

"아니, 제가 언제……."

놀란 다케다가 드럼통 같은 상체를 벌떡 세웠다.

"그럴 리가 있습니까? 이건 제가 맡아서 책임을 질 겁니다."

"그런데 회장님이 슬쩍 나한테 맡기셨단 말야, 젠장."

"죄송합니다, 사장님."

다케다는 부사장이지만 노무라 투자신탁 증권에는 사장이 8명, 부사장급이 17명이나 있다. 사장급 중에서도 최선두인 사사끼와는 10여 계단의 차이가 난다. 그때 사사끼의 시선이 가네모리에게로 옮겨졌다.

"어이, 가네모리."

"예, 사장님."

사사끼가 이름만 불렀는데도 가네모리의 이마에서 땀이 배어 나왔다.

서열이 30위권이라고 해도 사사끼의 한 마디면 옷을 벗어야 한다. 조금 전의 회장을 모신 이전 회의에서도 서열 30위권의 가네모리는 한 마디도 하지 못했고 회장의 시선도 받지 못했다. 그때 사사끼가 말했다.

"우선 히데다다를 확실하게 우리 측으로 끌어들이는 작전을 펴야 한다. 이라크 놈들은 그다음이야."

정색한 사사끼가 말을 이었다.

"3개 팀을 편성하기로 하자. 1팀은 히데다다 팀, 2팀은 후세인 팀, 3팀은 경호팀."

시부야의 아오야마(靑山) 거리 안쪽에 위치한 주택가 안, 일차선 도로 좌우로 잔가지처럼 뻗어나간 골목 좌우로 단층 주택이 늘어서 있다. 오후 1시 반, 이곳은 똑같은 구조인 단층 주택 중에 한 곳이다. 응접실에 둘러앉은 사내들은 넷. 정재국, 이칠성, 박상철과 또 한 사내. 말쑥한 양복 차림의 동양인, 40대 초반쯤으로 보이는 사내가 입을 열었다. 한국말이다. 한국인인 것이다.

"노무라 증권의 주가 총액은 4조 8천억 불가량 됩니다. 현재 거래량은 전 세계에 걸쳐서 11조 7천억 불 정도 됩니다."

정재국은 물론이고 이칠성, 박상철이 숨을 들이켰다. 그때 사내가 말을 이었다.

"최대 주주는 22퍼센트의 지분을 보유하고 있는 오꾸보 회장, 재산은 미화로 33억 8천만 불이 조금 넘습니다."

"그쯤 가지고는 안 돼요."

쓴웃음을 지은 정재국이 말을 이었다.

"그놈 회사에서 물어내야지."

36

고개를 끄덕인 사내가 탁자 위에 서류봉투를 밀어 놓았다.

"이것이 오꾸보와 해당 사장인 사사끼, 부사장 다케다, 투자국장 가네모리의 인적사항입니다."

"고맙습니다."

서류봉투를 집은 정재국이 말을 이었다.

"도움이 많이 되었어요."

"오꾸보가 경계하고 있을 겁니다."

사내가 똑바로 정재국을 보았다.

"노무라 증권이 총리 부속실과 접촉했습니다. 그것은 일본의 모든 정보기관을 동원할 수도 있다는 것을 의미합니다."

정재국이 고개를 끄덕였다. 앞에 앉은 사내는 김영호, 리스타 그룹 일본법인 소속 부장이다. 후세인의 부탁을 받은 리스타 그룹에서 김영호를 시켜 노무라 투자신탁 증권과 회사 경영진의 인적사항을 조사한 것이다. 그때 김영호가 말을 이었다.

"물론 일본 정부는 국가적인 차원으로 노무라 증권을 보호하려고 할 것입니다. 이것에 대비해야 될 겁니다."

정재국이 고개를 끄덕였다. 이것으로 김영호의 역할은 끝났다. 리스타가 연루되었다는 것이 드러나면 엄청난 파문이 일어난다. 따라서 오늘 이후로 김영호는 나타나지 않을 것이다.

김영호를 배웅하고 다시 집으로 들어왔을 때 정재국이 말했다.

"이건 망망대해에서 노 젓는 보트를 타고 군함을 향해 가는 것 같다."

"호호."

이칠성이 짧게 웃었다.

"이번 경우는 다릅니다, 대장. 보트가 너무 작아서 군함이 찾아내기 힘들 겁니다."

그때 정재국이 구석에 놓인 가방을 눈으로 가리켰다.

"저건 당분간 숨겨 놓아라. 작전을 시작할 때까지 활용 안 한다."

검정색 헝겊 백 안에는 베레타 92F 권총 3정과 소음기, 탄창 12개와 탄알 3백 발이 들어 있다. 이것이 이번 작전에 배당된 무기로 미군 수송기를 타고 올 적에 가져온 전부다.

시부야 오리엔트호텔은 산토리 빌딩 건너편에 위치하고 있다. 거리는 항상 통행인이 많았고 오리엔트호텔의 라운지도 북적거린다. 오후 7시 55분, 라운지로 돌아선 소가가 안쪽의 로비를 향해 다가갔다. 그때 옆으로 다가온 사내가 같이 걸으면서 말했다

"소가 씨, 날 따라와."

정재국이다. 숨을 들이켠 소가가 발을 떼었지만 정재국은 고개도 돌리지 않았다. 라운지를 곧장 통과해서 로비로 들어서지 않고 정재국은 후문으로 나오면서 말했다.

"미행은 없었지만 조심해야 될 것 같아서."

후문 앞은 1차선 도로다. 후문 앞에서 기다리던 이칠성이 힐끗 시선을 주더니 20미터쯤의 거리를 두고 따른다. 이곳도 오가는 행인이 많다. 그들은 곧 어둠에 덮인 거리의 인파 속으로 묻혔다.

"사사끼 씨, 그동안 늙으셨는데."

히데다가 물수건으로 손을 닦으면서 말했다. 긴자의 요정 하루에. 특급 요정으로 정부 장관급, 대기업 사장들의 회원제 요정이다. 이곳은 돈이

많다고, 직위가 높다고 다 들어올 수 있는 곳이 아니다. 회원이 아니면 장관도 못 들어온다. 둘은 밀실에서 마주 보고 앉아 있었는데 히데다다가 5분쯤 늦게 왔다. 오후 8시 15분, 옆에 하루에의 마담 요시코가 주문을 받으려고 인형처럼 앉아서 기다리고 있다.

"요즘 신경 쓸 일이 많아서 그럽니다."

손바닥으로 볼을 쓴 사사끼가 쓴웃음을 짓고 말했다.

"참치 회를 시키지요? 술은 코냑으로 할까요?"

"역시 내 기호를 잘 아시는군."

"우리가 마신 지 2년쯤 되었지요?"

"2년 반이오. 내각 개편이 있었을 때."

"그렇군요. 그때는 여름이라 참치 맛이 별로였지."

그때 사사끼의 눈짓을 받은 요시코가 소리 없이 일어나 방을 나갔다. 술과 안주를 준비하려고 나간 것이다. 히데다다와 사사끼는 알고 지낸 지 10년 가깝게 된다. 히데다다가 경시청 정보국장에서 총리 부속실로 부임했을 때부터 만난 사이다. 요시코의 뒷모습을 보던 히데다다가 지그시 사사끼를 보았다.

"사사끼 씨, 요시코가 팬티를 입고 다니지 않는다는 소문이 났던데 사실이오?"

"그래요."

정색한 사사끼가 고개를 끄덕였다.

"팬티 안 입습니다."

"확인했소?"

"했습니다."

"이따 확인해볼까요?"

"합시다."

"내기 하는 것이 어떻소? 1억 엔."

"히데다다 씨는 박봉의 공무원이니까 10억 엔으로 하지요."

박봉이라면서 판돈을 10배로 늘린다.

"합시다. 나는 입었다는 것에 걸 테니까."

요시코가 요리상을 든 종업원들과 함께 다시 방으로 들어왔다. 그 뒤를 기모노 차림의 게이샤 둘이 따르고 있다. 히데다다와 사사끼 둘 다 희게 분칠한 것을 싫어하기 때문에 게이샤는 맨얼굴이다. 거기에다 그림으로 그린 것 같은 미모다. 히데다다가 먼저 만족한 얼굴로 고개를 끄덕였다.

"좋아, 저래야지."

사사끼도 얼굴을 펴고 웃었다.

"분칠을 한 얼굴은 시체 같아서 술맛이 떨어져."

그때 히데다다가 사사끼를 보았다.

"사사끼 씨, 확인해 봐요."

"그러지요."

고개를 끄덕인 사사끼가 요시코에게 물었다.

"요시코, 팬티는?"

"그러실 줄 알았어요."

요시코가 눈을 흘겼다. 40대 초반쯤의 요시코는 농염한 미인이다. 검정 바탕에 붉은 장미꽃이 수놓아진 원피스 차림이었는데 늘씬한 몸매다. 요리상의 옆쪽에 앉았던 요시코가 자리에서 일어서더니 원피스 끝자락을 잡고 홀딱 치켜 올렸다.

"오!"

그 순간 두 사내의 입에서 동시에 탄성이 터졌다. 요시코의 배꼽 밑은 눈이 부실 듯한 알몸이었기 때문이다. 원피스를 내린 요시코가 다시 자리에 앉더니 시치미를 뗀 얼굴로 둘을 보았다.

"궁금증 풀리셨어요?"

"됐어."

고개를 끄덕인 사사끼가 히데다다를 보았다.

"후세인이 가만있지 않을 것 같습니다."

"야스오한테서 이야기 들었어요."

"우리 비서실 측 정보로는 후세인의 특명관이 있다는 겁니다."

"그럴 가능성이 있어요."

그때 요시코가 자리에서 일어서더니 소리 없이 방을 나갔다. 게이샤 두 명은 이제 숨도 쉬지 않고 앉아있다. 히데다다가 정색한 얼굴로 사사끼를 보았다.

"일단 수배는 시켰습니다."

사사끼는 몸을 굽혔고 히데다다가 말을 이었다.

"후세인이 보낸 놈들이 온다고 해도 이곳에선 할 일이 없어요. 여긴 파리나 터키, 이스탄불이 아니거든."

"……."

"1천6백억 불을 변상할 방법이 있습니까?"

"현실적으로는 불가능하지요."

고개를 저은 사사끼가 쓴웃음을 지었다.

"회사에서 빼 갈 수도 없고요. 우린 은행처럼 입출금도 되지 않습니다."

"보복할 가능성이 문제인데."

불쑥 히데다다가 말했을 때 사사끼는 어깨를 늘어뜨렸다.

"요점을 짚으셨는데요."

그리고 그것 때문에 히데다다를 만나라고 한 것이다.

게이샤들은 무슨 말인지 모른다. 그리고 이 내용을 누구한테 이야기할 이유도 없다. 엄청난 사건이지만 특별한 케이스인 것이다. 그래서 둘은 아직 이름도 모르는 게이샤를 옆에 앉혀두고 거침없이 이야기를 나누고 있다. 물론 이곳 종업원들은 손님들한테서 들은 이야기를 절대로 외부에 노출시키지 않는다는 서약을 하고 그렇게 교육을 받았다.

히데다다가 고개를 끄덕였다.

"맞아요. 사사끼 씨, 그놈이 1천6백 불 값어치의 보복을 할 가능성이 있지요."

히데다다의 얼굴에 쓴웃음이 떠올랐다.

"지금까지의 그놈, 특명관의 행태를 보면 그럴 만하거든."

"회사에서 2개 팀을 꾸렸습니다. 그놈에 대한 방어팀, 그리고 경영진에 대한 경호팀을 말입니다."

눈앞에 앉아 있는 히데다다와의 접촉팀도 꾸렸다는 것은 뺐다. 사사끼가 말을 이었다.

"경비는 얼마든지 대겠습니다. 특별팀을 꾸려서 저희들을 도와주십시오."

"무슨 말씀인지 압니다."

정색한 히데다다가 고개를 끄덕였다.

"야스오를 팀장으로 지명하고 팀을 구성하지요."

"저희들이 적극 협조하겠습니다."

"그쪽 팀도 야스오가 장악하도록 해서 일사불란한 지휘 체제를 갖춰야 합니다."

"그럼 아까 그 벌금을 내겠습니다. 그 벌금으로 당분간의 운영비를……."

"내가 연락드리지요."

그러고는 히데다다가 술을 따르라는 듯이 옆쪽 게이샤에게 술잔을 내밀었다. 작업 착수금이 조금 전의 벌금 10억 엔이다. 벌금은 히데다다가 내어야 되었지만 단위를 정하려는 수작이었을 뿐이다. 사사끼도 개운한 표정으로 술잔을 들었다.

"아, 하라비 장관 각하."

오꾸보가 전화기를 고쳐 쥐고 대답했다. 오후 5시, 노무라 투자 증권의 회장실 안. 지금 오꾸보는 이라크 재무장관 압둘 하라비의 전화를 받고 있다. 미리 예약된 전화여서 피할 수가 없는 입장이다. 이라크는 지금 오전 11시다. 어제 이라크 재무부 차관이 오늘 도쿄 시간 오후 5시에 장관이 오꾸보 회장과 통화를 요망한다는 연락이 왔기 때문이다. 그때 수화구에서 하라비의 목소리가 울렸다. 하라비는 미국 예일대에서 경제학 박사 학위를 딴 인물, 뉴욕 증권가에서도 10년을 일한 경제 전문가다. 58세, 오꾸보와는 친한 사이였다. 그러니까 석유 판매 대금을 1천억 불이 넘게 투자했지.

"오꾸보 회장님, 바쁘시지요?"

"아닙니다. 항상 그렇지요."

둘 다 유창한 영어를 쓴다. 오꾸보는 심호흡을 했다. 하라비하고는 두 달 만에 통화를 한다. 그때는 오꾸보가 '날려버린' 이라크 투자금에 대해서 서로 걱정만 하고 통화를 끝냈다. 그러고는 그 후부터 담당자와 하루에도 10번이 넘는 통화가 이어져왔던 것이다 그때 하라비가 말했다.

"회장님, 대통령께서 걱정하고 계십니다. 노무라 측에서는 대책이 있습니까?"

"글쎄요."

전화기를 귀에서 뗀 오꾸보가 스피커 버튼을 누르고는 앞에 선 비서실장 모리, 사장 사사끼, 부사장 다케다, 투자국장 가네모리를 둘러보았다. '자, 너희들도 함께 들어봐라' 하는 몸짓이다. 오꾸보가 말을 이었다.

"특별한 대책이 없습니다. 저희들로서는 최선을 다했습니다만 불가항력적인 일이어서요."

"하지만 원금을 보장한다는 계약 조건이 있지 않습니까?"

"그 밑에 정당한 투자 시에 발생되는 일은 제외한다는 조항이 있지요. 분명한 일은 이 일이 사고가 아니라는 것입니다. 국제법에도 이런 것은 사고 적용이 안 됩니다."

"오꾸보 씨, 이건 처음의 이야기와는 다르지 않습니까?"

하라비가 이렇게 구체적으로 따지고 드는 것은 처음이다. 이제는 체면을 차릴 단계가 아니라는 증거다. 그동안 이라크 재무부 담당 국장과 노무라 측 투자국장 가네모리 사이에는 이보다 심한 논쟁이 수십 번 되풀이되었다. 그때 오꾸보가 길게 숨을 뱉었다.

"장관, 대단히 유감입니다만 저희들로서는 방법이 없습니다. 작년에도 영국의 보험 회사 하나가 이것과 비슷한 경우를 당했지요. 그때는 2백억 불 가깝게 되었는데 그대로 넘어갔습니다."

"데이버스 보험을 말하는 것 같은데, 데이버스는 연합보험을 들어서 그 돈을 지급받았습니다."

그러나 이라크 투자금은 보험에 들기에는 너무 거액이었고 그것을 감당해줄 보험사도 없었을 것이다.

"죄송합니다, 장관. 저로서는 방법이 없다는 것을 마지막으로 말씀드리겠습니다."

오꾸보가 한 마디씩 말했을 때 하라비가 또박또박 말했다.

"마지막 통보입니까?"

"예, 장관."

"1천6백억 불은 이제 책임지지 못하겠다는 말씀이지요?"

"이 기회에 노무라 증권의 대표로 분명히 말씀드립니다. 방법이 없습니다."

"당신이 한 말은 녹음했으니 대통령께 보고하겠습니다."

"마음대로 하시지요."

"그럼 오꾸보 씨, 전화 끊습니다."

그러고는 통화가 끊겼기 때문에 오꾸보가 모리에게 전화기를 넘겨주면서 말했다.

"이것으로 끝났군. 시원하다."

넷이 응접실에 둘러앉았다. 오전 10시 반, 소가와 특명관팀 셋. 소가도 저택에서 숙식을 하고 있었기 때문에 반팔 셔츠에 바지 차림. 정재국이 입을 열었다.

"총리실에서 나에 대한 수배령을 내렸어. 지금 전국의 입출국장, 경찰에 내 인적사항이 다 전달되었다."

세 쌍의 시선을 받은 정재국의 얼굴에 쓴웃음이 번졌다.

"노무라 측이 정부와 합동 작전을 시작한 것이지."

아침 일찍 정재국은 시내로 나가 정보를 받아온 것이다. 지금은 이라크 정보국의 요원으로부터 정보를 받는다. 그때 이칠성이 물었다. 소가를 의식해 영어다.

"대장, 지시를 받으셨습니까?"

"지금은 시장조사야."

정재국이 셋을 둘러보았다.

"조금할 것 없다, 다 어디로 갈 것들이 아니니까."

이번에는 박상철이 물었다.

"대장, 오꾸보를 저격하는 것이 차라리 쉽지 않겠습니까?"

그때 소가가 고개를 돌려 박상철을 보았다. 놀란 얼굴이다. 소가의 시선이 정재국에게 옮겨졌다. 그때 정재국의 얼굴에 웃음이 떠올랐다.

"그럴 수도 있지."

정재국이 말을 이었다.

"이제 시작이야. 내일 지시를 받고나면 바로 작전을 세우고 시작한다."

부동자세로 선 재무장관 압둘 하라비의 보고가 끝났을 때 후세인은 한동안 입을 열지 않았다. 숨소리도 나지 않는다. 이곳은 지하 벙커의 대통령 집무실 안, 집무실에는 후세인과 카심, 모하메드, 압둘 하라비까지 모여 있다. 서 있는 사람은 둘이다. 하라비와 뒤쪽 벽에 붙어 서 있는 타카트까지. 그때 후세인의 눈동자에 초점이 잡혀졌다.

"거기 앉아라."

후세인이 턱으로 앞쪽 자리를 가리켰다. 하라비가 자리에 앉았을 때 후세인이 물었다. 후세인은 오꾸보와의 녹음도 들은 것이다.

"책임이 없다고 했군, 이 노랭이가."

"예, 각하."

하라비의 이마에는 땀방울이 솟아나 있다.

"1천6백억 불이야. 네 생각에는 해결 방법이 없겠나?"

그때 하라비가 어깨를 늘어뜨리면서 시선을 내렸다.

"모두 제 책임입니다. 각하의 신뢰를 배신했습니다. 드릴 말씀이 없습니다."

"어떻게 책임을 지겠단 말이냐?"

"저를 총살시켜 주십시오."

고개를 든 하라비가 후세인을 보았다. 눈동자의 초점이 맞춰져 있다.

"그러면 노무라 측에 경종이 될 것입니다."

"……"

"각하께 폐가 된다면 제가 자택에서 자결하겠습니다."

"……"

"각하, 죄송합니다. 죽음으로 사죄하겠습니다."

마침내 하라비의 눈에서 눈물이 흘러내렸다. 그러나 시선은 내리지 않는다. 그때 후세인이 천천히 고개를 끄덕였다.

"내 명령이다. 들어라."

"예, 각하."

숨을 죽인 하라비에게 후세인이 말을 이었다.

"그대로 재무장관직을 수행하도록. 알았나?"

"예, 각하."

"네가 죽으면 가장 좋아할 놈이 노무라다. 알았나?"

"예, 각하."

"내색하지 말고 일하도록."

그러고는 후세인이 고개를 끄덕였다. 끝났다는 표시다.

하라비가 집무실을 나갔을 때 후세인이 카심을 보았다.

"특명관에게 연락해."

"예, 각하."

카심의 시선을 받은 후세인이 외면한 채 말했다.

"죽여라. 노무라의 최고 경영자부터 담당국장까지, 다."

"예, 각하."

"당사자는 놔두고 가족을 몰사시켜도 된다. 그놈들의 눈에서 피눈물이 나고 가슴이 찢어지는 것 같은 고통을 받게 하는 것도 낫겠다. 특명관에게 맡기도록."

"예, 각하."

후세인의 시선이 모하메드에게 옮겨졌다.

"이라크에 와 있는 일본 기업들의 자산, 장비, 공장, 사업장까지 모두 압류하도록. 일본인들의 출국도 금지시켜라."

"예, 각하."

긴장한 모하메드의 목소리도 굳어졌다.

"즉시 시행하겠습니다."

"일본 놈들의 관심을 이곳으로 끌어들이는 것이다."

그러자 모하메드와 카심이 동시에 고개를 끄덕였다.

마당에 나와 있던 정재국이 인기척에 고개를 돌렸다. 어둠 속에서 소가가 다가왔다. 밤 11시 반, 저택은 조용하다. 마당은 20평쯤 되었는데 잔디가 깔렸고 작은 정원도 있다. 다가선 소가가 정재국에게 말했다.

"말씀드릴 일이 있어서요."

고개를 끄덕인 정재국이 손으로 옆쪽을 두드렸다. 나무 벤치의 옆자리다. 소가가 옆에 앉았을 때 정재국이 물었다.

"뭔가?"

"구체적인 작업 내용을 알고 싶어서요."

"아직 정해지지 않았어."

한마디로 잘라 말한 정재국이 말을 이었다.

"그 방법은 곧 결정될 거야."

소가도 이번 작전이 노무라 투자신탁 증권에 의해서 '분실'된 이라크 정부 자금 1천6백억 불 때문이라는 것을 안다. 그때 소가가 말했다.

"난 대사로부터 이 작업의 안내역을 맡았어요. 그런데 시간이 지나니까 제 역할이 애매한 것 같아서요."

"그만두겠다는 건가?"

"그건 아닙니다."

놀란 듯 소가가 고개를 저었다.

"제가 할 일이 없는 것 같아서요."

저택에 입주한 지 사흘째다. 그동안 소가는 나가지도 못하고 저택에서 빈둥거렸다. 동네 슈퍼에 가서 인스턴트식품을 사온 것이 유일한 외출이다. 정재국이 고개를 돌려 소가를 보았다.

"난 특명관이야. 통치자의 특명을 받고 온 사람이라고."

"……."

"이유도 필요 없고 내 주관도 필요 없어. 명령대로 움직이는 사람이야."

"……."

"당신처럼 역할 따지고 부담 느껴서 주저할 입장이 아니지."

정재국이 쓴웃음을 지었다.

"당신이 일본인이라 그런가?"

"난 일본에 대해서 애착을 갖고 있지 않아요. 그것 때문은 아닙니다."

고개를 저은 소가가 말을 이었다.

"이런 작업은 처음이라 그렇습니다. 불안하고 무섭고, 내 역할에 대한 자신이 없어요."

"의욕이 일어나지 않는다는 말이지."

정재국이 어둠에 덮인 앞쪽을 바라보며 말했다.

"당연한 일이지만 난 이런 경우는 처음 겪어서 곤혹스럽군."

고개를 돌린 정재국이 소가를 보았다.

"난 이곳에서 큰 사건을 일으킬 것이고, 소가 씨, 당신도 연루자로 수배될 가능성이 있어. 대사는 그 이야기를 해주지 않았겠지?"

"일을 마치면 보상해준다는 말씀만 들었습니다."

"안내역으로 선발되기 전에 구체적인 이야기를 해주지 못했을 거야. 대사도 시킨 대로만 했을 테니까."

정재국이 말을 이었다.

"불안하고 무섭고 자신이 없는 사람하고는 같이 일할 수 없어, 오히려 방해만 될 테니까."

"……."

"내일 회사로 복귀해."

"……."

"사흘 휴가 낸 것으로 하고 복귀하면 이상하게 볼 사람도 없을 테니까 원상으로 돌아가게 되겠지."

자리에서 일어선 정재국이 소가를 내려다보았다.

"내가 대사한테 말해서 불이익이 없도록 해줄 테니까."

오전 9시, 시부야 코스모스 빌딩의 1층 커피숍으로 들어선 정재국이 안쪽 자리에 앉아 있는 서양인을 보았다. 커피숍에는 손님이 대여섯 명뿐이었는데 이른 시간이기 때문이다. 서양인 앞으로 다가간 정재국이 앞쪽 자리에 앉았을 때 사내가 말했다.

"본국의 지시가 왔습니다."

사내의 파란 눈동자가 똑바로 정재국을 응시했다.

"노무라 증권 최고 경영자, 이라크 투자금을 관리한 책임자까지 모두 응징할 것. 가족을 처단하여 최대한의 상처를 주는 것도 고려할 것. 이상입니다."

사내는 이라크 정보국 요원인 자이단. 정재국에게 본국의 특명을 전하려고 온 것이다. 고개를 끄덕인 정재국이 자이단을 보았다. 자이단은 도쿄 주재 요원으로 정재국과 두 번째 만난다. 푸른 눈의 서양인 용모지만 이라크 태생으로 프랑스 국적을 소지한 인물이다. 이라크 정보국은 도쿄에 요원 3명을 파견했는데 이번 작전에는 본국과의 연락을 맡고 있을 뿐이다. 정재국이 고개를 끄덕였다. 이제 구체적인 작전 명령이 나온 것이다.

"내 적성에 맞는 일이라 다행이다."

의자에 등을 붙인 정재국이 홀가분해진 표정을 지었다.

"날려버린 1천6백억 불을 회수하라는 명령이 오면 어쩌나 하고 걱정했는데."

자이단은 30대 중반쯤으로 이라크 정보국 대위다. 정재국이 소장 계급이었기 때문에 감히 먼저 말도 못 붙이고 있다. 정재국이 물었다.

"자이단, 노무라 증권 경영진의 신변 보호는 어떻게 되어 있나?"

"개인 경호는 없습니다. 다만 회사 건물에 경비팀이 있어서 50명 정도의 인력이 경비를 섭니다."

"무장 상태는?"

"가스총을 차고 다니지만 아마 몇 년 동안 한 번도 발사한 적이 없을 겁니다."

"경찰과는 바로 연락이 닿겠지."

"신고하면 경찰 출동은 빠릅니다. 보통 10분 안에 다 도착합니다."

"내가 안내역을 고용했는데 돌려보내야겠어."

정재국이 말을 이었다.

"자이단, 본국의 지시를 전달하는 입장이니까 너도 내 팀원이 된 것이나 마찬가지야. 무슨 말인지 아나?"

"압니다, 각하."

긴장한 자이단이 똑바로 정재국을 보았다. 자이단은 180 정도의 신장에 80킬로 정도, 푸른 눈에 갈색 머리칼의 서양인이다. 아버지가 이라크 쿠르크족 장교였는데 프랑스인 어머니와의 사이에서 태어났다. 12살 때 아버지가 죽자 어머니를 따라 프랑스로 돌아가 25살 때까지 산 다음에 이라크로 돌아왔다. 아버지의 고향이다. 프랑스 국적의 이라크인 자이단이 돌아온 것이다. 거기에다 서양인 용모의 자이단을 정보국이 특채한 것이다. 그때 정재국이 말했다.

"자이단, 이제는 네가 내 팀원이다."

오전 10시 반, 이라크 대사 타이란이 집무실로 들어선 문화담당 영사 파샤를 보았다.

"대사님, 보고드릴 일이 있습니다."

다가선 파샤의 눈동자가 흔들렸다. 타이란의 시선을 받은 파샤가 말을 이었다.

"문화담당관 소가가 휴가를 반납하고 다시 복귀하겠다는 연락이 왔는데요."

"복귀해?"

타이란의 이맛살이 모아졌다. 소가는 무기한 휴가원을 낸 것이다. 더구나 소가의 임무가 무엇인가? 대통령 직속 특명관의 안내역이다. 그런데 복귀한다니. 그래서 다그치듯 물었다.

"소가가 직접 말했어?"

"예, 대사님."

"지금 어딨나?"

"그건 말해주지 않았습니다."

"그래서 어떻게 대답했나?"

"12시쯤 다시 전화하라고 했습니다."

파샤도 소가가 대사의 지시를 받고 무기한 휴가를 낸 것을 안 것이다. 물론 그 내막은 모른다. 그때 타이란이 말했다.

"전화가 오면 나한테 바꿔."

"대사관의 변화는 없습니다. 다만……."

경시청 정보과장 유마가 서류를 펴고 있었을 때 야스오가 이맛살을 찌푸렸다.

"다만 뭐야?"

"예, 문화담당관 소가 아사코가 사흘 전에 장기 휴가를 내고 잠적했습니다."

"잠적?"

야스오가 책상 앞으로 몸을 세웠다. 오전 11시, 총리 부속실의 별관에서 야스오가 노무라팀 소속이 된 유마로부터 보고를 받는 중이다. 그때 유마가 말을 이었다.

"예, 살고 있던 임대 주택의 전기, 가스까지 끊어놓고 문을 잠근 채 사흘째 돌아오지 않고 있습니다."

"여행간 거 아냐?"

"글쎄요. 그것이 이라크 대사관 직원 중 유일한 변동 상황입니다."

유마가 서류에 시선을 주었다가 떼었다.

"그리고 소가 아사코는 미국에서 태어난 미국 국적입니다. 일본에서 대학을 졸업하고 이라크 대사관에 취업한 것이죠."

"……."

"대사관에 근무하면서 이라크에 3번 다녀왔습니다."

고개를 끄덕인 야스오가 서류를 넘겼다.

"담당 하나 붙여서 추적해보고, 다음."

지금 노무라팀에는 경시청 파견 요원 20명, 노무라 투자신탁 증권에서 파견된 요원 30여 명으로 대대적인 팀이 조성되어 있다. 팀 운영비도 넉넉한 데다 총책은 총리 부속실장 히데다다인 것이다. 부책임자는 총리실 정보부장 야스오다. 유마가 다음 보고를 이어가고 있다.

"어, 후미코, 너 내일 극단에 나갈 거냐?"

오꾸보가 묻자 후미코가 고개를 들었다. 오전 11시 반, 신주쿠의 저택 안. 주방 옆을 지나가던 오꾸보가 식탁에 앉아 늦은 아침을 먹던 후미코에게 물은 것이다.

"당연하죠. 왜 그러시는데요?"

오꾸보가 잠자코 앞자리에 앉았다. 옆쪽 베란다 창을 통해 잔디가 깔린 넓은 정원이 보인다. 정원 끝 쪽의 분수대에서 물이 뿜어 나오고 있다. 이 저택은 도심 복판의 주택가에 세워졌지만 대지가 650평에 건평이 280평이나 되는 2층 대저택이다. 건물은 본관과 별관으로 나뉘었고 별관에는 비서실 소속의 경비원 6명이 근무하고 있다. 오꾸보가 가늘게 숨을 뱉었다.

"당분간 네가 대외 활동을 안 했으면 좋겠는데."

"왜요?"

"내가 요즘 불안해서 그런다."

이제는 후미코도 눈만 깜빡였고 오꾸보가 말을 이었다.

"이라크하고 우리 회사에 문제가 있어. 우리가 이라크 자금을 운용하다가 조금 손해를 입혔는데."

"⋯⋯."

"후세인이 미친놈 아니냐? 복수할 가능성도 있다는 거다."

"누구한테요?"

이제는 젓가락을 내려놓은 후미코가 오꾸보를 보았다.

"경찰에 신고는 했어요?"

"했지."

"그럼 경찰이 보호해주겠죠."

"그야⋯⋯."

오꾸보의 눈빛이 흐려졌다. 후미코는 28세, 오꾸보의 무남독녀다. 도쿄대를 졸업하고 연극계에 뛰어들어 지금은 꽤 촉망 받는 연극 연출가로 성장했다. 아직 어린 나이에 매스컴에도 자주 등장하고 히트를 친 연극도 여러 개여서 오꾸보의 자랑이다. 그때 아내 수지가 다가왔다.

"당신, 출근 안 하고 뭐해요?"

"아, 해야지."

우물쭈물 자리에서 일어선 오꾸보가 후미코를 보았다.

"후미코, 당분간 외출을 삼가도록 해라."

"뭔데?"

다가온 수지가 묻자 식탁에서 일어선 후미코가 짜증을 냈다.

"글쎄, 아빠가 나 외출하지 말래. 내일 첫 공연이 있는데 말야."

"그게 무슨 소리야?"

놀란 수지가 목소리를 높였을 때 오꾸보가 돌아섰다. 어영부영하고 떠날 수는 없다는 생각이 들었기 때문이다.

"둘 다 잘 들어."

오꾸보의 목소리가 높아졌다.

"지금 경찰은 물론이고 총리실에서도 난리란 말이다."

다 털어놓는 수밖에 없다.

12시 10분, 이라크 대사 타이란이 전화기를 귀에 붙였다. 옆에 문화담당 영사 파샤가 서 있다. 대사 집무실 안, 소가한테 온 전화를 타이란이 받은 것이다.

"여보세요. 나, 대사인데."

타이란이 말했을 때 약간 굳은 소가의 목소리가 울렸다.

"네, 소가 아사코입니다."

"휴가 끝내고 복귀한다고?"

"네, 대사님."

"무슨 일 있어?"

"아닙니다."

그때 타이란이 잠깐 주춤대더니 목소리를 낮췄다.

"좋아. 들어와서 이야기 듣자고."

전화기를 내려놓은 타이란이 파샤를 보았다.

"출근하면 바로 나한테 데려와."

유마가 고개를 기울였다가 곧 자리에서 일어섰다. 사무실을 나온 유마가 야스오 앞에 섰을 때는 그로부터 20분쯤 후다.

"부장님, 대사관의 소가 아사코가 휴가 중에 돌아온다고 합니다."

야스오는 방금 전까지 전국의 입출국장을 체크하고 난 후다. 지쳤기 때문에 눈을 감고 있다가 떴다.

"누구라고?"

"이라크 대사관의 소가 아사코 말씀입니다. 휴가 나흘 만에 돌아오는데요."

"그래서? 수상한 점 있나?"

"없습니다. 다만……."

"뭐야?"

"대사하고의 통화를 녹음했는데 들어 보시지요."

그래놓고 유마가 녹음기를 탁자 위에 놓더니 곧 버튼을 눌렀다. 곧 타이란의 목소리가 울렸다.

"여보세요. 나, 대사인데."

거기서부터.

"좋아, 들어와서 이야기 듣자고."

그렇게 끝날 때까지 잠자코 듣고 난 야스오에게 유마가 말했다.

"대사가 무슨 업무를 맡겼던 것 같습니다."

"그런데 그 일이 일찍 끝난 것 같군."

"예, 내일 복귀한다는데요."

"그럼 오늘 밤 집에 들어오려나?"

"집에 감시 한 명을 붙여 놓았습니다."

야스오가 고개를 끄덕였다.

"이라크 대사관 쪽에서 꿈틀거리는 건, 저 반쪽짜리 계집애뿐이로군."

"자이단, 이 무기를 구해 오도록."

정재국이 쪽지를 내밀고는 말을 이었다.

"소가 아사코는 대사관으로 돌려보냈는데 그쪽까지 신경 쓸 여유는 없으니까 체크해 봐."

"예, 특명관님."

쪽지를 펴본 자이단이 어깨를 치켰다가 내렸다.

"무기 구입에 3일은 걸릴 것 같습니다."

"그동안 우리는 준비를 해놓을 테니까."

"저도 참가합니까?"

"넌 무기나 구입하고 끝내."

"알겠습니다."

"지시를 받았으니까 가능하면 빨리 끝내야 우리한테도 이롭다."

그때 자이단이 고개를 숙여 보이더니 몸을 돌렸다. 시부야 전철역 안의 기둥 옆이다. 나란히 서서 이야기를 주고받던 둘은 몸을 돌렸다.

오후 3시, 도쿄, 일본 내각. 총리 가네다 마사하루의 부속실장 히데다다가 집무실의 자리에 앉자마자 문이 열리더니 야스오가 들어섰다.

"무슨 일이냐?"

짜증이 난 히데다다의 얼굴은 찌푸려져 있다. 경험상 이 시간에 갑자기 가져오는 부하들의 보고는 '나쁜 뉴스'이기 때문이다. 그때 책상 앞에 선 야스오가 말했다.

"실장님, 이라크 정부가 이라크 영내에 있는 일본 기업들의 자산을 동결시켰습니다."

히데다다가 숨을 들이켰고 야스오의 말이 이어졌다.

"도요타자동차는 물론이고 4개 건설 회사, 7개 유통회사, 2개 정유 관련 업체와 석유 저장소, 부동산 48개, 그리고 일본인 파견자와 가족까지를 모두 출국 금지시켰습니다."

"이런 개새끼들."

"방금 외신 기자들을 모아놓고 이라크 재무장관 하라비가 발표했습니다."

"……."

"노무라 투자 증권이 증발시킨 1천6백억 불 대신 압류한다는 것입니다."

"저런 날강도 같은 놈이 있나?"

"난데없이 쿠웨이트를 점령한 놈 아닙니까?"

"하긴 이란도 침략했지."

지금 둘은 후세인 욕을 하고 있다. 그때 정신을 차린 히데다다가 눈동자의 초점을 잡았다.

"이라크에 일본인이 몇 명이나 있지?"

"예, 대사관 직원 빼놓고 827명입니다."

"어이쿠, 많네."

"건설 회사, 자동차 회사, 정유 관계 기술자들이 많습니다."

"빠가야로!"

"곧 대사가 총리께 연락을 해올 것입니다. 실장님도 준비를 하시지요."

야스오가 서류를 내밀었다.

"자료 여기 있습니다."

히데다다는 일본에서 가장 먼저 이 뉴스를 보고받은 셈이다.

2장
리스타와 일본과의 전쟁

뉴욕 시간은 오전 1시가 조금 넘었다. 후버는 상원의원 모임을 끝내고 차에 올랐다가 안에 미리 타고 있는 윌슨을 보고 깜짝 놀랐다. 맨해튼의 프리덤클럽 앞이다. 문을 닫은 후버가 눈을 부라렸다.

"갓댐, 누가 암살당한 거냐?"

"아닙니다."

차가 출발하자 후버가 술기운으로 붉어진 얼굴을 손바닥으로 쓸었다.

"내가 알아맞혀 보지, 카다피냐?"

"아닙니다."

"그럼 마침내 특명관이 노무라 투자신탁 건물을 폭파했군."

"아닙니다."

"갓댐, 말해, 윌슨"

"이라크 정부에서 이라크 영내에 있는 일본의 모든 재산을 압류했습니다."

후버가 주머니에서 파이프를 꺼냈고 윌슨이 말을 이었다.

"거기에다 이라크 주재 일본인들의 출국을 금지시켰습니다."

"갓댐."

욕을 했지만 후버의 얼굴에는 웃음이 떠올랐다.

"마침내 후세인이 또 안타를 쳤군."

"대통령께 보고하셔야 됩니다."

윌슨이 서류를 후버에게 내밀었다.

"비서실에서 보고가 올라갔을 것입니다. 부르실 테니 먼저 이라크 자료를 읽어 보시지요."

"갓댐."

"후세인이 그렇게 보복을 할 것 같습니다."

"이라크가 압류한 일본 재산은 얼마나 되나?"

"약 8백억 불 정도가 됩니다."

"갓댐, 1천6백억에서 8백억 불이 남는군."

어깨를 부풀렸다가 내린 후버가 눈을 가늘게 뜨고 윌슨을 보았다.

"일본이 발칵 뒤집히겠다."

"개자식!"

가네다 총리가 버럭 소리쳤다. 67세, 자민당의 간사장으로 있다가 총리가 된 지 10개월째, 자민당 내의 가네다파는 88명의 의원을 보유한 최대 계파다.

"이 미친놈이 마침내 일을 벌였군."

가네다가 앞에 선 히데다다를 보았다.

"이봐, 히데다다, 오꾸보를 만나라."

"예, 각하."

대답부터 하고 난 히데다다가 물었다.

"만나서 뭐라고 할까요?"

"어쨌든 이번 사건의 원인을 제공한 건 노무라 증권이야, 그렇지 않나?"

"그렇습니다."

"내가 화를 냈다고 해."

"알겠습니다."

"노무라에서 어떤 해결 방법을 내놓을지 내가 기다린다고 해."

"예, 각하."

"정부나 나한테 맡기고 빠지면 용서할 수 없어."

"알겠습니다."

"그리고."

어깨를 부풀린 가네다가 말을 이었다.

"비상 상황이야. 관계 장관 회의를 소집하도록."

오후 4시 반. 정재국이 이칠성, 박상철과 함께 응접실에서 TV를 보고 있다. TV에서는 이라크 정부의 일본 재산 압류, 일본인 억류를 대대적으로 보도하고 있었는데 화면에는 후세인의 얼굴이 커다랗게 떠 있다. 정재국은 일본어를 알아들었기 때문에 이칠성과 박상철에게 상황을 설명해 주고 있다. 이윽고 보도가 끝났을 때 정재국이 둘을 바라보았다.

"우리는 저 사건과 관계없이 작전을 진행한다."

고개만 끄덕인 둘에게 정재국이 말을 이었다.

"성동격서야."

이라크 대사 초치, 이것은 당연한 과정이다. 오후 6시 반에 이라크 대사 타이란을 초치했으니 일본 정부가 얼마나 '열'이 났는지 세계 각국에 보여주려는 것이다. 타이란이 일본 외무성으로 들어서는 장면이 전 세계로 보도되었다. 타이란은 수백 명의 기자들에게 둘러싸였지만 어깨를 펴고 눈도 깜빡이지 않는다.

외무장관 무라야마가 자리에 앉아 있다가 타이란을 보더니 엉거주춤 일어섰다. 장관실 안에는 대기시킨 방송국 기자들이 10여 명이나 기다리고 있었기 때문에 어수선했다. 다가온 타이란을 보더니 무라야마가 악수도 하지 않고 손으로 앞쪽 자리를 가리켰다. 다른 때는 이러지 않았다. 사무실 밖에서 기다리다가 악수를 나누고 안내해왔기 때문이다. 카메라 플래시가 번쩍였고 기자들이 바짝 다가왔다. 타이란이 자리에 앉더니 기자들을 둘러보았다. 얼굴에 웃음이 떠올라 있다. 그것을 본 외무부 대변인이 기자들에게 말했다.

"자, 나가십시다."

대변인실 직원들이 기자들의 등을 민다. 그때 타이란이 말했다.

"고생하시는군요, 장관."

기자들의 뒷모습을 보던 무라야마가 대답했다.

"예, 미안합니다."

"아까 내가 웃었는데, 편집하겠지요?"

"그럼요."

고개를 끄덕인 무라야마가 말을 이었다.

"그런데 우리가 어떻게 해야 되겠습니까?"

"글쎄요, 저는 아무것도 모릅니다."

의자에 등을 붙인 타이란이 다시 웃었다.

"저희 대통령 각하는 세계 사람들이 다 알고 있지 않습니까?"

방 안에는 무라야마와 타이란, 그리고 양쪽 수행원까지 10명 가까운 인원이 둘러앉아 있다. 그때 말문이 막힌 무라야마가 한숨부터 쉬고 나서 물었다.

"어떻게 하실 작정입니까?"

"글쎄요, 이건 제 생각입니다만."

숨을 죽인 무라야마에게 타이란이 말을 이었다.

"쉽게 끝나지 않을 것 같습니다."

"일본뿐만이 아니라 세계 여론이 좋지 않습니다. 알고 계시지요?"

"압니다."

고개를 끄덕인 타이란이 되물었다.

"우리 대통령 각하 성격을 아시지요?"

"압니다."

"노무라 증권은 이라크의 투자 자금 1천6백억 불을 증발시켰습니다. 그것이 해결되어야겠지요."

이것이 이라크 측의 결론이다.

"소가 씨."

뒤에서 부르는 소리에 소가가 화들짝 놀랐다. 밤 10시 반, 시부야의 원룸 맨션 엘리베이터 앞이다. 몸을 돌린 소가는 다가오는 두 사내를 보았다. 양복 차림이었지만 무표정한 얼굴, 건들거리면서 걷는 자세, 운동화를 신었다. 막노동을 하는 인부 같기도 하고 행상처럼 보이기도 한다. 그때 한 걸음 앞으로 다가선 사내 하나가 주머니에서 신분증을 꺼내 슬쩍 보였다.

"경시청 가또 형사올시다."

"경시청에서 왜요?"

가슴이 덜컥 내려앉았지만 말은 그렇게 나왔다. 그때 사내가 벙긋 웃었다.

"뭐, 좀 물어볼 것이 있어서요. 잠깐 저하고 저쪽으로 가시지요."

"싫은데요."

그때서야 정신을 차린 소가가 고개를 젓고는 한 걸음 물러섰다.

"난 외교관입니다. 아시지요?"

"압니다."

사내가 이번에는 가슴 주머니에서 접힌 서류를 꺼내 보였다.

"이건 영광입니다. 외무장관 사인을 받은 특별 영장이죠. 우린 소가 씨를 잠깐 모시고 갈 수가 있습니다."

"그런 영장도 있어요?"

목소리가 대리석 벽에 부딪쳐 울렸다. 늦은 시간이어서 로비에는 그들 셋뿐이다. 그때 사내가 한 걸음 다가섰다.

"예. 잠깐이면 돼요, 소가 씨."

뒤쪽에 서 있던 사내도 다가왔기 때문에 소가의 얼굴이 하얗게 굳어졌다.

"대사관에 연락하겠어요!"

소가가 소리쳤을 때 바짝 다가온 사내의 얼굴이 굳어졌다.

"소가 씨, 가자구."

사내가 소가의 팔을 움켜쥐었다. 억센 힘이다.

"놔!"

소가가 소리쳤지만 팔이 빠지지 않았다. 그때 뒤쪽 사내도 소가의 다

66

른 팔목을 잡았다. 소가는 두 다리에 힘이 빠지는 것을 느꼈다. 그 순간이다.

"퍽! 퍽!"

대리석 벽을 울리는 둔탁한 소음이 울리더니 두 사내가 팔을 흔들면서 바닥에 쓰러졌다. 마치 자루가 떨어지는 것 같은 소음이 울렸다. 그때 앞쪽에서 사내 하나가 다가왔다. 손에 소음기가 끼워진 총을 쥐고 있다. 소가는 눈앞에서 총을 쥔 사람을 처음 겪지만 영화나 드라마에서 자주 보았기 때문에 안다. 눈동자의 초점을 잡은 소가가 숨을 들이켰다. 특명관팀 중의 하나다. 여기까지 따라왔는가? 그때 이칠성이 말했다.

"갑시다."

이칠성의 시선이 바닥에 널브러진 두 사내를 흘겨보았다.

"이놈들한테 끌려가면 우리 이야기를 안 할 수가 없을 테니, 할 수 없어요."

소가가 발을 떼었다. 할 수 없다.

"뭐야?"

히데다다가 눈을 치켜뜬 채 숨까지 죽였다. 오전 3시 반, 히데다다는 자택에서 전화를 받고 있다. 그때 야스오가 말을 이었다.

"소가의 원룸 맨션 엘리베이터 앞에서 총에 맞았습니다. 현재 시부야 경찰청이 시체를 수습했는데, 언론은 막았습니다."

"그건 잘했어."

겨우 입을 뗀 히데다다가 전화기를 고쳐 쥐었다.

"언론에 보도되면 안 돼. 내가 사무실로 나갈 테니까 비상소집 시켜라."

"이라크 측 소행일까요?"

"당연하지."

"그럼 특명관이 왔단 말입니까?"

"그런 것 같다."

히데다다가 목소리를 낮췄다.

"소가가 열쇠를 쥐고 있었던 거야."

"계획에 차질이 났어."

정재국이 앞쪽에 앉은 이칠성과 박상철을 보았다.

"일정을 당겨야겠어."

오전 4시, 주위는 조용하다. 탁자 위에는 커다란 헝겊 가방이 2개나 놓여 있었는데 조금 전에 자이단이 가져온 무기다. 정재국이 말을 이었다.

"총리 부속실에서 눈치를 챘을 거다. 비상이야."

그때 이칠성이 물었다.

"소가는 방에 있습니다. 어떻게 할까요?"

"놔둬."

한마디로 말을 잘랐던 정재국의 얼굴에 쓴웃음이 번졌다.

"벗어나고 싶었겠지만 어쩔 수 없이 끌려들었어. 우리가 막지 않아도 나가지 못할 거다."

오전 7시 반, 노무라 투자신탁 증권의 사장 사사끼가 우에노의 저택 응접실에서 전화를 받는다. 투자국장 가네모리다.

"사장님, 방금 경호팀장 마에다한테서 연락이 왔습니다."

가네모리가 서두르며 말을 이었다.

"대책위원회에서 방금 비상을 발동했다고 합니다. 출근하시기 전에 경호팀을 보강시켜 드리겠습니다."

"무슨 일이야?"

이맛살을 찌푸린 사사끼가 전화기를 고쳐 쥐었다. 출근하는 것을 보려고 옆에 서 있던 미치코가 긴장했다. 그때 가네모리가 말했다.

"잠깐 기다리시지요. 경호팀이 곧 도착할 것입니다."

"알았어."

입맛을 다신 사사끼가 전화기를 내려놓고는 소파에 앉았다.

"왜 경호팀을 보낸대요?"

옆에서 들었기 때문에 미치코가 묻자 사사끼는 고개를 저었다.

"당신은 몰라도 돼."

그러나 사사끼의 얼굴은 찌푸려져 있다. 이번에 총리 부속실 히데다다의 직접 지휘로 대책위원회가 설립된 것도 미치코는 모르는 것이다. 대책위원회는 곧 노무라 투자신탁 증권의 대책위원회다. 대책위원회에는 부속실장 히데다다와 정보부장 야스오를 주축으로 경찰청과 노무라 측 인사들까지 포함되어 있는 것이다. 투자국장 가네모리가 대책위원회의 노무라 측 대표다. 그때 다시 전화벨이 울렸기 때문에 이번에는 미치코가 전화를 받았다.

"여보세요."

"어머니."

여자 목소리. 그러나 목소리가 심상치 않았기 때문에 미치코가 숨을 들이켰다. 며느리, 하루에다.

"응, 하루에구나. 웬일이냐?"

옆에 있던 사사끼가 고개를 돌려 미치코를 보았다. 하루에는 아들, 기치의 아내다. 둘은 결혼한 지 1년도 안 되는 신혼이다. 그때 하루에가 흐

느끼며 말했다.

"기치 씨가 아파트에서 떨어졌어요."

"뭐? 아파트에서 떨어져?"

미치코의 목소리는 책을 읽는 것 같았다. 눈동자의 초점을 잃은 채로 미치코가 잠꼬대처럼 묻는다.

"그게 무슨 말이냐? 왜 떨어져? 어떻게 되었는데?"

"출근했는데…… 바로……."

"바로 뭐?"

"아파트 경비실에서 연락이 왔는데…… 창에서 떨어졌다고……."

"그, 그래서?"

"여기, 병원이에요."

"그래서?"

"모르겠어요."

그때 옆에서 바짝 붙어서 듣던 사사끼가 소리쳤다.

"어느 병원이냐!"

"아니, 후미코가 나갔어?"

버럭 소리친 오꾸보가 잡아먹을 것 같은 표정으로 수지를 보았다. 오전 8시 45분, 저택 안. 오꾸보와 수지가 마주 보고 서 있다. 뒤쪽 벽에 붙어 선 가정부 둘은 석상처럼 굳어 있다.

"극단에 간 것 같아요."

수지가 당혹한 표정으로 말하면서 손에 든 쪽지를 내보였다. 후미코의 글씨다.

"나, 일하고 빨리 돌아올게. 미안."

쪽지를 받아 읽은 오꾸보가 어금니를 물었다.

"이런, 바보 같은."

숨을 고른 오꾸보가 옆에 놓인 전화기를 들면서 소파에 앉았다. 버튼을 누른 오꾸보가 전화기를 귀에 붙였다.

"여보세요."

대책위원회의 실질적 지휘자 야스오가 전화를 받는다. 대책위원회 사무실 안, 사무실은 총리관저에서 3백 미터밖에 떨어지지 않았다.

"나, 오꾸보올시다."

오꾸보의 목소리가 수화구를 울렸기 때문에 야스오는 긴장했다. 방금 사사끼의 아들 기치가 아파트 8층에서 떨어져 응급실로 실려 갔다는 보고를 받았기 때문이다.

"예, 회장님."

"내 딸이 몰래 집을 나가서 보호를 해주셔야겠는데."

"아, 따님이 말씀입니까?"

"그래요, 일하러 나간 거요. 이놈이……."

"알겠습니다, 회장님."

"그놈 직장이……."

"알고 있습니다, 회장님. 그런데 언제 나갔습니까?"

"아침에 나간 것 같소."

"저택 경호원들이 있지 않습니까?"

"딸이 나가는 걸 막지 못한 거요. 막으라고 지시도 하지 않았고."

"알겠습니다, 조치하지요."

길게 이야기할 겨를이 없다. 전화기를 내려놓은 야스오가 소리쳤다.

"후미코가 가출했다! 서둘러라!"

앞쪽에서 듣던 요원들이 튕기듯이 일어섰다. 급해진 야스오가 책상 주변을 왔다 갔다 했다. 오꾸보한테 사사끼 아들이 아파트에서 떨어졌다고 말해준다면 펄쩍 뛸 것이다. 기치는 지금 식물인간이 되어 있다. 야스오가 이 사이로 말했다.

"이놈들이 공격을 하는 건가?"

틀림없다. 안팎으로 공격이다, 이라크 영내에서 그리고 바깥인 일본에서.

"야노극단과 가까운 경찰서는 어디야? 지서 말야!"

대책위원회 소속 경찰 책임자는 혼다, 도쿄 경시청 소속 강력부 차장이었으니 만만치 않은 수완가며 경력자다. 45세, 혼다가 소리쳐 묻자 경찰조 니가타가 대답했다.

"야노극단은 우에노 경시청 사이만 지서 관할입니다!"

"당장 사이만 지서에 연락해서 야노극단으로 출동시켜!"

"옛!"

니가타가 전화를 거는 동안 혼다는 벽에 붙여진 지도를 보았다. 사이만 지서와 야노극단과의 거리는 4백 미터 정도. 5분이면 도착할 것이다. 고개를 든 혼다가 벽시계를 보았다. 오전 8시 58분, 그때 옆으로 다가온 야스오가 혼다에게 물었다.

"9시가 출근 시간이겠지?"

"그렇습니다, 야스오 씨."

"우리는 지각하기를 바라야겠군."

"아침에 몇 시에 나갔는지 모르지만, 지하철로 자택에서 회사까지는 1

시간 정도 걸립니다."

고개를 끄덕인 야스오가 혼잣소리처럼 말했다.

"자식들이 문제야."

그때 경찰조 하나가 다가와 보고했다.

"후미코 씨는 아직 극단에 출근하지 않았습니다."

야스오와 혼다가 얼굴을 마주 보았다.

"다행인가?"

야스오가 물었지만 혼다는 대답하지 않았다.

지하철에서 내린 후미코가 계단을 올라가다가 멈춰 섰다. 뒤에서 누가 옷자락을 잡았기 때문이다. 몸을 돌린 후미코는 사내와 시선이 마주쳤다. 한 계단을 올라선 사내가 말했다, 영어로.

"후미코 씨, 나하고 같이 가십시다."

지하철에서 내려 올라가는 사람들이 많아서 둘은 옆으로 비켜섰다.

"누군데요?"

후미코가 묻자 사내가 손끝으로 옆구리를 찔렀다. 손끝을 내려다본 후미코가 숨을 들이켰다. 손끝에 칼이 쥐어져 있다. 칼날만 3센티쯤 나와 있다.

"여기서 찔러 죽일 수도 있으니까 따라와, 후미코."

그때 후미코 뒤쪽에서 사내 하나가 등을 밀었다. 낯선 사내.

"자, 죽이고 가도 되지만 순순히 따라오면 살 수도 있다."

후미코는 정신이 반쯤 나간 상태에서 지하철 계단을 올라갔다. 뒤에서 밀리고 옆에서 끌린 것이다. 계단을 올라 도로로 나왔을 때 주차하고 있던 차가 다가왔다. 아침 출근 시간이 조금 지났지만 도로는 행인들로 가득 차 있다.

"이것 봐요."

후미코가 겨우 입을 연 순간, 멈춰 선 차 문을 연 사내들이 안으로 밀쳐 넣었다. 행인들이 그것을 보았지만 곧 승용차는 그곳을 떠났다.

9시 25분, 야스오가 혼다에게 물었다.

"안 왔어?"

"예, 아직 출근 안 했습니다."

"도대체······."

"집에서 늦게 나갔을지도 모릅니다."

눈을 치켜뜬 야스오가 고개를 저었다.

"아무래도 찜찜해."

그때 경찰조 하나가 다가오더니 혼다에게 말했다.

"조장님, 조금 전에 기치 씨가 사망했다고 합니다."

야스오와 혼다가 서로 얼굴을 보았다. 기치는 사사끼의 아들이다. 아파트에서 떨어져 응급실로 실려 갔지만 식물인간이 되었다가 사망한 것이다. 12층 아파트에서 엘리베이터를 타지 않고 계단을 내려가다가 창문으로 떨어진 것이다. 기치는 10층에서 살았으니 그 아래층이겠지. 그때 야스오가 말했다.

"특명관 놈들의 짓이야."

앞에 선 경찰조가 숨을 죽였다. 소가 아사코를 연행하려고 파견했던 경찰조 중 두 명이 원룸 맨션 로비에서 피살되었다. 그러고 나서 노무라 투자신탁 증권 사장 사사끼의 아들 기치가 의문의 추락사를 한 것이다. 그것뿐만이 아니다. 오꾸보 회장의 무남독녀 후미코가 불안하다.

10시, 벽시계를 올려다본 요시다가 자리에서 일어섰다. 굳은 얼굴이다.

"후미코는 납치당했거나 사고가 났어."

요시다가 앞에 선 대책위원회 간부들을 둘러보았다.

"도쿄 전역의 경시청에 후미코를 수색시켜. 사진, 인적사항 배포하고."

요시다가 말을 이었다.

"비상 상황이다. 데니스 정에 대한 수배도 동시에 실시해라."

앞에 서 있던 요원들이 흩어졌다. 비상 상황인 것이다.

"뭐야? 기치 군이?"

버럭 소리친 오꾸보가 앞에 선 모리를 보았다. 노무라 투자신탁 증권의 회장실 안. 오꾸보는 방금 모리한테서 사사끼의 아들, 기치의 추락사 소식을 들은 것이다. 모리가 시선을 내린 채 대답했다.

"아침에 출근하다가 계단 옆 창문으로 떨어졌다는 것입니다. 경찰은 아직 자살인지 타살인지 결론을 못 내고 있습니다."

"자살이라니? 말이 돼?"

"……"

"지금 사사끼는 병원에 있나?"

"예, 저도 대책 본부를 통해서 들었기 때문에 사사끼 씨 연락을 받지 못했습니다."

"으음."

정신이 없을 것이다. 외아들이 죽었으니 보고를 할 것도 없다. 사생활이다. 문득 후미코가 떠올랐지만 이 상황에서는 꺼내기가 민망하다. 오꾸보가 고개를 들었다.

"모리, 자네가 병원에 가 봐."

"예, 회장님. 그런데……."

모리가 오꾸보의 시선을 맞받았다.

"회장님, 대책위원회의 가네모리는 이것이 이라크의 특명관 소행인 것 같다고 했습니다."

"……."

"지금 도쿄 전 경시청에 후미코 양을 찾으라는 수배령을 내렸다고 합니다."

"……."

"특명관 데니스 정이라는 놈도 공개 수배를 시켰습니다."

몸을 돌리려던 모리가 주저하더니 말을 이었다.

"회장님, 염려하지 마십시오. 후미코 양은 별일 없을 것입니다."

그러고는 몸을 돌려 버렸기 때문에 오꾸보는 어깨를 늘어뜨렸다.

가네다 총리는 먼저 심호흡부터 했다.

"미켈슨 씨, 미국이 유엔에서 결의를 이끌어 낸다고 해도 후세인은 눈도 깜빡하지 않을 겁니다."

앞에 앉은 미켈슨 또한 태연하다. 눈도 깜빡이지 않는다. 미켈슨은 미국 국무부 차관인 것이다. 총리 관저 안이다. 둘러앉은 사람은 가네다와 미켈슨, 관방장관 요시다와 주일 미국대사 카네기, 외무장관 무라야마였고 뒤쪽에는 보좌관과 수행원들이 둘러앉아 있다. 가네다가 말을 이었다.

"대통령께 전해 주시오, 일본 국민 827명이 후세인한테 납치되어 있는 상황인 데다 지금 국내에는 후세인이 보낸 암살대가 노무라 증권의 사장 아들을 살해했다고. 또……."

가네다의 영어는 유창했지만 통역을 통하는 바람에 세 번이나 끊어졌다가 이어지고 있다. 그때 세 번째 통역이 끝났을 때 미켈슨이 말을 가로막았다.

"수상 각하, 국내에 암살대가 와 있는지는 알 수 없지만 이라크가 억류시킨 일본인과 재산에 대해서는 유엔 안보리가 곧 제재할 겁니다."

"항의문을 전달할 정도라면 없는 것이나 같습니다."

다시 가네다가 떠들었다.

"군대를 보내지 않으면 안 됩니다. 미군이 폭격을 하든가……."

"잠깐."

미켈슨이 다시 말을 잘랐다. 미켈슨은 일본 총리의 요청에 의하여 미국 대통령 클린턴이 파견한 특사다.

"총리 각하, 이제는 미군이 전면전을 일으킬 수 없습니다. 국내 여론이 좋지 않아서요."

미켈슨이 말을 이었다.

"정치적으로 해결해야 됩니다. 이라크를 정치적, 경제적으로 압박하면 후세인도 견디지 못할 거요."

그때 다시 가네다가 나섰다.

"미켈슨 씨, 지금 그렇게 한가한 상황이 아니란 말요! 일본 내의 여론도 악화되어 있어요! 이러다간 일·미 동맹도 위험합니다."

미켈슨이 의자에 등을 붙였다. 그렇다고 미군이 전폭기를 동원해서 이라크를 폭격할 수도 없는 것이다, 만일 폭격을 하면 후세인은 억류시킨 일본인들을 방패막이로 내세울 테니까. 그것을 알면서도 가네다가 고집을 부리는 것은 일본의 총선이 한 달 후로 다가왔기 때문이다. 만일 그때까지 인질이나 억류 재산이 풀리지 않을 때는 가네다의 집권 자민당이 전멸한다. 미켈슨이 대답했다.

"안보리를 통해서 정치적으로 해결하고 그것이 어려우면 경제 압박을
할 것입니다. 이것이 미국의 결정입니다."

"빠가야로."

미켈슨이 방을 나갔을 때 가네다가 눈을 치켜뜨고 말했다. 방 안에는
관방장관 요시다와 총리실 부속실장 히데다다가 남았다. 지금까지 히데
다다는 뒤쪽 보좌관들 사이에 끼어 앉아 있었던 것이다. 가네다가 히데
다다에게 말했다.

"히데다다 군, 오꾸보의 딸은 납치당한 건가?"

"예, 각하."

히데다다가 똑바로 가네다를 보았다. 오전 11시 반 현재, 후미코는 사
무실에 나타나지 않았다. 실종 상태다. 눈에 불을 켠 경찰이 동선을 수색
했지만 증인도 나타나지 않았다. 특명관팀은 사사끼의 아들을 죽이고 오
꾸보의 딸까지 납치한 것이다. 가네다가 한숨을 쉬었다.

"언론에 노출되지는 않았지?"

"예, 각하."

"특명관이란 놈이 한국계 미국인이라고?"

"예, 각하."

"한국 놈들이 끝까지 우리를 괴롭히는군."

가네다의 눈빛이 킹해졌다.

"그놈이 리스타에 근무했다고 그랬나?"

"예, 각하."

히데다다가 서둘러 말을 이었다.

"하지만 지금은 회사를 떠난 상황입니다."

"자네 생각은 어때? 그놈이 리스타와 관계가 없다고 생각하나?"

히데다다는 가네다의 의도를 눈치채고 입을 다물었다. 그때 가네다가 말했다.

"지금 일본에서 사업 중인 리스타 법인을 제재하면 어떨까? 후세인의 배후에 리스타가 있다는 건 성명을 내고 말야. 리스타의 이광과 후세인이 절친한 사이라는 건 세상이 다 알고 있지 않나?"

히데다다가 숨만 쉬고 있는 것은 가네다의 '발상'이 엄청났기 때문이다. 그렇게 되면 전쟁은 엄청나게 확대된다. 그때 요시다가 말했다.

"각하, 그렇게 되면 한국과의 관계가 심각해집니다. 한국과 동맹국인 미국도 반대할 것입니다."

"일본도 미국 동맹국이야, 요시다."

"리스타가 연루되었다는 증거가 없는 상태에서 그렇게 되면……"

"이대로 있을 수는 없어."

자르듯 말한 가네다가 히데다다를 보았다.

"이봐, 리스타 법인의 일본 내 재산이 얼마야?"

"예, 그, 그것은……"

"그리고 리스타의 한국인 임직원도 조사해 봐."

"예, 각하."

"우리가 리스타 재산을 압류하고 리스타 임직원을 억류하면 이광이 나설 거야."

이제는 요시다와 히데다다도 입을 다물었고 가네다가 퍼붓듯이 말을 이었다.

"가만있을 수는 없어! 선거가 한 달 후야!"

가네다의 진면목이 드러났다. 순발력이 강했고 임기응변이 뛰어난 인물이다.

방으로 들어선 정재국이 의자에 앉아 있는 후미코를 보았다. 후미코가 고개를 들어서 둘의 시선이 마주쳤다. 정재국이 후미코의 앞쪽 의자에 앉았다.

"묶어 놓지는 않았지만 반항하거나 도망치려고 한다면 즉시 죽일 거다."

정재국이 가라앉은 목소리로 말했다.

"처음이자 마지막 경고야, 후미코."

"당신들은 누구죠?"

후미코가 겨우 물었을 때 정재국이 쓴웃음을 지었다.

"네 아버지를 죽이려고 온 사람들."

정재국이 말을 이었다.

"내 계획은 너를 죽여서 네 아버지 가슴을 찢어 놓은 다음에 네 아버지를 죽이는 건데, 변경될 수도 있지."

숨을 들이켠 후미코의 눈동자가 흐려졌다.

"왜죠?"

"이야기 못 들었어? 노무라 증권이 이라크 투자금 1천6백억 불을 날린 사건."

눈썹을 모은 정재국이 후미코를 보았다.

"사장 사사끼의 아들은 엘리베이터 앞에서 기다리고 있다가 비상계단으로 끌고 가 창밖으로 던져 버렸다."

"……."

"그렇다고 사사끼가 죄를 면한 게 아냐."

그때는 후미코가 시선을 내렸기 때문에 정재국이 자리에서 일어섰다.

"벽에 머리를 부딪쳐서 자살할 수도 있고 옷장의 옷으로 목을 맬 수도 있겠지. 그건 말리지 않을 테니까 방에 박혀 있어."

"살 가망은 없어요?"

후미코가 묻자 정재국의 얼굴에 웃음이 떠올랐다.

"내 호의나 자비심에 의지하면 안 된다. 살 가망은 상황이 바뀌는 것이지. 오꾸보가 변상을 한다든가 납득이 갈 조건을 내미는 것이지. 하지만."

자리에서 일어선 정재국이 고개를 저었다.

"우리가 마냥 기다릴 수는 없으니까 그 기회가 별로 없을 것 같다."

"리스타 법인 소속의 기업체는 22개, 재산도 미화로 약 220억 달러입니다."

히데다가 말을 이었다.

"리스타 법인에 근무하는 한국인 임직원은 1,425명이 됩니다. 일본인 고용원도 약 2만 5천 명 정도고요."

"그렇게 많아?"

가네다가 눈썹을 찌푸렸다.

"이놈들이 일본 시장을 잠식하고 있군."

거꾸로 말한 것이다. 그만큼 일본 시장을 성장시켰다고 해야 맞다. 총리 집무실 안, 오후 12시 반. 방 안에는 둘뿐이어서 가네다가 거침없이 말한다.

"이젠 미국 눈치 보고 상의할 것도 없다. 이렇게 나가다가는 선거에서 망하게 될 상황이니 국가를 살려야 한다."

"……."

"일단 리스타 법인을 세무 조사시키고 법인 소속 한국인들을 출국 금지시키기로 하지. 그러고 나서 다음 단계를 진행시키는 거야."

"알겠습니다. 관계 장관들을 소집할까요?"

"그전에 당 고위층 합의를 하고, 당 10역을 불러."

"예, 각하."

"그러고 나서 야당 대표들을 모으고."

"예, 각하."

"그다음에 관계 장관 회의를 하고. 오늘 중에 시행하는 거야."

일본도 일사불란한 대응이 시작된다. 가네다의 지도력이 되살아났다.

오꾸보가 가네다의 전화를 받았을 때는 그로부터 30분쯤 후다.

"예, 총리 각하."

오꾸보는 노무라 투자신탁 증권 회장실에서 전화를 받는다. 앞에 선 비서실장 모리는 몸을 굳히고 있다.

"오꾸보 씨, 따님 때문에 마음고생이 심하시겠소."

가네다의 목소리도 가라앉아 있다.

"일본 정부도 최선을 다하고 있소."

"감사합니다, 각하."

"우리도 당하고 있을 수만은 없어서 특단의 조치를 취할 겁니다."

"예, 각하."

"후세인의 배후가 리스타라는 것을 전 세계가 아는 이상 일본 정부도 강력하게 대응할 거요."

그때 오꾸보가 숨을 죽였고 가네다의 말이 이어졌다.

"그래서 거기 비서실장을 나한테 보내 주시오, 자세한 내용을 이야기할 테니까."

"알겠습니다, 각하."

오꾸보가 바로 대답했다.

"오후 3시까지 보내겠습니다."

전화기를 내려놓은 오꾸보가 번들거리는 눈으로 모리를 보았다.

"3시까지 총리한테 가라."

"예, 회장님."

"일본 정부도 맞대응을 한다는 거야. 후세인의 배후에 리스타가 있으니까 리스타를 칠 것 같아. 가서 내용을 듣고 와."

오꾸보의 입술 끝이 비틀렸다.

"모리, 가네다한테 후원금으로 1백억 엔을 낸다고 해라."

"1백억 엔 말씀입니까?"

놀란 모리가 되물었다. 1백억 엔은 미화로 1천만 불이다. 지금까지 수백 번 정치 자금을 냈지만 아무리 큰 경우라도 1억 엔 정도였던 것이다. 평소의 1백배다.

"그래, 1백억 엔."

길게 숨을 뱉은 오꾸보가 말을 이었다.

"이번에는 국가 대란이야. 가네다 씨가 살아야 우리도 살아."

오전 2시, 뉴욕 시간이다. 후버가 저택 침실에서 전화를 받는다. 전화를 걸어온 상대는 부장보 윌슨, 해외작전국장을 지금도 겸하고 있다.

"부장님, 결국 가네다가 사고를 치려는 것 같습니다."

윌슨이 대뜸 말했다. 가운 차림의 후버가 전화기를 고쳐 쥐었고 윌슨이 말을 이었다.

"지금 도쿄에서 리스타에 세무 조사를 시작했습니다. 그리고 조금 전에 가네다가 주최한 당 10역 회의에서 리스타에 대한 세무 조사, 재산 가압류 조치를 결정했습니다. 한국인 임직원 출국 금지도 내렸고요."

"갓댐."

벌떡 일어선 후버가 침실 안을 빙빙 돌기 시작했다.

"가네다 이놈이 한 달 후의 총선에 써먹으려는 거야! 그놈이 타깃을 한국인의 리스타로 잡은 것이라고!"

"그렇습니다. 배후에 한국이 있다고 여론을 몰아가는 것이지요."

윌슨의 목소리도 높아졌다.

"일본은 정권이 위기에 닥치거나 민중의 불안이 높아질 때 그 대상을 한국으로 삼는 경우가 많습니다. 이번도 그런 경우 같습니다."

한국, 오후 4시 반, 청와대 대통령 집무실에서 대통령 김영삼이 비서실장 김인식의 보고를 받는다.

"리스타의 세무 조사를 시작하고 리스타 임직원에 대해 출국 금지를 시켰습니다."

김인식이 말을 이었다.

"조세포탈, 공금 유용 혐의인데 이미 언론에 1천억 엔 규모의 세금을 추징할 것이라고 소문이 났습니다."

1천억 엔이면 미화로 10억 불 규모다. 한화로 1조가 넘는다.

리스타 일본 법인이 해체될 수준의 추징금이다.

고개를 든 김영삼이 김인식을 보았다.

"이놈들이 한국을 만만하게 보니까 이러는 것이겠지?"

"예, 대통령님."

김인식이 바로 대답했다.

"추측만을 갖고 멀쩡한 리스타 일본 법인을 잡아넣는 것입니다."

"지금 이광이는 어디에 있지?"

"리스타 아일랜드에 있습니다."

"그 섬이 완전히 이광이 소유인가?"

"그렇습니다, 대통령님."

"인구가 10만이 넘는다면서?"

"예, 15만이 되었습니다."

"거기 대통령인가, 이광이가?"

김영삼이 이광을 제 아들처럼 부르고 있다. 원래 성격이 그렇다.

"아닙니다. 그저 섬 주인인 셈이지요. 리스타 그룹의 회장이니까 대주주고요."

"그놈이 나보다 낫지 않나?"

"아닙니다, 대통령님. 그럴 리가 있습니까? 한국은 인구가 5천만에⋯⋯."

"난 4년 후에는 백수가 된다고."

김인식이 한숨만 쉬었을 때 김영삼이 화제를 원점으로 돌렸다.

"내가 이광이를 대신해서 일본 놈들한테 항의를 해야 될까?"

"대통령님, 이광 회장도 물론이지만 지금 가네다가 출국 금지시킨 리스타 일본 법인의 한국인 근무자가 1,425명이나 됩니다."

"오, 그래?"

"지금 막 탄압을 시작한 셈이니까 대통령님께서 일본 대사를 불러 엄중히 항의를 하시는 것이 나을 것 같습니다."

"옳지."

고개를 끄덕인 김영삼이 김인식에게 말했다.

"당장 일본 대사를 불러서 항의하라고 해. 외무장관한테 말이야."

이렇게 한국 정부의 방침이 굳어졌다.

같은 시간의 리스타랜드, 이곳은 오후 2시가 조금 넘었다.

이광의 바닷가 별장에는 이광과 안학태가 베란다 의자에 나란히 앉아 있다.

오늘도 맑은 날씨에 바람도 잔잔해서 파도 끝의 흰 거품이 가늘어져 있다.

안학태는 방금 일본 정부의 리스타 일본 법인에 대한 조치를 보고한 참이다.

한동안 파도 끝을 바라보던 이광이 입을 열었다.

"우려하고 있던 일이 기어코 일본 정부로부터 터졌군."

"총선이 한 달 앞입니다. 가네다로서도 가만있을 수만은 없는 상황입니다."

"그렇다고 대상을 리스타로 삼는단 말인가?"

"저는 지금 갑자기 1923년 9월 1일에 발생했던 관동 대지진이 떠오릅니다."

"무슨 말이야?"

되물은 이광의 얼굴이 굳어 있다.

일제 강점기 시대, 일본 도쿄 아래쪽 사가미만을 진앙지로 한 강도 7.9에서 8.4까지의 강진이 발생했다.

1923년 9월 1일 오전 11시 58분부터 5분 간격으로 세 차례나 발생한 것이다.

그때 관동 지역은 궤멸적인 타격을 받았다.

도쿄는 도시의 75퍼센트 이상이 파괴, 소실되었는데 마침 점심시간이어서 대부분의 가구가 불을 피우고 있었기 때문이다.

그때 안학태가 말을 이었다.

"그때 일본 정부는 식량난이 가중되고 무능한 정권에 대한 비판이 갈수록 고조되던 시기여서, 관동 대지진으로 대혼란이 일어나고 민심이 폭동 기운으로 번지자 폭동 분출구를 조선인으로 돌렸지 않습니까?"

"나도 읽었어."

이광의 얼굴이 굳어졌다.

그 자료가 다 나왔고 진상이 밝혀졌지만 묻혔다.

한국인들의 관용인지 또는 잊어먹기 잘하는 습성인지 모른다.

일본 정부는 도쿄 주변에 살던 조선인들이 폭동을 일으켜 일본인들을 강간, 살해했다는 루머를 순식간에 퍼뜨린 것이다.

그래서 일본인들이 조선인들을 사냥하기 시작했다. 관동 지역에는 조선에서 건너온 가난한 노동자들이 밀집되어 살고 있었기 때문이다.

이광이 상반신을 세우고 말했다.

"이 사건을 관동 대학살에 비유하다니, 가슴이 서늘해지는군."

"일본인들의 습성입니다. 개인은 친절하고 겸손한지 모르지만 무리가 되었을 때 일으킨 사건들을 보십시오."

안학태의 말에 이광이 숨을 들이켰다.

관동 대지진으로 10만여 명이 사망했고 3만 7천여 명이 실종되었다.

관동 지역에 거주했던 3만여 명의 조선인 중에서 지진 후의 생존 확인자는 7천여 명에 불과했다. 무려 2만 3천여 명이 줄었다.

일본 당국의 통계다.

조선인을 살해한 것은 군경, 자경단뿐만이 아니었다. 일본 주민들도 조선인을 발견하면 가차 없이 죽였다. '조선인이다.' 누가 한마디 외치면 '와!' 하고 달려들어서 무자비하게 살해했다.

요코하마 감옥을 탈옥한 800여 명의 죄수들이 조선인을 학살하고 다녔는데 흉악범들이어서 잔인하고 무도했다. 조선인을 잡으면 강변의 버드나무에 거꾸로 매달아 놓고 때려 죽였다.

여자는 꼭 배를 갈랐으며 남녀노소를 막론하고 하반신을 벗겨 죽였다.

강이 조선인 시체로 가득 찼고, 강물이 피로 물들었지만 학살은 밤에도 계속되었다.

사이타마 혼조 경찰서에서는 사로잡아 온 조선인 1백여 명을 자경단, 군인, 경찰들이 총검술 시범으로 찔러 죽였고, 아이들은 목 베기 시합을 했다. 총탄이 아깝다고 그런 것이다.

자경단원은 대못을 조선인 이마에 박아 죽였다.

9월 1일 오후 3시, 사건 발생 3시간 후에 발송된 전문이 있다.

지바 경찰서 정보과장 구로다는 경시총감 명의로 보낸 전문을 받고 깜짝 놀랐다.

"사회주의자, 조선인의 방화가 만연하고 있다. 적극 대처하도록 하라."

당시에 정권의 수장인 총리도 공석인 상황이다.

새 총리로 선출된 야마모도 곤노효에는 아직 취임도 하지 못하고 내각도 구성하지 못한 권력 공백 상태였다.

당시의 내무대신 미즈노는 전(前) 조선총독부 정무총감 출신이다. 또한 경시총감 아카이케 또한 전(前) 조선총독부 경무국장 출신이어서 손발이 맞았고, 특히 조선인에 대해서 잘 안다. 둘 다 조선에서 3·1운동을 겪었기 때문이다.

그 당시의 둘의 대화다.

1923년 9월 1일 오후 4시.

미즈노가 충혈된 눈으로 아카이케를 보았다.

이제 지진 4시간 경과.

"상황은?"

"먹혀들고 있습니다."

바짝 다가선 아카이케가 말을 잇는다.

"언론이 협조적입니다."

"당연히 그래야지, 국가를 위한 일인데."

"각 경찰서에 극비 지시를 했습니다."

"어떻게 말인가?"

"조선인이 살인을 하고 강도, 강간을 저질렀다는 내용을 적극 홍보하라고 했습니다."

"그럴 가능성도 많으니까."

미즈노가 얼굴을 일그러뜨리며 웃는다.

"우리가 그놈의 만세 운동을 겪었지 않은가? 한 놈이 일어나면 벌 떼처럼 따라나서는 그놈들의 근성 말이야."

"맨손으로 소리치다 죽는 놈들을 보면 미친놈들이었지요."

하지만 총칼로 무자비하게 탄압을 했어도 쉽게 잡지 못했던 조선인들이다.

다시 정색한 미즈노가 말했다.

"철저하게 집중하도록. 표적을 조선인으로 돌리란 말이야."

"알고 있습니다."

둘의 시선이 마주쳤고 이것이 시작이다.

1923년 9월 2일 오전 10시, 사건 발생 22시간 후.

경시청이 관동 지역 각 경찰서로 급송한 전문 내용.

"곧 조선인들의 내습이 있을 것이다. 9월 1일의 대화재는 다수의 조선인들이 방화를 하거나 폭발물을 던져서 발생한 것으로 조사 결과 판명되었다."

이 시점에서 관동 지역에 일본인 자경단이 조성되었고 군이 동원되었다. 군(軍), 경찰, 자경단이 동원된 조선인 사냥이 시작된 것이다.

9월 2일 오후 2시 경시청 발표.

"조선인들이 단결, 도처에서 약탈을 감행하고 부녀자들을 능욕하고 있다. 아직 불에 타지 않은 건물에 불을 질러 완전히 소각시킨다. 전(全)시의 청년단, 재향군인들이 현(現) 경찰과 접촉, 이를 방지하려고 노력하고 있다."

9월 2일 오후 2시 30분, 관동의 전 지역에 호외가 뿌려졌다.

"요코하마 방면에서 조선인 2,000명이 내습하고 있다. 총, 칼, 폭탄을 휴대하고 있어 군대가 출동했다. 조선인의 공격을 차단하라!"

치가 떨리는 거짓말, '국가의 거짓말.'

9월 2일 오후 4시, 다시 전 지역에 호외가 뿌려졌다.

"조선인들이 요코하마에서 부녀자 6명을 강간, 살해했다."

오후 5시 호외.

"조선인 100여 명이 지바에서 난동을 부리며 폭력을 행사하고 방화를 한다. 폭탄을 소지하고 있으니 주의 바라고, 우물에 독약을 넣었으니 마시지 말아야 한다."

"조선 놈을 죽여라!"

마침내 관동의 전 지역에서 일본인들이 폭발했다.

분노의 표적이 정부의 실정과 무능에서 '대지진'을 기화로 조선인으로 바뀌었다.

"조선 놈의 씨를 말려라!"

오후 5시 반, 도쿄역 부근.

"너, 조선인이지?"

지나던 남녀 둘을 잡아 세운 일본인 10여 명이 다그쳐 묻는다. 그러나 물어볼 것도 없다. 여자가 한복 치마저고리를 입었기 때문이다.

사내 하나가 먼저 죽창으로 남자의 배를 찔렀다.

이미 겁에 질린 남자가 신음과 함께 허리를 꺾었을 때 다른 사내가 칼로 목을 쳤다.

여자가 비명을 지르자 다른 사내가 죽창으로 목을 찔렀다.

목이 죽창에 꿰인 여자가 허우적거렸을 때 다시 칼날이 날아왔다.

"뱃속에 애가 있나 봐라!"

누군가 소리쳤을 때 사내 하나가 여자의 옷을 칼로 찢는다.

웃음소리가 났다.

일본인 자경단이다.

내무부에서 9월 2일 오후 9시에 관동 지역의 각 경찰서, 자경단에 보낸 전문이 이어진다.

"관동 각 지역에서 조선인들이 무리를 지어 부녀자를 강간, 살해하고 있다. 조선인을 보는 즉시 대응하라. 살상해도 좋다. 일본인을 보호하고 우물물은 마시지 말 것. 과자에도 조선인들이 독을 섞었다고 한다."

오후 9시 20분, 지바 경찰서에 100여 명의 남녀가 뛰어들었다. 그중에는 아이를 끌고 안고 온 여자도 수십 명이다. 조선인들이 경찰서로 도망쳐 왔다.

그러나 잠시 후에 따라 들어온 자경단들은 그들을 모두 살해했다. 경찰도 거들었다.

남녀 모두 아랫도리를 벗겨 놓고 죽였다. 아이들은 목이 가늘어서 꼭 칼로 베어 떨어뜨렸다. 여자는 모두 배를 갈랐다. 애가 있는지 본다는 것이다.

사태가 끝난 후에 군인, 자경단, 경찰 중 단 한 명도 처벌을 받지 않았다.

처벌의 '처' 자도 나오지 않았다.

내무대신 미즈노 렌타로, 경시총감 아카이케 마츠시게는 칭찬을 받았다.

아사히, 요미우리 등 언론은 사건을 덮었으며 일본 정부는 한동안 조선인의 일본 본토 입출국을 금지시켰다. 사실의 전파를 막기 위해서다.

이광과 안학태가 잠자코 앞쪽의 바다를 본다.

둘의 머릿속에서 1923년 9월 1일의 관동 대지진 실상이 번갈아 교차된 것이다.

이번 가네다 총리의 리스타 억류로 떠오른 옛 역사다.

이윽고 고개를 돌린 이광이 안학태를 보았다.

"이번에는 당하고 있지만은 않을 거야."

TV를 본 이칠성이 고개를 돌려 정재국을 쳐다보았다.

지금도 TV에는 리스타 일본 법인 세무 조사 보도가 이어지고 있다.

음량을 줄였기 때문에 아나운서가 붕어처럼 입만 벙긋거린다.

"대장, 방법이 없습니다."

응접실 안에는 소가까지 넷이 모여 있다.

소가는 어쩔 수 없이 다시 합류했는데, 자기가 쓰던 방에 후미코를 넣었기 때문에 응접실에 나와 있다. 그렇다고 팀원이 된 것도 아니다, 전에도 팀원이 아니었지만.

정재국과 시선이 마주쳤을 때 이칠성이 말했다.

"후미코의 머리를 몸통에서 떼어낸 다음에 가네다 총리 관저 앞에 던지고 오는 겁니다."

"……."

"난리가 나겠지요. 아마 리스타에 대한 탄압이 쫙 들어갈 겁니다."

정재국이 눈만 껌벅였고, 이칠성의 말이 이어졌다.

"그리고 다시 노무라 투자신탁과 우리들의 전쟁이 되는 것이지요. 그렇지 않습니까?"

그때 박상철이 고개를 끄덕였다.

"그럴듯하네요. 목은 내가 자르지요."

이칠성이 다시 정재국을 보았다.

"어떻습니까? 오늘 밤에라도 끝내지요."

이번에도 정재국이 입을 열지 않았을 때다. 소가가 말했다.

"목을 베는 건 심하지만 후미코로 주의를 돌리는 효과가 있을 것 같습니다."

그 순간 셋이 일제히 경악했다. 정재국까지 입을 딱 벌렸다가 닫았다.

소가가 한국말을 했기 때문이다.

이것은 옆에 앉아 있던 몰티즈가 말을 한 것보다도 더 놀랄 일이었다.

"소가, 당신 어떻게 된 거야?"

놀란 정재국이 한국어로 묻자 소가가 대답했다.

"한국어를 잘합니다. 왜냐하면 제 할머니가 한국인이었기 때문에……."

"할머니가?"

"예. 할아버지는 일본인, 그리고 아버지도 일본인이셨죠."

"그럼 한국인 피가 사분의 일인가?"

이칠성이 나섰지만 무시한 채 소가가 정재국에게 말했다.

"어렸을 때 외할머니하고 같이 살았기 때문에 한국어를 배웠습니다."

지금 소가는 유창하게 한국말을 한다.

"어머니보다 더 한국말을 잘했죠. 그래서 할머니의 사랑을 받았습니다."

"자, 자."

그때 이칠성이 다시 말을 막았다.

"지금 할머니 이야기를 늘어놓을 때가 아닙니다. 지금 우리 때문에 한국인들이 인질로 잡힌 상황이고, 리스타 법인이 무너진단 말입니다."

입맛을 다신 정재국이 소가를 보았다.

"그럼 소가 씨 생각은 뭐야?"

"후미코는 마지막 카드로 두고. 노무라 투자신탁을 치는 것이지요."

모두 숨을 죽였고 소가의 말이 이어졌다.

"우리가 특명관팀이라는 건 일본 정부에서도 알고 있는 상황입니다. 후미코를 우리가 납치했다는 것도요."

"……."

"이미 화살은 시위를 떠났어요. 이젠 물릴 수 없습니다. 다시 쏘아야 돼요."

"어떻게?"

정재국이 묻자 소가가 대답했다.

"지금까지 자식들만 노렸는데, 실무자들에게 접근해야 됩니다. 그래야 여론이 노무라 투자신탁의 실상을 알게 되겠죠."

"음."

탄성을 뱉은 정재국이 고개를 끄덕였고 이칠성이 거들었다.

"제갈량이군, 여자 제갈량."

밤 11시 45분. 날씨가 흐리더니 밤이 깊어지면서 빗방울이 떨어지기 시작했다. 6월 초, 빗방울이 오히려 시원하게 느껴졌고 우의 위로 떨어지는 빗소리가 쾌적했다. 4층 옥상에는 여러 가지 폐가구, 냉장고, 밥통까지 버려져 있었는데 옥탑방에서 살던 사람이 놓고 간 것 같다.

"젠장, 이 새끼, 언제 오는 거야?"

박상철이 투덜거렸지만 목소리는 밝다. 신이 난 것이다. 이곳은 노무라 투자신탁 증권의 투자 담당 실무자인 투자국장 가네모리의 저택에서 직선거리로 520미터인 4층 옥상. 저택을 겨냥한 채 박상철과 이칠성이 나란히 엎드려 있다. 박상철의 앞에는 드라구노프 저격 총이 거치되어 있다. 야간 투시 장치가 장착된 PSO-1 스코프에 눈을 붙이면 눈금이 빛나고 520미터 거리의 목표가 선명하게 드러난다. 박상철에게 이 거리는 10발 10중이다. 탄창에는 10연발 탄창이 끼워졌고 총구의 소염기는 뭉툭한 소음기까지 끼워져서 총신이 140센티로 늘어났다. 박상철 옆에 엎드린 이칠성은 눈에 망원경을 붙이고 있다. 야간 투시경으로 가네모리의 집 대문의 문패까지 읽을 수 있다.

"기다려."

이칠성이 가볍게 말했다.

"내일 일본 언론이 어떻게 떠드는가 보자."

가네모리가 앞쪽에 앉은 고토에게 물었다. 고토는 경호팀에서 파견된 경호조장이다.

"고토, 후미코는 아직 소식이 없나?"

"없습니다."

고개를 돌린 고토가 가네모리를 보았다. 정색한 표정이다.

"기치 군은 타살로 확인되었습니다. 문 앞에서 기다리고 있다가 뒷머리를 쳐서 기절시킨 후에 비상계단으로 끌고 가 창밖으로 던진 것입니다."

"……."

"시체 부검에서 확인되었습니다."

"젠장."

"그놈들은 이번 리스타에 대한 정부의 세무 조사, 압류 조치로 더 적극적으로 나올 가능성이 많다는 겁니다."

차가 가네모리의 저택으로 향하는 일방통행로로 꺾어들었다. 12시가 되어가고 있었기 때문에 도로에는 차량 통행도 끊겨 있다. 승용차가 속력을 줄였고 고토가 주위를 둘러보았다. 1백 미터쯤 앞이 가네모리의 2층 저택이다. 이곳은 신주쿠의 고급 주택가. 가네모리는 정원이 딸린 2층 저택에서 산다. 저택에는 처와 고등학생, 중학생인 남매, 그리고 장모까지 네 식구가 있을 것이다. 차가 저택 앞에 멈췄을 때 길가에 주차된 차 안에서 두 사내가 나왔다. 저택을 경비하던 경호팀이다.

"이상 없습니다."

경호 팀원 하나가 차에서 내리는 고토에게 보고했다. 빗발이 조금 굵어지고 있다.

"응, 곧 교대가 올 거다."

둘에게 손을 들어 보인 고토가 막 차에서 내리는 가네모리에게 말했다.

"국장님, 그럼 저는 내일 아침 8시에 모시러 오지요."

"고토 군, 수고가 많아."

가네모리가 손을 내밀었다.

"천만에요. 이게 제 일인데요."

고토가 가네모리의 손을 잡았을 때다.

"퍽!"

둔탁한 충격음이 들리더니 고토는 얼굴에 뜨거운 물이 튀기는 것을 느꼈다.

"앗!"

다음 순간 고토의 입에서 외침이 터졌다. 바로 앞에 서 있던 가네모리의 머리 반쪽이 없어졌다. 끔찍한 형상이다. 치켜 뜬 눈 하나만 이쪽을 노려보고 있다.

"무엇이?"

벌떡 일어선 히데다다가 소리쳤다.

"가네모리가?"

이곳은 대책위원회 사무실 안. 히데다다가 앞에 선 야스오를 노려보았다.

"저격을?"

"예, 멀리서 쏘았습니다."

어깨를 늘어뜨린 야스오가 외면한 채 말했다.

"그놈들이 본격적으로 시작했습니다."

"빠가야로."

"경호팀과 함께 저택 앞에 도착했는데 차에서 내린 순간에 당했습니다."

고개를 든 야스오의 두 눈이 번들거렸다.

"무지막지한 놈들입니다. 지금까지 우리가 생각했던 범위를 벗어납니다, 실장님."

"……"

"리스타에 대한 정부의 강경 조치가 오히려 그놈들의 행동에 기름을 끼얹는 효과를 낸 것 아닐까요?"

"닥쳐, 야스오."

히데다다의 눈동자가 흔들렸다. 이것은 가네다 총리의 정략적인 방법이었던 것이다. 리스타 법인을 누르면 회장 이광에서 후세인까지 연결되어 상황을 완화시킬 것 같다는 발상이었다. 책임은 가네다가 져야 한다. 그러나 과연 가네다가 책임을 질까? 그때 히데다다가 앞에 놓인 전화기를 집어 들었다.

"실장님, 잠깐만요."

그것을 본 야스오가 바짝 다가서더니 히데다다의 손을 눌렀다. 전화기를 잡은 손이다. 히데다다의 시선을 받은 야스오가 물었다.

"어디에다 전화를 하시려는 겁니까?"

"총리 각하다. 왜?"

"지금 전화를 하신다고 해도 방법이 없을 겁니다. 총리 잠만 못 자게 하는 거죠."

"그래도 알아야지."

히데다다가 눈을 흘겼다.

"잠을 안 자고 고민을 해야 돼, 그 양반은."

야스오의 손을 뿌리친 히데다다가 버튼을 누르면서 말했다.

"잘 기억해둬, 야스오. 우리는 권력에 충성하는 것이 아니라 국가에 충성해야 된단 말이다."

"칙쇼!"

대뜸 가네다 총리가 욕설을 했다. 칙쇼란 '짐승 놈'이라는 욕. 적당한 욕이다. 자리를 차고 일어났기 때문에 옆에 누워있던 총리 부인, 사다코가 몸을 돌려 누웠다. 자주 겪어 온 상황이기 때문이다. 침대에서 나온 가네다가 소리쳤다.

"저격을?"

"예, 각하. 멀리서 쐈습니다."

"이런……."

어깨를 늘어뜨린 가네다가 목소리를 낮췄다.

"이놈들이 막 나오는 거 아닌가? 도쿄에서 저격 총을 쏘다니."

"각하, 이놈들은 파리에서도 수류탄을 터뜨리고 대량 학살을 했던 놈들입니다."

히데다다의 차분한 목소리가 이어졌다.

"각하, 정국 상황이 더 불안해질 것 같습니다. 가네모리의 피격 사건이 보도되면 민심이 들썩일 것 같은데요."

"막아!"

"예? 막으라고 하셨습니까?"

"보도 통제해! 당분간만이라도 말야. 지금 보도되면 안 돼!"

"각하, 시신이 지금 '신주쿠 병원'에 옮겨져 있습니다. 이미 의사, 간호사 등 여러 명에게 노출되어서……."

"막아! 당분간 말야. 대책을 세우고 나서 발표를 해야 돼!"

"알겠습니다, 각하."

"서둘러!"

가네다가 전화기를 부술 듯이 내려놓았고 느긋한 성품의 사다코가 돌아누운 채 혀를 찼다.

"녹음되었습니다."

옆에 선 야스오가 히데다다가 전화기를 내려놓았을 때 말했다. 방금 가네다 총리와의 대화를 말하는 것이다. 옆에서 가네다의 말까지 다 듣고 있었기 때문에 야스오가 확인하듯 물었다.

"조치할까요?"

저격 사건을 당분간 막을 것이냐고 묻는 것이다. 히데다다가 잠자코 고개만 끄덕였다.

오전 11시 반, 도쿄는 오후 1시 반이다. 후버가 앞쪽에 앉은 윌슨을 지그시 보았다.

"후세인이 시키지는 않았을 거야."

방금 후버는 윌슨한테서 한 시간 전에 일어난 도쿄의 저격 사건을 보고받은 것이다. 이곳은 뉴욕의 CIA 별관 안. 별관은 후버의 안가로 사용되고 있다. 후버가 쓴웃음을 짓고 말했다.

"아무리 그래도 도쿄에서 저격을 하다니, 가네다가 식겁을 했겠군."

"그런데 언론 통제를 시킨 것 같습니다."

윌슨이 말을 이었다.

"사건이 발생한 지 2시간 가깝게 되었지만 일본 언론은 보도를 하지 않습니다, 국장님."

"가네다가 선거를 의식해서 통제시킨 거야."

"그게 가능할까요?"

"일본 언론은 정부 측 말을 잘 들으니까."

후버가 앞에 놓인 파이프를 집었다.

"가네다가 악수를 뒀어."

"제 생각도 그렇습니다."

"이 사건이 노출되면 가네다의 과격한 행동에 대한 반작용이라고 덮어질 거야."

"선거가 한 달 남았으니까요."

"한국의 대통령도 가만있지 않을 텐데."

"벌써 일본 대사를 불러 항의를 했습니다. 강력하게 했다는데요."

"그, 한국 대통령이 막무가내 스타일이라고 했지?"

"가네다보다 더 과격합니다."

"볼 만하겠군."

후버의 눈이 가늘어졌다. 음모를 꾸밀 때의 표정이었기 때문에 윌슨이 긴장했다. 이윽고 후버가 눈동자의 초점을 잡았다.

"윌슨."

"예, 국장님."

"우리한테는 일본도 동맹국이고 한국도 동맹국이야."

"예, 국장님."

"이번 사건에 어느 편도 들 수가 없는 입장이라고."

"그렇습니다, 국장님."

"한국 측에다 이번 사건을 알리도록 해."

"예, 국장님."

"살짝 말야, 은밀하게."

"알겠습니다."

윌슨이 자리에서 일어섰고 후버는 파이프에 담배를 쟁이기 시작했다.

소가가 들어서자 후미코가 고개를 들었다. 적의에 찬 시선으로 소가를 응시한 채 후미코는 입을 다물고 있다. 다가간 소가가 후미코 앞쪽 소파에 앉았다. 후미코가 시선을 TV로 옮겼기 때문에 소가가 리모컨을 들어 TV를 껐다. 소가가 식사를 날라주고 왔다 갔다 했기 때문에 후미코는 일당인 줄 알고 있다. 그때 소가가 말했다.

"방송에는 안 나왔는데. 밤 12시경에 노무라 증권 투자국장 가네모리가 피살되었어."

후미코가 고개를 돌려 소가를 보았다. 아직 '뻥'한 얼굴. 후미코는 가네모리를 모른다. 소가가 말을 이었다.

"너도 알지? 이 방에 들어왔던 얼굴이 긴 사람. 그 사람이 저격병, 스나이퍼야. 건물 옥상에서 기다렸다가 총으로 얼굴 반쪽을 날렸다는 거야."

"……."

"그다음 순서는 부사장 다케다. 내일 밤에 쏴 죽일 거래."

"……."

"정부에서 언론 통제를 시켰다는군, 만일 보도가 되면 난리가 날 테니까."

그때 후미코가 입을 열었다.

"그걸 왜 나한테 말해주는데?"

"네 목을 베어서 네 집으로 보낼까 어쩔까 상의를 하고 있어. 다케다 다음 순서로 말야. 그것을 알려주려고."

소가가 똑바로 후미코를 보았다.

"겁나면 울고 사정하고 그래야지. 넌, 지금 드라마 촬영하는 것 같구나. 이제 큰일 났어, 넌. 네 목을 어떻게 자를까 하고 저 사람들이 이야기하는 중이야. 정신은 차려야 될 것 같아."

그러고는 소가가 빙그레 웃었다.

"하긴, 미친년은 겁이 없는 법이지만."

오전 8시 반이 되었을 때 NHK 방송의 보도국장 야나타가 방으로 들어선 도모리를 꾸짖었다.

"야, 국장실에 쓱쓱 들어오면 어떻게 해? 너, 날 무시하는 거냐?"

도모리는 보도국 선임 PD로 고참이다. 야나타의 도쿄 대학 5년 후배로 차기 보도국장 물망에 오르지만 본인은 자유로운 시사 PD로 끝내겠다고 한다. 그것을 믿지 못하는 야나타는 은근히 도모리를 의심하는 중이다. 현재 보도국장 2년 차인 야나타는 앞으로 3년은 더 그 자리에 앉아있고 싶기 때문이다. 그때 도모리가 손에 들고 있던 녹음기를 야나타의 책상 위에 내려놓았다.

"선배, 이거 들어보시지요."

"얀마, 선배라고 하지 마. 국장님이라고 불러."

그때 도모리가 버튼을 눌렀고 곧 여자 목소리가 울렸다.

"이 녹음테이프는 자의로 녹음되었습니다. 노무라 투자 증권의 오꾸보 다다요시 회장의 딸, 후미코입니다."

야나타가 눈을 가늘게 떴을 때 여자 목소리가 이어졌다.

"난 언론에 보도는 안 되었지만 도쿄의 전(全) 경찰서에 수배되어 모두 나를 찾고 있지요. 내가 어제 아침 출근하다가 납치되었기 때문입니다."

그때 야나타가 손을 뻗쳐 정지 버튼을 누르고 물었다.

"어떻게 된 거야?"

"맞습니다, 확인했습니다."

도모리가 상기된 얼굴로 야나타를 보았다.

"언론을 통제하고 있었던 겁니다."

"납치되었는데?"

"예, 전(全) 경찰서에 후미코의 신상을 보내고 실종자 추적을 하고 있었습니다. 제가 경찰서에 정보원이 있지 않습니까?"

"누가 납치했는데?"

"정보원한테서 더 큰 정보를 들었어요. 이건 1억 엔짜리 특종입니다, 선배."

"또 돈이냐?"

"글쎄, 들으실 거요, 말 거요?"

"녹음테이프 말이냐?"

"그건 좀 있다 들으시고. 제 말, 말씀요."

"해 봐."

"어젯밤에 노무라 투자 증권의 투자국장 가네모리가 저격당해서 피살되었어요."

"뭐? 저격?"

"그것도 언론 통제를 하고 있는 겁니다. 내 경찰 정보원이 가네모리의 시체가 보관된 병원도 알려줬어요."

"……."

"이건 가네다 내각이 붕괴될 사건입니다. 그래서 가네다가 막고 있는 겁니다. 이제 총선이 29일 남았거든요."

어깨를 부풀렸던 야나타가 도모리를 노려보았다.

"도대체 누가 그랬다는 거야?"

"그럼 녹음을 마저 들으시지요."

도모리가 손을 뻗어 녹음기 버튼을 누르자 곧 여자 목소리가 이어졌다.

"이라크는 현재 이라크 영내에 있는 일본인 기업의 재산과 일본인을 억류하고 있습니다. 그 이유는 노무라 증권이 이라크 투자금 1천6백억 불을 증발시킨 것에 대해 변상을 거부했기 때문입니다. 계약서상 명기되어 있는데도 노무라 증권은 핑계를 대고 정부의 뒤에 숨어 이라크를 모략하고 있습니다.

그때 다시 녹음기를 끈 야나타가 도모리를 보았다.

"납치당해서 진술을 강요당한 상황인가?"

"그렇죠. 계속 들어봐요, 선배."

"또, 선배……."

투덜거린 야나타가 버튼을 눌렀다.

"난 납치당한 상황에서 이 진술을 하지만 이것은 사실입니다. 어제 노무라 증권의 사사끼 사장 아들, 기치 군이 아파트 창밖으로 떨어져 피살되었습니다. 이것은 나를 납치한 이 사람들이 증언한 사실입니다. 그리고 어젯밤 노무라 증권의 투자국장 가네모리가 저격을 받아 살해되었고 시체는 지금 신주쿠 병원에 보관되어 있지만 가네다 정부의 언론 통제로 인해 보도가 안 되고 있습니다."

"빠가야로."

야나타가 소리쳤을 때 후미코의 목소리가 이어졌다.

"나는 이 녹음테이프를 3개 방송국, 14개 신문사에 보냅니다. 내가 강요를 받았다고 믿으셔도 상관없습니다. 사실을 확인하면 증거는 나올 테니까요."

녹음이 끝났을 때 야나타가 벌떡 일어섰다. 그것을 본 도모리가 물었다.

"선배, 보도할까요?"

그때 눈동자를 굴리던 야나타가 버럭 소리쳤다.

"바보야, 그걸 말이라고 해?"

3개 방송국과 14개 신문사에다 같은 테이프를 보냈다는 것이다. 가만 있다가는 병신이 된다.

"이 새끼들이 한국을 뭘로 보고."

어깨를 부풀리면서 가쁜 숨을 뱉던 김영삼이 부릅뜬 눈으로 비서실장 김인식을 보았다. 중앙청 건물이 옛날 일본 강점기 시절에 건축되었다고 대통령이 되자마자 허물어 버렸던 김영삼이다. 그때의 눈빛과 똑같다. 또 허물어 버릴 것이 있는가를 찾는 것 같다. 방금 김영삼은 중앙정보부장 오창호의 보고를 들은 것이다. 고개를 돌린 김영삼이 김인식 옆에 앉은 오창호를 보았다.

"그, 이라크 특명관이 노무라 증권의 고위직 자식들을 납치하고 어젯밤에는 투자국장을 쏴 죽였다고?"

"예, 각하."

오창호는 방금 일본에서 일어난 사건을 보고한 참이다. CIA 측으로부터 정보를 받은 것이다. 물론 대통령에게 전하라는 의미다, 그것도 은밀하게. 오창호가 말을 이었다.

"가네다 총리는 은폐하고 있습니다, 각하."

"선거가 한 달도 안 남았어. 나 같아도 그랬겠다."

말문이 막힌 김인식과 오창호가 마주 보았을 때다. 집무실 안으로 주춤대면서 대변인 고재석이 들어섰다. 세 쌍의 시선을 받은 고재석이 김영삼에게 말했다.

"각하, 방금 일본 NHK에서 성명 보도를 했습니다."

"뭐꼬?"

"이번 일본 내 사건에 대해서입니다. 제가 녹음해놓았는데 보시겠습니까?"

"봐야지."

그때 고재석이 들고 온 테이프를 TV에 끼우더니 버튼을 눌렀다. 그 순간 화면에 NHK 앵커가 떴다.

"가네다 정부는 모든 사건을 은폐하고 있습니다. 경찰과 병원 당국에 확인한 사실입니다."

앵커가 눈을 치켜뜨고 말했는데 일본어에 능통한 고재석이 열심히 통역했다.

"현재 피살된 사람은 둘. 노무라 증권의 사장 아들, 기치 군과 투자국장 가네모리입니다. 기치는 창에서 떨어져 살해됐고 가네모리는 저격당했습니다. 그것을 정부는 은폐하고 있었던 것입니다."

화면을 정지시킨 고재석이 열심히 통역했을 때 김영삼이 손바닥으로 의자 팔걸이를 쳤다.

"옳지! 잘한다!"

고개를 든 김영삼이 셋을 둘러보았다.

"가네다는 감추려고 했다가 지금 박살이 났다. 이 사실을 전 국민한테 알리도록 해."

"예, 각하."

"그리고."

어깨를 부풀린 김영삼이 말을 이었다.

"리스타의 억류 재산이나 한국인의 출국을 풀지 않으면 한국은 한국 영토 내의 일본 재산과 일본인을 모두 억류하겠다고 발표하도록."

김영삼이 김인식과 고재석을 번갈아 보았다.

"오늘 중으로 발표해."

"이런."

오꾸보가 가쁜 숨을 고르고 나서 앞에 선 모리를 보았다. 노무라 투자
신탁 증권의 회장실 안, 방에는 둘뿐이다. 방금 둘은 TV에서 보도된 후미
코의 육성 녹음테이프를 들은 것이다. 모리는 오꾸보의 눈이 번들거리는
것을 보았다. 그것은 생기다. 그 생기(生氣)가 일어난 원인은 후미코가 살
아있다는 것을 확인했기 때문이다. 그때 모리가 말했다.

"회장님, 아무래도……."

모리가 말을 그쳤지만 오꾸보는 뒷말을 짐작한 듯 고개를 돌렸다.

"네 모가지 때는 건 보류한 것 같아."

소가가 말하자 후미코가 코웃음을 쳤다.

"잘난 체 마, 네 말의 90퍼센트는 내가 접고 들으니까."

"미친년. 넌 모든 걸 연극으로 보는 게 문제야. 아직도 실감을 못 하고
있어."

둘은 지금 방에서 마주 보고 앉아 있었는데 겉보기에는 친구 사이에
잡담 나누는 것 같다. 소가가 말을 잇는다.

"네 눈앞에서 사람이 죽어 나가는 걸 봐야 정신 차릴 거냐?"

"넌, 봤어?"

"봤지, 내 아파트 로비에서."

소가가 그때를 떠올리고는 쓴웃음을 지었다.

"그 사람들, 경찰이었는데 언론에도 보도되지 않았어."

"넌 도대체 누구야? 테러단 멤버야? 아니면 통역이야?"

"멤버지."

정색한 소가가 화제를 돌렸다.

"어때, 네 목소리가 전국으로 방송된 느낌이? 네가 연극 연출 1천 번 한 것보다 더 유명세를 탄 것 같던데."

"미친년."

"미친년이 누구더러 미친년이래?"

그때 방문이 열리더니 박상철이 들어오지 않고 밖에서 말했다.

"어이, 대장이 부른다."

한국말이어서 후미코가 숨을 들이켰고 소가는 잠자코 자리에서 일어섰다.

소가가 응접실로 들어서자 정재국이 말했다.

"가네다가 날벼락을 맞았어."

소가의 시선을 받은 정재국의 얼굴에 웃음이 떠올랐다.

"방금 한국 정부에서 성명을 발표했어. 청와대 대변인 발표야."

잠자코 앞쪽에 앉은 소가에게 정재국이 말을 이었다.

"일본의 리스타 법인에 대한 강제 세무 조사, 한국인 임직원 출국 금지를 내일까지 해제하지 않으면 한국 정부는 한국에 있는 모든 일본 기업, 일본인에 대해서 똑같은 조치를 하겠다고 발표했어."

숨을 들이켠 소가가 정재국을 보았다.

"청와대 대변인이요?"

"대변인이 대통령 결정을 발표한 거야."

소가가 커다랗게 고개를 끄덕였다.

"됐네요."

"일본이 지금 떠들썩해."

"당연하죠."

"그래서 오늘 밤에 다케다를 쏴 죽이려고 했지만 내일까지 미뤘어."

정재국의 시선이 문 쪽으로 옮겨졌다.

"저 여자도 그때 풀어주든가 말든가 해야 될 거야."

소가가 고개를 끄덕였다.

"작전이 끝나 가는군요."

"오꾸보가 오늘 중에 어떻게 결정하느냐에 달렸어."

정재국이 결론을 냈다.

가네다가 고개를 들고 부속실장 히데다다를 보았다. 오후 4시 반. 이제 일본의 전 언론은 노무라 투자신탁 증권 사건에 대해서 특보를 쏟아내고 있는 중이다. 그중 1분에 한 번꼴로 가네다 이름이 튀어나온다. '은폐' '보도 통제'라는 단어도 1분 30초에 한 번꼴로 뱉어진다. 총리실 안, 앞쪽 TV는 음 소거를 시켰기 때문에 그림만 펼쳐지고 있다.

"한국의 김영삼까지 뛰어나왔군. 그, 돈키호테 같은 놈이."

가네다가 이 사이로 말했다.

"그놈은 대마도가 한국 땅이라고 하는 놈 아냐?"

"예, 각하. 그런데……."

히데다다가 똑바로 가네다를 보았다.

"이제는 관방장관을 시켜 정부 성명을 발표할 때가 된 것 같습니다만."

"이미 다 진상이 드러났잖아?"

히데다다가 한숨을 쉬었다. 그렇다. 언론을 통해 피살된 기치, 가네모리는 물론 경찰청 소속의 수사관 두 명의 내역까지 드러난 것이다. 후미코의 녹음테이프가 그 발단이 된 것은 물론이다. 이제 NHK는 가네다와 오꾸보의 비서실장 모리가 은밀하게 만났다는 것까지 보도하는 중이다. 이것은 NHK 자체 특종이다. 그때 히데다다가 말했다.

"각하, 아무래도 리스타에 대한 세무 조사와 임직원 입출국 금지 조치를 해제해야 될 것 같습니다."

"……"

"한국 대통령이 맞받아서 대응하도록 빌미를 주게 될 것이고 그렇게 되면 우리 피해가 더 큽니다."

"그 짐승 같은 김영삼이 놈."

어깨를 부풀렸다가 내린 가네다가 히데다다를 노려보았다.

"선거가 28일 남았어, 히데다다."

"……"

"그렇게 되면 난 망한단 말이다. 이미 사건을 은폐했다고 야당 놈들이 나를 고발했어."

"……"

"시민 단체 놈들도 날 고발했고."

"각하, 빨리 하시는 것이 낫습니다."

외면한 채 히데다다가 말하자 가네다는 길게 숨부터 뱉었다.

가네다가 히데다다와 입씨름을 하는 동안에 노무라 투자신탁 증권 회장실에서 회의가 열렸다. 회의 참석 인원은 넷. 오꾸보와 사장 사사끼, 비서실장 모리와 부사장 다케다. 오꾸보가 충혈된 눈을 치켜뜨고 셋을 둘러보았다.

"얼마를 변상할 수 있겠나?"

그때 사사끼가 대답했다.

"1천6백억은 말도 안 됩니다."

"그건 맞아. 난 내 주식도 내놓겠다."

"저도 제 지분을 내놓지요. 하지만 절반 이상은 안 됩니다."

사사끼의 말이 끝났을 때 시선들이 모리에게 옮겨졌다. 그때 모리가 말했다.

"저도 내놓지요. 그리고 비상 자금도 절반쯤 떼는 것도 낫겠습니다."

그때 오꾸보가 결론을 냈다.

"모두 1천억 불로 하고, 후세인 측에 통보를 하지."

"리스타 일본 법인의 세무 조사는 별다른 문제점이 발견되지 않았습니다."

관방장관 요시다 시게하루가 엄숙한 표정을 짓고 말했지만 정재국에게는 똥을 삼킨 얼굴 같았다. 요시다가 말을 잇는다.

"그래서 오늘 자로 리스타 일본 법인의 세무 조사를 중지할 것입니다."

"흥."

TV를 보던 이칠성이 코웃음을 쳤다. 응접실의 TV 앞에는 정재국, 이칠성과 소가까지 셋이 둘러앉았다. 오전 10시 반, 세무 조사 실시 이틀째가 되는 날이면서 후미코의 폭로 테이프가 방영된 지 만 하루가 지난 날, 가네모리의 저격 이틀째다. 다시 요시다의 목소리가 응접실을 울렸다.

"또한 일본 정부는 리스타 일본 법인 임직원의 출국제한 조치를 해제하기로 결정했습니다. 물론 범법 사실이 발견되지 않는다는 보장하에서입니다."

그때는 정재국의 얼굴에도 쓴웃음이 번졌다. 뒷말은 자존심을 세우기 위해서 갖다 붙인 허세다. 초등학생 이상쯤만 되면 다 알 것이다.

그것을 같은 시간에 주의 깊게 보고 있던 한국 대통령 김영삼이 화를 냈다.

"저거, 빙신 아이가? 칼을 뺐으면 무라도 베고 칼집에 넣어야지. 들고만 있다가 도로 넣으면 우야노?"

비서실장 김인식이 숨만 쉬었고 김영삼의 말이 이어졌다.

"이참에 대마도까지 도로 찾으라꼬 했더니, 나까지 싱거운 놈 되지 않았나 말이다."

김영삼이 화낼 만했다. 2시간쯤 후인 오후 1시경에 대한민국 정부를 대표해서 청와대 대변인이 일본 기업 세무 조사와 함께 일본인 억류, 거기에다 대마도 반환 성명을 발표할 예정이었던 것이다.

같은 시간의 바그다드는 오전 5시다. 이라크 재무장관 압둘 하라비가 자다가 전화를 받는다. 직통전화다.

"여보세요."

아랍어로 응답했던 하라비는 수화구에서 울리는 영어를 듣는다.

"헬로우, 하라비 장관. 나, 노무라 증권의 사사끼올시다."

"아, 사사끼 씨."

하라비가 침대에서 일어나 슬리퍼를 신었다.

"무슨 일이시오?"

"노무라 증권의 제안을 말씀드립니다."

숨을 죽인 하라비에게 사사끼의 말이 이어졌다.

"1천억 불을 변상하지요. 이라크 계좌에 1천억 불을 이체하겠습니다."

"……"

"이것이 노무라 증권이 최선을 다해 만든 자금입니다. 더 이상 흥정을

할 여지가 없습니다. 이것으로 이라크와의 관계가 정상으로 회복되기를
바랍니다."

"……."

"바그다드는 오전 5시일 것입니다. 오전 12시까지 결정 사항을 말씀해
주신다면, 노무라 증권은 조치를 하겠습니다."

"알겠습니다."

마침내 하라비가 대답했다.

"제가 보고하고 연락을 드리지요."

어쨌든 빛이 보인다.

방으로 들어선 정재국을 보자 후미코는 몸을 굳혔다. 정재국의 뒤를
소가가 비서처럼 따르고 있다. 오전 11시 반, 후미코는 소파에 앉아 TV를
보던 중이다. 소파 앞자리에 정재국이 앉았을 때 소가가 옆쪽에 앉으면서
리모컨으로 TV를 껐다. 긴장했던 후미코가 소가의 '싸가지' 없는 행동을
보고 저도 모르게 눈을 흘겼다. 그것을 본 정재국이 헛기침을 했더니 후
미코의 시선이 옮겨졌다.

"뭐, TV를 줄곧 봤을 테니까 상황을 알고 있겠지."

정재국이 지그시 후미코를 보았다. 관방장관의 발표에서부터 수시로
보도되는 특종 뉴스를 듣고 나서 후미코는 자신이 이번 상황의 중심에
자리 잡고 있다는 것을 실감했다. 자신의 녹음테이프가 기폭제가 되어서
가네다 총리의 항복을 받아낸 것이다. 정재국이 말을 이었다.

"네가 주인공이 되었어, 후미코."

"……."

"조금 전에 노무라 증권이 1천6백억 불 중 1천억 불을 변상하겠다는 통

보를 해왔어. 이걸 받아들일지는 알 수 없지만 해결의 실마리는 잡혔다."

"……."

"변상 조건이 해결될 때까지 난 여기 남아 있어야 돼."

정재국이 후미코를 보았다.

"너하고 함께 말이다."

그러고는 정재국이 자리에서 일어섰다. 정재국이 방을 나갔을 때 소가가 후미코에게 말했다.

"지금은 널, 공개 수배를 하고 있어서 이곳도 위험해, 만일 경찰에 발각된다면."

호흡을 고른 소가가 정색했다.

"그때는 각오해야 돼, 후미코."

"어쩐다는 거야?"

후미코가 묻자 소가의 눈동자가 흐려졌다.

"이곳을 떠나기 전까지 널 인질로 삼을 계획이거든."

"……."

"그러니까 엉뚱한 짓 말고 가만히 기다리고 있으란 말야."

"다르게 말할 수도 있을 텐데. 넌 참, 표현력과 설득력까지 낙제 수준이로구나."

후미코가 고개를 저으면서 혀를 찼다.

"내 추측인데. 넌, 남자하고 잔 경험이 없지?"

"미친년이 말을 딴 데로 돌리고 있네."

소가가 쓴웃음을 지었다.

"내가 너 같은 년의 본성을 알지. 열등의식에 대한 반작용으로 말이 비틀린 종족. 그것이 일본인의 바닥에 밴 근성이야."

"이게 또 무슨, 미친년의 궤변이야?"

"내가 일본 대학에서 공부했다는 걸 모르지? 너희들의 뿌리를 부전공으로 조사했거든."

이제는 눈만 가늘게 뜬 후미코에게 소가가 말을 이었다.

"미개인이었던 너희들에게 팬티라도 입힌 문화인들이 한반도에서 건너온 백제인이었어. 그것이 1천5백년쯤 전이었다."

"웬 팬티?"

"그러다가 서기 660년대에 백제가 멸망했을 때 백제 인구의 40퍼센트가 일본으로 이주해 일본 귀족, 영주로 퍼져나가 무사 사회가 번성한 거다."

"……."

"사무라이(武士)는 백제의 싸울아비가 변해서 된 말이야. 그리고 지금의 일본 천황도 백제계라고. 가네다 총리도 백제계야. 본인은 숨기고 있지만 다른 사람도 다 아는 사실이지."

"기가 막혀."

"네 아버지는 백제계가 아닐 가능성이 커."

자리에서 일어선 소가가 다시 쓴웃음을 지었다.

"섹스에 대해서는 나중에 토론하고 시간 있을 때 역사 교육을 더 시켜줄게."

3장
일본의 2번째 항복

"이놈들은 민가에 있습니다. 주택가의 주택에 들어가 있는 겁니다."

야스오가 보고했다.

"주택가에 박혀 있으면 찾기가 어렵습니다. 가가호호 수색할 수도 없는 데다 옆집에 누가 사는지 수십 년이 지나도 모르는 세상이니까요."

"이라크 대사관은?"

"소가 아사코는 실종으로 처리하고 찾지도 않습니다."

"개새끼들."

"대사관 직원 전원에게 감시를 붙였지만 성과가 없습니다. 도청을 했지만······."

"그놈들은 독립적이야."

"소가 아사코만 빠져나간 것입니다."

고개를 든 히데다다가 야스오를 보았다. 가라앉은 표정이다.

"총리가 총선 때 당 대표직을 사임할 예정이야."

놀란 야스오가 숨을 들이켜고 나서 물었다.

"그럼 정계에서 은퇴하는 것입니까?"

118

"그렇게 되겠지. 하지만 대표직을 내놓고 배수진을 치는 것이지. 선거 때 말야."

"당은 살린다는 것이군요."

"할 수 없지."

야스오가 길게 숨을 뱉었다. 살신성인이라고 표현하면 좋겠지만 자업 자득이다. 선거를 우려해서 사건을 은폐했던 사실이 드러났고 노무라 투자신탁 증권의 실세인 모리 비서실 사장이 가네다를 은밀하게 만난 사실까지 정보가 누출되었기 때문이다. 무엇 때문이겠는가? 당연히 노무라 투자신탁 증권의 뒤를 봐주겠다는 약속과 함께 로비 자금 이야기가 오가지 않았겠는가? 이젠 일본 국민도 '척'하면 '삼척'인 줄 안다. 그때 히데다다가 눈동자의 초점을 잡고 말했다.

"이제 노무라 측과 이라크 간 협상이 시작되었어."

"진즉 시작할 것이지. 그랬다면 사람들이 여럿 죽지 않았을 것 아닙니까?"

야스오가 투덜거리자 히데다다가 이맛살을 찌푸렸다.

"야, 그건 세금 내는 시민들이 할 말이다. 네 입에서 나올 말이 아냐."

주춤한 야스오를 향해 히데다다가 쏘아붙였다.

"후미코를 찾아. 체면이라도 조금 세우려면 말이다."

후세인이 고개를 저었다.

"1천억 불은 못 받겠다."

앞쪽에 앉은 하라비가 숨을 죽였고 후세인의 말이 이어졌다.

"1천6백억에다 지금까지 애를 먹인 보상금까지 받아내고 싶은 심정이야."

집무실 안에는 카심과 모하메드까지 와 있었기 때문에 넷이 둘러앉아 있다. 후세인이 셋을 차례로 둘러보고 나서 말을 이었다.

"일본 놈들은 약삭빠르게 미국이 뒤를 받쳐주지 않는다는 것은 눈치 챘겠지. 그렇지 않나?"

"그렇습니다."

카심이 먼저 대답했다.

"미국이 이번 사건에서 일본을 도와준다면 특명관의 정보를 주었을 것입니다."

고개를 끄덕인 후세인이 길게 숨을 뱉었다.

"그렇다고 CIA를 믿으면 안 돼, 그놈들은 나름대로 균형을 잡으려는 것이니까."

후세인의 시선이 하라비에게 옮겨졌다.

"내일까지 1천5백억을 내라고 해."

"예, 각하."

"흥정은 없다. 오늘 오후 6시까지 결정하고 지급은 내일 오후 6시까지."

"예, 각하."

후세인이 고개를 끄덕이자 하라비가 자리에서 일어섰다. 이것으로 이라크 입장이 결정되었다.

1시간 후, 도쿄 시간 오후 2시 반. 오꾸보가 사사끼의 보고를 받는다. 사사끼가 하라비의 연락을 받았기 때문이다. 노무라 투자신탁 증권의 회장실 안에는 해당 간부들이 다 모여 있다. 오꾸보가 긴급 소집을 시켜놓고 사사끼의 말을 같이 들었기 때문이다. 이윽고 사사끼의 보고가 끝났을 때 오꾸보가 한숨을 쉬고 나서 주위를 둘러보았다.

"어떻게 생각하나? 의견을 말해."

둘러앉은 사사끼, 모리, 다케다까지 입을 다물고 있다. 그때 다시 오꾸보가 말을 이었다.

"1천5백억이야. 5백억을 더 꺼내려면 회사의 여유 자금뿐이야. 그러려면 주주들의 승인을 받아야 돼."

그때 사사끼가 말했다.

"회장님, 시급합니다. 흥정할 여유도 없고 후세인은 받아들일 것 같지 않습니다."

사사끼가 말을 이었다.

"위험합니다."

모두의 시선이 모였다. 심호흡을 한 사사끼의 목소리에 열기가 띠어졌다.

"잘못하면 회사가 무너집니다. 이번에 모리 비서실 사장이 가네다를 만났다는 것까지 돌출되는 상황입니다."

방 안에 잠깐 정적이 덮였다. 그때 잠자코 있던 다케다가 말했다.

"가네다가 이번에 당대표직을 사임하면 뒤를 밀어줄 배경도 없는 데다 오히려 야당들이 우리들을……."

다시 침묵. 그때 오꾸보가 고개를 들고 말했다.

"나도 그만둘 때가 된 모양이군."

모두의 시선을 받은 오꾸보가 이를 드러내고 웃었다. 두 눈이 번들거리고 있다. 고개를 든 오꾸보가 벽시계를 보았다. 오후 6시까지 후세인한테 결과를 알려줘야 하는 것이다. 모두의 시선도 벽시계로 옮겨져 있다.

잠깐 휴식 시간이 되었을 때 사사끼는 집무실 건너편 화장실로 들어갔다. 오꾸보는 집무실 안쪽의 휴게실로 갔기 때문에 모리와 다케다, 둘이 남았다. 그때 모리가 다케다에게 말했다. 모리는 지금까지 말을 안 했다.

"다케다, 모두 간과한 것이 있어, 알지?"

"압니다."

다케다가 목소리를 낮췄다.

"후미코 양입니다."

"회장님이 그만둘 때가 된 것 같다고 말한 것 기억나지?"

"예, 사장님."

"그냥 그만둘 것 같나?"

"회장님 성품에 그냥 그만두시진 않죠."

"사사끼는 이미 기치 군을 잃었겠다, 남 걱정할 입장이 아냐."

다케다가 숨을 죽였다. 아직 장례식도 치르지 못한 상황인 것이다. 그런 상황에서 남의 자식 생각을 하겠는가? 그때 모리가 서두르듯 말했다.

"다케다, 네가 여유 자금 쓰자고 해라. 그럼 너하고 내가 둘이 나서니까 사사끼를 과반으로 누른다, 회장은 결정할 입장이 아니니까."

그러고는 모리가 더 목소리를 낮췄다.

"네가 사사끼 대신 사장이 되는 거다, 이번 일이 끝나자마자 나하고 회장이 손을 쓸 테니까."

다케다가 고개를 끄덕였을 때 오꾸보가 안쪽에서 들어왔고 사사끼가 바깥문으로 들어왔다.

마루에 앉아 있던 소가가 인기척에 고개를 돌렸다. 정재국이 다가오고 있다. 소가가 마루에서 일어섰을 때 다가선 정재국이 물었다.

"소가, 너 미국으로 갈 거냐?"

"무슨 말이죠?"

되묻는 소가에게 정재국이 혀를 찼다.

"넌 어차피 이곳에 머물 수는 없지 않나? 여길 떠나야 해. 물론 내가 대가는 준다."

오후 6시 정각, 도쿄는 밤 12시다. 후세인이 지하 벙커의 대통령 집무실에서 재무장관 하라비의 보고를 받는다.

"각하, 1천5백억 불을 변상한다는 연락을 받았습니다."

하라비의 얼굴은 상기되었고 두 눈이 반짝였다. 아이가 아버지한테서 칭찬받기를 기다리는 표정이다. 숨까지 헐떡이는 것은 복도를 달려왔기 때문이다. 집무실에는 카심과 모하메드까지 셋이 기다리고 있었다.

"내일 바그다드 시간으로 오후 6시까지 입금하겠다고 했습니다."

그러더니 하라비가 서둘러 덧붙였다.

"이번에는 비서실 사장 모리가 전화를 해왔습니다."

후세인이 고개를 끄덕이다가 눈썹을 모았다.

"모리가 나섰군."

"사사끼는 자식도 잃었겠다, 반대 입장이었을 것입니다."

"으음."

탄성을 뱉은 후세인이 카심을 보았다.

"내일 입금이 확인되면 특명관이 철수하도록 바로 조치해."

"예, 각하."

그때서야 후세인의 시선이 하라비에게로 옮겨졌다.

"알았다."

요즘 잠도 못 자던 하라비에게는 후세인이 시선만 준 것으로도 감지덕지다.

모리가 이라크 재무장관 하라비에게 통화한 내용은 녹음되어 히데다 다에게 보고되었다. 통화한 지 30분도 안 되었을 때다. 녹음을 들은 히데 다다가 쓴웃음을 지었다.

"결국 후세인한테 항복을 했군."

고개를 든 히데다다가 앞에 선 야스오를 보았다.

"일본 정국을 쑥대밭으로 만들고 말야."

이곳은 대책위원회 사무실 안이다. 밤 12시 45분, 야스오가 입을 열 었다.

"노무라 측에서 투자금을 배상했으니 납치한 후미코를 풀어 주겠지 요?"

"그래서 그놈들 수색을 포기한단 말이냐?"

대뜸 히데다다가 쏘아붙이자 야스오는 한숨을 쉬었다.

"그놈들은 끝까지 찾을 겁니다."

히데다다의 시선이 경찰 책임자 혼다에게로 옮겨졌다.

"혼다, 너한테 도쿄 경시청 전 병력을 동원할 막강한 권한을 주었는데 도 이따위냐?"

히데다다의 목소리가 높아졌다.

"생색을 못 내는 일이라 이러는 거냐? 그렇다면 생색은 못 내더라도 무 능한 대가는 치르게 해주마. 이번 작전이 끝났을 때 어떤 대가를 받을지 각오하고 있어야 될 거다."

그러고는 히데다다가 손을 흔들어 나가라는 시늉을 했다. 대책위원회 가 구성되고 히데다다가 이렇게 화를 내는 건 처음이다. 그러고 보면 대책위원회는 어떤 성과도 올리지 못했다.

  슈퍼에서 시장을 보고 나오던 소가가 걸음을 멈췄다. 슈퍼 입구 바로
앞이다. 사람들의 통행이 잦았기 때문에 옆쪽으로 비켜선 소가는 들고
있던 비닐 백을 내려놓았다. 비닐 백에는 배추와 양파, 돼지고기, 무 등이
가득 담겨서 무겁다. 누가 보면 비닐 백이 무거워서 잠깐 쉬는 것 같을 것
이다. 오전 7시 반, 이곳은 안가(安家)에서 5백 미터쯤 떨어진 식자재 도매
상이다. 24시간 오픈 매장이었기 때문에 소가는 이곳에서 쇼핑을 한다.
입구 안쪽 벽에 붙어 선 소가는 팔이 아픈 것처럼 굽혔다가 펴기를 반복
했다. 몸은 앞쪽 출입구를 향하고 있었지만 신경은 온통 뒤쪽으로 쏠린
상태다. 소가는 심호흡을 했다. 뒤쪽에서 미행하는 사내 둘을 보았기 때
문이다. 쇼핑 카트를 밀고 있었는데 소가가 계산을 마치고 나왔을 때다.
갑자기 손님이 밀려서 계산대가 복잡해지자 둘은 카트를 내버리고 소가
를 따라온 것이다. 소가가 팔을 굽혔다 펴기를 반복하면서 서 있는 동안
은 10초쯤이 지났다. 더 이상 서 있을 수도 없었기 때문에 소가는 초조해
졌다. 뒤를 돌아볼 수도 없다. 두 놈은 근처에서 어정대고 있을 것이다. 그
때 옆을 지나가던 사내가 말했다.
  "소가, 그냥 가. 내가 맡을게."
  숨을 들이켠 소가가 그쪽으로 고개를 돌리려다가 말았다. 놀랐기 때문
이다. 소가가 땅바닥에 내려놓았던 비닐 백을 들고는 입구를 나왔다. 그
때서야 목소리의 주인공이 누군지 깨달았다. 보스다.
  정재국은 비닐 백에 우유 한 병만 넣고 소가를 앞질러 나왔다. 그러고
는 길가의 공중전화 박스 뒤쪽으로 돌아가 택시를 기다리는 사람들 뒤쪽
에 섰다. 이쪽이 안가 방향이다. 곧 소가가 옆쪽을 지났고 10미터쯤 뒤로

사내 하나가, 그 뒤쪽 5미터 간격을 두고 사내 하나가 따른다. 둘, 그 뒤쪽은 없다.

    도쿄 경시청 본청의 강력부 형사 이치로, 마사하루다. 대책위원회 소속. 각각 경력이 20년 가까운 노련한 형사. 둘은 테러단 일당이 주택가에 잠입하고 있다는 전제하에 각 주택가 근처의 식품 매장을 검색하고 다니는 중이었다. 그러다 오늘 소가를 발견한 것이다. 핸드폰이 없는 시기여서 이치로와 마사하루는 바짝 긴장한 채 미행 중, 소가를 발견한 지 10분밖에 안 되었다. 소가가 입구 안에서 걸음을 멈추고 팔 굽혀 펴기를 했을 때 미행이 발각된 것으로 알았다가 다시 걷자 초조해진 상태. 소가가 멈춰 있는 동안 둘은 끝까지 미행하는 것을 포기하고 길에서 연행하기로 생각을 바꿨다. 앞장선 이치로는 점점 거리를 좁혀갔다. 출근 시간이어서 인도는 혼잡하다. 그때 뒤에서 수선거리는 소리가 들렸기 때문에 이치로가 고개를 돌렸다. 사람들이 둘러섰는데 그 틈 사이로 땅바닥에 쓰러진 사내가 보였다. 그 순간 이치로가 숨을 들이켰다. 마사하루다. 마사하루가 왜? 숨을 들이켠 이치로가 무의식중에 재킷 안쪽의 가슴에 찬 권총의 손잡이를 쥐었다. 멈칫, 한 순간이다. 옆으로 사내 하나가 다가왔다. 앞쪽에 시선을 주고 있었기 때문에 이치로가 다시 마사하루를 보았다. 멈칫, 한 순간이 3초도 안 되었다. 다음 순간이다.
    "퍽."
    낮고 둔탁한 소음과 함께 이치로는 가슴에 격심한 충격을 받고는 입을 딱 벌렸다. 심장에 맞았다. 그 자리에 주저앉으면서 이치로는 절망했다. 끝났다. 이놈들, 무섭다.

"놈들이 이쪽으로 집중할 거다."

매장에서 소가와 함께 돌아온 정재국이 이칠성에게 말했다.

"30분 내에 철수. 이곳을 떠나 요코하마로 이동한다."

오전 8시 10분, 소가는 시장 봐 온 비닐 백을 마루 위에 내려놓은 채 망연한 표정이다. 이칠성의 시선을 받은 정재국이 말을 이었다.

"식자재 매장에서 소가를 미행하고 있는 놈들 둘을 현장에서 사살했다."

그때 방 안에 있던 박상철이 다가와 듣는다. 정재국이 방 안으로 들어서며 말을 이었다.

"간단한 가방 하나씩만 꾸려서 지하철로 움직이고, 각각 떨어져 있도록."

그러고는 낮게 소리쳤다.

"서둘러라!"

그때 소가가 물었다.

"후미코는 어떻게 하죠?"

"후미코, 미안하지만."

다가선 소가가 말했을 때 후미코의 얼굴이 하얗게 굳어졌다. 후미코는 밖이 소란스러운 것을 듣고 있었던 것이다. 소가의 뒤를 따라 들어온 박상철의 분위기가 험악했기 때문이다. 그때 소가가 말을 이었다.

"널, 묶어놓고 가겠어."

후미코는 대답하지 않았다. 그때 박상철이 다가와 들고 온 가방에서 나일론 끈과 테이프를 꺼내었다. 박상철이 후미코를 묶기 시작했을 때 소가가 말을 이었다.

"네 입에도 테이프를 붙여 놓을 테니까 그대로 누워 있어. 우리가 나중에 경찰에 연락해서 널 데려가라고 할 테니까."

"몇 시간이나 누워 있으라는 거야?"

마침내 후미코가 물었다. 이제 다리를 묶은 박상철이 후미코의 팔과 손목을 함께 묶기 시작했다. 그때 소가가 던지듯이 말했다.

"널 죽이고 가자는 말도 있었지만 이렇게 결정이 된 거야. 잠자코 기다려, 호들갑 떨지 말고."

후미코가 입을 다물었고 소가가 서두르듯 말을 이었다. 박상철이 후미코의 입에 테이프를 붙이려고 했기 때문이다.

"우리들 인상착의 등, 우리에 대한 정보를 나불대지 않는 것이 나을 거다. 말썽 일으키면 서로 간에 좋은 일이 없어."

테이프가 입에 붙여졌고 소가가 몸을 돌리면서 말했다.

"잘 지내, 후미코. 나쁜 인연이었지만 너한테 역사 교육시키는 게 재미있었다."

30분 거리다. 지하철의 자리에 앉아 있던 소가는 어깨를 누르는 중압감에 고개를 들었다. 정재국의 머리가 소가의 어깨 위에 얹혀 있는 것이다. 슬쩍 몸을 비틀어 정재국을 보았더니 잠이 들었다. 입을 삼분의 일쯤 벌리고 있었는데 끝 쪽에 침이 고여 있어서 금방 흘러내릴 것 같다. 깊게 잠들었다. 한숨을 쉰 소가가 정재국의 머리가 떨어지지 않도록 어깨를 슬쩍 더 밀어 넣었다. 전철은 속력을 내어 터널을 달려가는 중이다. 그 순간 소가는 정재국을 따라가기로 마음을 먹었다. 어차피 일본에서는 머물 수가 없다. 그렇다고 당장 미국으로 돌아갈 수도 없는 상황이다. 정재국에게 맡기도록 하자.

"뭐라구?"

로버트 대령이 이맛살을 찌푸리고는 전화기를 고쳐 쥐었다. 구축함 쉐리간호의 상황실 안. 상황실 창밖으로 요코하마만이 내려다보인다. 햇살이 환하게 비치는 바다에 수십 척의 군함이 떠 있다. 이곳은 요코하마항 위쪽의 미 해군 정박지, 미 태평양 함대의 제17기지다. 그때 수화구에서 아놀드 소령의 목소리가 울렸다.

"오늘 오후 10시에 넷을 승선시켜 주시죠. 그 넷을 한국 평택항에서 하선시키면 됩니다."

"갓댐."

로버트가 거구를 흔들며 소리쳤다.

"내가 버스 운전사냐? 너희들 마음대로는 안 돼. 작전 중인 전투함에 민간인을 태우다니. 너, 날 뭐로 보고."

쉐리간호는 오늘 밤, 작전차 평택항으로 가는 것이다. 아놀드의 목소리는 더 차분해졌다.

"이것도 작전입니다. 이해하시죠."

"CIA 작전이지. 군 작전이 아냐."

"미국을 위한 작전입니다, 함장."

"너희들 마음대로는 안 돼!"

로버트가 소리쳤다. 아놀드는 태평양 함대 사령부 정보국 간부지만, CIA 소속이다. 로버트하고도 안면이 있는 사이였다.

"함대 사령관의 지시가 있어야 돼!"

그것은 불가능한 일일 것이다.

"개 같은 CIA 놈들."

전화기를 내려놓은 로버트가 욕설을 퍼부었다. 상황실 안의 장교들은 모두 숨을 죽이고 있다. 구축함 쉐리간호는 함대함, 지대공 미사일을 62기나 장착한 데다 신형 30미리 벌컨포 12문이 거치되어 있다. 구축함으로서는 큰 1만 2천 톤의 배수량에 최고 시속 40노트(64킬로)까지 낼 수 있는 최신형 구축함인 것이다. 로버트는 대령 6년 차로 내년에는 장군 진급 0순위 엘리트다.

"날 어떻게 보고 지랄이야."

전투함 함장 12년 동안 처음 있는 일이다. 마치 갓 세탁한 정복을 입고 시궁창을 걸어가라는 주문을 들은 기분이어서 로버트가 부관을 노려보았다.

"앞으로 저 새끼 전화는 바꿔주지 마."

방금 전화를 해온 사령부의 아놀드 소령을 말하는 것이다.

요코하마 항구의 미군용 바 안. 장교용이어서 넓고 분위기도 좋았지만 여자들과 흥청거리는 분위기는 마찬가지. 아직 오전인데도 웃음소리, 떠들썩한 소음이 이어지고 있다. 사복을 입은 장교들이 많았는데 방금 배에서 내린 분위기다. 정재국이 술잔을 들면서 바 안을 둘러보았다.

"좀 기다려라. 곧 연락이 올 거다."

안쪽 테이블에 둘러앉은 셋은 30분쯤 전에 이곳으로 들어왔다. 오전 11시 40분. 넷이 제각기 가방을 옆에 두고 있었기 때문에 배에서 내린 분위기는 맞다. 손목시계를 본 정재국이 소가에게 말했다.

"소가, 전화를 해."

소가가 자리에서 일어서자 정재국의 눈짓을 받은 이칠성이 따라 일어섰다. 밖으로 나가 후미코를 풀어주려는 것이다. 다른 사람한테 연락해서 알려줄 것이기 때문에 요코하마에서 발신했다는 증거를 찾으려면 시간이 걸릴 것이다.

30분쯤이 지난 오전 11시 50분 경. 로버트가 아놀드의 전화를 받은 지 30분이다. 부관 찰스틴 대위가 비상 전화기를 들고 로버트에게 다가왔다. 얼굴이 굳어져 있다.

"함장님, 전화 왔습니다."

상황실의 시선이 모였고 로버트는 눈썹부터 모았다. 예감이 있었던 것 같다.

"어떤 놈이야?"

로버트의 목소리가 상황실을 울렸다. 그때 찰스틴이 송화구를 손바닥으로 막았다.

"사령관 각하이십니다."

"누구?"

"태평양 함대 사령관 각하이십니다."

그 순간 로버트가 숨을 들이켰다. 상황실 안은 숨소리도 들리지 않는다. 로버트가 잠자코 손을 뻗쳐 전화기를 귀에 붙였다. 눈동자가 흐려진 상태. 저절로 상반신을 세운 로버트가 응답했다.

"로버트 미첨 대령입니다."

로버트는 사령관과 처음 전화 통화를 한다. 그때 송화구에서 사령관의 목소리가 울렸다.

"귀관, 내 지시를 받아야 된다고 했나?"

제프 우들톤 대장의 목소리, 우들톤이 말을 이었다.

"그럼 직접 지시를 하겠다. 잘 들어."

"예, 각하."

"넌 이 순간에 함장 직위에서 해임되었다. 부함장 바꿔."

"예, 각하."

로버트가 굳은 얼굴로 옆쪽에 선 부함장 터너 중령에게 전화기를 넘겼다. 얼굴이 누렇게 변해 있다.

"또?"

형사 두 명의 피살 보고를 받은 히데다다가 외마디 외침을 뱉었다. 대책위원회의 사무실 안. 앞에 선 경찰조 조장인 혼다는 말을 이었다.

"예, 식자재 도매상 앞에서 당했습니다. 그래서 그쪽에 전 병력을 투입했습니다."

"으음."

눈을 치켜 뜬 히데다다의 시선이 벽에 붙여진 지도로 옮겨졌다. 오후 12시 15분, 그때 사무실로 요원 하나가 들어섰다. 곧장 히데다다 앞으로 다가온 요원이 서둘렀다.

"민간인이라면서 전화가 왔는데 후미코 씨가 잡혀 있는 저택 주소를 알려주었습니다."

모두 시선만 주었고 요원이 가쁜 숨을 억누르며 말을 이었다.

"나가타 지서 관할입니다."

"그럼 식자재 매장에서 가깝습니다."

옆에 서 있던 혼다가 말했다.

"출동시켜!"

두말할 것도 없이 히데다다가 소리치자 모두 흩어졌다. 테이블 주위에 야스오만 남았을 때 히데다다가 말했다.

"풀어준 것 같구나."

"네, 전문가들이니까 시체로 남겨 두지는 않았을 것 같습니다."

"개 같은 놈들. 이만해서 다행이군."

"하지만 총리 각하는 사임하게 되겠지요? 모리하고 만난 사실이 노출된 건 실수였습니다."

"그렇지."

히데다다가 고개를 끄덕였다. 비밀리에 긴자의 요정에서나 밀담을 할 것이지, 총리 관저로 모리를 부른 건 경솔한 짓이었다. 그것이 방송 기자들에게 발각된 것이다. 그러나 1년에 한 번꼴로 총리가 바뀌는 일본 정계여서 놀랄 일은 아니다. 총리가 바뀐다고 부속실에 변동이 있는 것은 아니기 때문이다.

오후 6시가 되었을 때 정재국 일행 넷은 구축함 쉐리간호에 탑승했다. 쉐리간호에서 보낸 장교가 넷을 안내해서 탑승시킨 것이다. 함장 대리가 된 부함장 터너 중령이 그들을 맞았다.

"어서 오십시오."

터너가 정재국의 손을 쥐고 말했다.

"본래 12시 예정이었지만 9시에 출항할 겁니다."

목적지는 한국의 평택항이다. 한국 해군기지가 있는 곳이다. 인사를 마친 그들은 장교 숙소로 안내되었다. 이칠성과 박상철은 들뜬 표정이다. 2인용 침실이었는데 장교가 방 2개를 배정해 주었기 때문에 정재국은 수가와 둘이 한 방을 썼다. 장교 숙소는 호텔방 수준이다. 침대 2개가 좌우에 놓였고 안쪽에는 욕실이 있다. 침대 끝에 앉은 정재국이 길게 숨을 뱉었다. 바에서는 위스키를 석 잔쯤 마셨을 뿐이다. 긴장하고 있었기 때문이다. 그때 소가가 말했다.

"한국에서 얼마나 계실 거죠?"

"아직 계획 없어."

이번에는 정재국이 물었다.

"한국에 연고자가 있어?"

"있을 리가 없죠."

소가의 얼굴에 쓴웃음이 떠올랐다.

"할머니는 돌아가셨고 한국의 친척을 말해준 적 없거든요."

"그럼 관광이나 하든지."

"대사관 일은 못 하게 되었네요, 어렵게 잡은 직장인데."

"내가 보상은 해줄 거야."

정재국이 정색하고 소가를 보았다.

"한국에서 미국으로 간다면 도와줄 테니까. 다른 곳에 가고 싶다고 해도 보내줄 수 있어."

"보스는 어디로 가세요?"

"바그다드."

"그럼 그리로 절 데려가세요."

"바그다드에서 뭘 하게?"

"거기서 좀 있다가 유럽이나 가려고요. 유럽에서 직장을 얻든지."

"미국에 부모가 계시지 않나?"

"두 분이 이혼해서 각각 재혼했기 때문에 가족이 늘어난 상황이죠."

소가의 얼굴에 웃음이 떠올랐다.

"그만큼 나한테는 정이 떨어졌고요."

"……."

"반씩 쪼개졌던 인연이 다시 절반씩 쪼개져서 이젠 남이나 같아요."

"그렇군."

"보스는 가족이 한국에 있어요?"

이렇게 소가하고 이야기를 길게 하기는 처음이다. 둘 다 긴장이 풀려서 그런다. 정재국이 소가의 시선을 받고는 약혼자 배영미를 떠올렸다. 그 순간 정재국이 이번에는 배영미를 만나지 않겠다고 마음을 먹었다. 배영미는 쉬다 떠나는 간이 휴게소가 아니다. 무책임한 행동을 계속 하고 있었다. 정재국이 입을 열었다.

"없어."

"그럼 저하고 관광 다니실 수 있어요?"

소가의 두 눈이 반짝이고 있다. 그때 배가 흔들리더니 엔진 음이 울렸다. 출항하려는 것 같다.

"후미코 씨, 내가 이해가 좀 안 되는 부분이 있는데요."

니가타가 눈을 좁혀 뜨고 후미코를 보았다.

"사흘 동안 그놈들하고 같이 있었으면서 한 번도 놈들의 얼굴을 본 적이 없단 말입니까?"

"네, 한 번도."

후미코가 똑바로 니가타를 보았다.

"방에 혼자 있었는 데다 식사는 문 앞에 놓고 갔거든요. 아예 방으로 들어오지도 않았습니다."

"여자는 없습니까? 그놈들하고 같이 있는 여자."

"모르겠는데요."

"목소리도 못 들었어요?"

"전혀."

그러더니 후미코가 눈썹을 치켜 올렸다.

"이젠 됐죠?"

이곳은 대책위원회 상담실 안. 후미코는 저택에서 구조된 후에 바로 이곳으로 실려 온 것이다. 두 시간째 경찰의 질문을 받고 있는 터라 후미코는 짜증을 냈다.

"저, 이제 집에 가도 되겠죠?"

그러고는 자리에서 일어서는 바람에 니가타가 엉겁결에 따라 일어섰다. 막을 이유가 없다. 잘못 건드렸다가는 '망'하는 수가 있다. 이 여자의 배후는 어마어마한 거물인 것이다.

깜빡 잠이 들었던 정재국이 눈을 떴다. 배가 흔들렸기 때문이다. 1만 2천 톤급 구축함 쉐리간호는 지금 평택항을 향해 달려가고 있는 중이다. 고개를 들었더니 누워서 이쪽을 바라보는 소가와 시선이 마주쳤다.

"파도가 높은가 봐요."

소가가 말했을 때 배가 옆으로 기울었다. 하마터면 침대에서 굴러 떨어질 뻔한 소가가 겨우 균형을 잡더니 상반신을 일으켰다. 그때 선실 마이크로 목소리가 울렸다.

"배가 흔들립니다. 선실 밖으로 나오지 마세요."

장교가 손님들을 배려해서 말해주는 것이다. 잠에서 완전히 깬 정재국이 침대에서 일어나 앉았다. 오후 11시 40분, 배는 출항한 지 3시간쯤 되었다.

"난 미국에서 일본 남자하고 반년쯤 동거한 경험이 있어요."

소가가 불쑥 말했기 때문에 정재국이 고개를 들었다. 소가가 말을 이었다.

"5년쯤 전이죠. 첫사랑 같았는데 지금 생각하니 철부지였죠."

"……."

"그 남자는 미국 주재 상사원이었는데 일본에 와이프가 있었죠."

"……."

"그 남자의 성실성, 말끔한 용모에 반한 거죠. 하지만 겪어보니까 위선 덩어리에 비굴한 인간성을 갖고 있더군요."

소가의 얼굴에 다시 웃음이 떠올랐다.

"지도자 앞에서 맹목적으로 충성하고 따르는 민족성. 그래서 내가 일본 역사를 공부하게 된 동기가 되었죠."

"거창하군."

입맛을 다신 정재국이 지그시 소가를 보았다.

"너하고 가까워지지 않는 것이 여러모로 유리하겠다, 나하고 갈라섰다가는 틀림없이 한국 역사에서부터 원인을 캐려고 들 테니까."

배가 다시 흔들려서 소가가 침대 끝을 움켜쥐었다. 그러더니 소가가 물었다.

"그쪽으로 가도 돼요?"

"와서 뭘 하게?"

"앞으로 다섯 시간은 같이 있어야 돼요."

밤 12시가 되어가고 있다. 소가의 눈빛이 반짝였다.

그 시간에 옆방에서 이칠성과 박상철이 뒤뚱거리면서 술을 마시는 중이다. 박상철이 배에 타기 전에 위스키를 2병이나 가져왔기 때문이다.

"젠장."

술잔의 술이 흐르자 이칠성이 투덜거렸다. 배가 흔들리는 바람에 흘러내린 것이다.

"그런데, 부대장."

한 모금에 술을 삼킨 박상철이 붉어진 얼굴로 이칠성을 보았다.

"저기, 괜찮을까요?"

박상철이 턱으로 가리킨 곳이 옆방이다. 정재국과 소가가 있는 방이다.

"뭐가?"

이칠성이 술병을 쥐면서 옆방을 보았다.

"둘 말요, 둘."

"둘?"

"대장하고 소가."

"둘이 어째서?"

"우리가 이렇게 버티고 앉아 있어도 흔들리는데, 둘이 부딪치지 않을까요?"

"부딪쳐?"

"남자하고 여자."

"이런 개자식."

그때서야 말뜻을 알아챈 이칠성이 입맛을 다셨다.

"놔 둬, 자식아. 대장도 회포 풀어야지."

"소가가 대장 쳐다보는 눈빛이 심상치 않더라고요."

"이 자식이 소가 눈만 보았나?"

"번들거리고 있었어요, 발정 난 암캐처럼."

"갓댐."

술병을 든 이칠성이 병째로 두 모금을 삼키고는 입에서 떼었다. 배가 다시 흔들리는 바람에 둘의 어깨가 부딪쳤다. 마주 보고 앉아 있어서 그렇다. 그때 박상철이 웃었다.

"이것 봐, 가만있어도 이렇게 부딪치잖아요? 대장이 운이 좋은 거요."

쉐리간호가 평택항에 도착했을 때는 오전 10시 반이다. 그때는 어젯밤의 폭풍이 언제 있었느냐는 것처럼 하늘이 푸르게 맑았고 바다는 잔잔했다. 넷이 하선하려고 갑판에 나왔을 때 함장 대리 터너 중령이 정재국에게 말했다.

"다시 뵙게 되기를 바랍니다."

"감사합니다."

정재국의 손을 쥔 터너가 이를 드러내고 웃었다. 터너는 지금부터 함장이다. 아침에 정식 함장 명령을 받았기 때문이다. 모두 정재국 덕분이다.

평택의 해군기지 앞에는 승합차 한 대가 주차되어 있었는데 앞에 사내둘이 서 있었다. 정재국 일행이 다가가자 둘이 서둘러 다가오더니 앞장선 사내가 인사를 했다.

"리스타 서울 법인 기조실 상무 이진영입니다."

40대 후반쯤의 사내다.

"나와 주셔서 고맙습니다."

정재국의 답례에 사내가 고개까지 저었다.

"아닙니다. 본사 사장님의 지시를 받고 온 겁니다."

본사 사장님이란 본사 기조실 사장을 말한다. 바로 리스타 그룹의 실세 비서실장 안학태다. 안학태가 정재국과 바로 연결되어 있는 것이다. 서울 법인의 기조실 상무 서열로는 직통 전화를 받을 수도 없다. 아마 안학태가 서울 법인 사장한테 지시를 해서 모시고 오라고 했겠지. 이렇게 정재국이 다시 한국에 입국했다. 이번에는 소가 아사코와 함께.

승합차는 12인승이다. 앞쪽에 기조실 상무와 부장이 앉았고 그 뒤에 정재국과 소가가 나란히 앉았다. 이칠성과 박상철은 맨 뒷자리에 앉았기 때문에 앞쪽 한 칸이 비었다. 더구나 정재국이 비스듬한 위치여서 거리가 좀 떨어졌다. 고속도로에 들어선 차가 속력을 내었을 때 박상철이 이칠성의 옆구리를 손으로 찔렀다.

"봐요."

박상철이 눈으로 앞쪽을 가리켰다. 이칠성이 박상철의 시선 끝을 보고는 한숨을 쉬었다. 소가가 정재국의 어깨에 머리를 기대고 있는 것이다. 잠이 든 것 같다. 박상철이 목소리를 낮추고 말했다.

"내 말이 맞았어요. 어젯밤 배가 흔들릴 때 대장이 공격한 겁니다."

"뭐? 공격?"

"기습했던가."

"기습?"

"자꾸 묻지 마요."

박상철이 눈을 흘겼다.

"소가는 대장 공격에 완전히 그로기 상태가 된 겁니다. 그래서 저렇게 늘어진 거죠."

"이 자식이 완전히 겁을 상실했군."

"뒤에서는 대통령도 까는 세상입니다. 우리가 지금 그 개떡 같은 조선 시대에 삽니까?"

그때 정재국이 고개를 돌려 이쪽을 보았다.

"서울 도착하면 바로 휴가다. 각자 흩어지도록 해라."

140

정재국이 말을 이었다.

"내가 연락할 때까지 휴가다."

"알겠습니다."

이칠성이 고개를 끄덕였는데 시선이 저도 모르게 소가에게 옮겨졌다. 소가는 그때 머리를 제대로 세우고 있다. 그때 정재국이 말했다.

"소가한테 신경 안 써도 된다."

정재국의 시선이 박상철에게로 옮겨졌다.

"알았어?"

"예?"

되물었던 박상철의 얼굴이 굳어졌다.

"알겠습니다, 대장."

"서울에 도착했을 때 휴가비 받아가라."

정재국의 얼굴에 웃음이 떠올랐다.

"보너스는 나중에 받고."

한국에서는 바그다드와 통신할 때 부담이 없다. 이칠성과 박상철을 휴가 보내고 나서 정재국은 카심에게 전화를 했다. 시청 근처의 프린스 호텔방 안이다. 정재국의 목소리를 들은 카심이 웃음 띤 목소리로 말했다.

"수고했어. 당분간은 한국에서 쉬도록."

"예, 알겠습니다. 그런데……."

정재국이 말을 잇기도 전에 카심의 말이 이어졌다.

"소가 아사코하고 같이 있나?"

"예, 각하."

"이번 작전을 도와주었으니 보상을 해주겠어. 오늘 중 이라크 대사를 만나도록."

"알겠습니다."

통화를 끝낸 정재국이 욕실 쪽을 보았다. 오후 2시 반, 호텔에 도착한
지 30분도 안 되었다. 소가는 지금 욕실에서 씻는 중이다.

카심한테서 보고를 받은 후세인이 고개를 끄덕였다.

"잘했어. 특명관이 공을 세웠다."

후세인의 얼굴에 웃음이 떠올랐다.

"그놈이 보고 싶다."

카심과 모하메드가 서로의 얼굴을 보았다. 후세인이 이런 말을 하는
경우는 드문 것이다.

씻고 나온 소가가 가운 차림으로 정재국을 보았다. 정재국이 재킷을
입고 있었기 때문이다.

"어디 가세요?"

"대사관에."

정재국이 소가의 위아래를 훑어보았다. 가운 허리끈을 바짝 조였지만
소가의 무릎과 맨다리가 드러났다. 가슴 가를 여미었지만 위쪽이 다 보인
다. 정재국의 시선을 받은 소가가 얼굴을 붉혔다. 그때 소가가 물었다.

"바빠요?"

"왜?"

"시간 있으면 그 눈이 바라는 대로 해도 돼요."

그때 정재국이 활짝 웃었다.

"넌 시간이 지날수록 달라지는구나."

"본래 모습이 드러나는 거죠."

"매력적이야."

소가가 다가오더니 정재국의 허리를 두 손으로 감아 안았다. 소가한테서 상큼한 향내가 맡아졌고 물컹한 몸이 느껴졌다. 소가가 고개를 들고 정재국을 보았다. 두 눈이 반짝였고 반쯤 열린 입이 무엇을 기다리고 있는 것 같다. 상기된 얼굴. 소가의 숨결이 턱에 닿더니 곧 과일향이 맡아졌다. 정재국이 마침내 소가의 겨드랑이에 두 팔을 끼고는 입을 맞췄다. 소가가 입을 열고 바로 혀를 내밀었다.

"지금 한국에 있습니다."

안학태가 보고했다.

"이번 작전을 끝내고 한국으로 간 것입니다."

리스타랜드의 바닷가 별장 베란다에 이광과 안학태가 나란히 앉아 있다. 오전 11시경, 오늘도 날씨는 화창했고 파도는 잔잔하다. 이광의 얼굴에 웃음이 떠올랐다.

"정재국이 후세인 대통령의 해결사 노릇을 잘하는군."

"예, 심복이 되었습니다."

안학태가 따라 웃었다.

"이번 사건으로 일본은 총리가 정계를 떠날 것 같습니다."

이광이 고개를 끄덕였다. 해밀턴의 보고를 받았기 때문이다. 가네다는 반미(反美) 성향을 자주 노출시켜 이기 영합 정책을 펼쳤기 때문이다. CIA는 이유 없이 후세인이 파견한 특명관을 도와주지 않는다. 이광이 입을 열었다.

"특명관의 정체가 리스타라는 것이 CIA로부터 밝혀질 가능성도 있어.

그것에도 대비하도록."

소가 아사코는 미국 국적의 반(半) 일본인이라고 할 수 있다. 일본에서 대학을 나왔지만 일본에 애착을 느끼거나 미련이 있기 때문은 아니다. 바탕을 따진다면 미국인이다. 거기에 한국인 피가 25퍼센트쯤 섞여 있는 데다 호기심을 갖고 있다. 오후 4시 반, 정재국이 돌아왔을 때 소가는 호텔 지하층의 백화점을 구경하는 중이었다. 한국 백화점은 눈이 둥그레질 만큼 제품이 다양했고 고급품이었다. 한국이 처음인 소가다. 한국이 발전하고 있다는 말은 들었지만 이곳은 미국 LA나 뉴욕 번화가보다도 나으면 나았지 뒤지지 않았다. 도쿄 번화가와 비슷했다. 수중에 한국 돈은 물론 달러도 없었기 때문에 쇼핑은 하지 않았다. 소가가 방으로 들어서자 소파에 앉아 있던 정재국이 물었다.

"쇼핑 안 했어?"

"구경만 했어요."

자리에 앉은 소가가 정재국을 보았다.

"엄청나요, 놀랐어요."

"나도 미국 출신이라 한국에 처음 왔을 때 놀랐어."

"미국 출신이에요?"

"나도 미국 국적이야."

"오 마이 갓!"

"이럴 때 한국 여자들은 '어머나'라고 하더라. 한국 TV 드라마를 봤어."

"나도 봐야겠네."

"그건 그렇고."

정재국이 주머니에서 접힌 쪽지를 꺼내 내밀었다.

"받아."

"뭔데요?"

소가가 쪽지를 받았다. 쪽지를 펴보는 소가에게 정재국이 말을 이었다.

"2백만 불이 입금된 시티은행 계좌번호하고 비밀번호야. 이번 작전에 대한 보상금이다."

"오 마이 갓!"

"어머나라고 하라니깐."

"어머나!"

소가가 쪽지를 응시한 채 활짝 웃었다.

"이렇게 많이 주다니요. 이젠 백만장자가 되었네요."

"후세인 대통령이 주시는 거야."

"난 이제 직장 다니지 않아도 되겠어요."

"그러든지."

"평생 놀고먹겠어요."

"마음대로 해."

그때 소가가 두 팔을 벌리고 덤벼들더니 정재국의 목을 껴안았다.

"이런."

마침내 정재국도 얼굴을 펴고 웃었다. 두 손으로 소가의 허리를 당겨 안은 정재국이 한 바퀴 돌았다.

"넌 시간이 지날수록 새 모습이 보이는구나."

대통령 집무실에 모인 인원은 넷. 대통령 후세인과 국방장관 카심, 경호 실장 모하메드와 정보국장 쟈말렉이다. 후세인이 입을 열었다.

"시리아 국경에서 전투가 점점 확대되고 있어. 지난달에 1개 중대 병력의 피해를 입었다는 보고를 받았는데 이번에 정보국 요원이 파악해 봤더니 1개 대대 병력이 증발되었어."

후세인의 눈이 번들거렸고 흰자위가 점점 붉어졌다. 시리아 국경지대는 30년 전부터 부족 간의 소규모 전쟁이 이어졌던 곳이다. 국경을 접하고 사는 부족이 3개나 되었기 때문에 시리아와 이라크 정부가 서로 주도권을 다투고 있다. 후세인의 시선이 쟈말렉에게 옮겨졌다.

"국장, 바크란 소장에 대해서 말해라."

"예, 각하."

앉은 채로 상반신을 반듯하게 세운 쟈말렉이 후세인을 보았다.

"신중하고 꼼꼼한 성품이라 부하 관리는 철저합니다. 참모들 조사도 했는데 적과 내통하거나 허위 보고를 하는 자는 없었습니다."

쟈말렉의 얼굴이 굳어져 있다. 후세인의 얼굴에 쓴웃음이 번졌다.

"그건 여기 있는 국방장관한테서도 들은 이야기야. 넌 정보국장으로 더 세밀하게 조사를 했어야 돼."

"예, 각하."

쟈말렉의 이마에 땀방울이 돋아나서 번들거리고 있다.

"예, 위관급 장교들의 평가는 사단장이 너무 몸을 사리고 있다는 것이었습니다."

"우유부단한 성격이지, 그놈은."

후세인이 말을 받았다.

"그것을 신중함, 철두철미함으로 미화시킨 거야."

"결단력이 부족하다는 평도 있었습니다."

쟈말렉이 조심스럽게 말을 이었다.

"임기응변력도 부족하다고 합니다."

고개를 든 후세인이 카심을 보았다.

"정보국장이 마지못해서 대답하는 것 같군. 이런 놈을 믿을 수 있을까?"

후세인은 정보국장 쟈말렉을 대놓고 비난한 것이다. 카심이 헛기침을 했다.

"바크란은 각하의 사촌 동생입니다. 더구나 각하께서 기동사단장으로 임명하셨기 때문에 보고 드리기가 조심스러웠을 것입니다."

그러고는 덧붙였다.

"제가 쟈말렉 같았어도 그랬을 것입니다."

"내가 사촌이 14명이다."

후세인이 외면한 채 말했다.

"그중에는 공금을 횡령한 놈, 제 형수를 겁탈한 놈, 전장에서 제일 먼저 도망친 놈까지 있었다."

그리고 그들은 모두 후세인이 처형한 것이다. 총살도 시켰고 교수형으로 목을 매달았다. 그리고 한 명은 후세인이 직접 장교들 앞에서 쏴 죽였다. 그래도 아직 14명이 남은 것이다. 물론 외가 사촌까지 합해서다. 그때 고개를 든 후세인이 카심, 모하메드, 쟈말렉의 순서로 둘러보았다. 정보국장 쟈말렉은 54세, 육군중장으로 카심의 계열이다. 카심과 같은 마을 출신으로 먼 친척이 되는 관계였고 육군사관학교 후배이기도 한 것이다. 후세인은 카심과 모하메드의 계열을 인정해주고 있는 것이다. 그만큼 신임하고 있기 때문인데 지난번 반란 음모 사건으로 모하메드 계열은 대부분이 제거되었다. 후세인이 입을 열었다.

"기동사단장은 순발력이 최우선이야. 바크란이 시리아 측 반란군을 제압하는 기동사단장이 된 지 8개월이 지났는데 오히려 반란군 세력이 늘

147

어났다. 그것이 이번에 정보국장이 감찰하기 전까지는 문제점으로 보고 되지 않았어."

후세인이 카심을 노려보았다.

"카심, 네가 은폐한 거냐?"

"저도 모르고 있었습니다, 각하."

카심이 똑바로 후세인을 보았다.

"터키 국경의 제3기동사단과 비교해서 오히려 문제가 적었습니다, 각하."

"이대로 나간다면 시리아 측 국경지대를 반란군이 장악하게 된다."

후세인의 목소리가 가라앉았기 때문에 모두 긴장했다. 이런 분위기에서 '총살 명령'이 내려진다. 후세인이 말을 이었다.

"기동사단장을 교체하겠다."

고개를 든 후세인이 카심을 보았다.

"거짓 보고를 했거나 은폐한 놈들은 즉결 처분을 한다. 그러기 위해서는 전혀 인맥이 없으면서도 이름만 들어도 소름이 돋는 지휘관을 보내야 겠다."

그러고는 후세인이 카심의 시선을 잡은 채로 묻는다.

"카심, 어떠냐."

"적절하신 조치입니다."

카심이 바로 대답했을 때 후세인의 시선이 모하메드에게 옮겨졌다.

"모하메드, 너는?"

"지당하신 조치입니다."

모하메드도 금방 대답했다. 후세인이 고개를 끄덕였는데 옆쪽의 쟈말 렉한테는 시선도 주지 않았다. 그때 후세인이 다시 카심에게 물었다.

"지금 휴가 중이지?"

"예, 각하."

새 기동사단장으로 임명할 위인에 대해서 묻는 것이다. 고개를 끄덕인 후세인이 말을 이었다.

"닷새쯤 쉬게 하고 나서 부르도록."

"예, 각하."

쟈말렉은 그게 누군지 아직도 감이 오지 않는다.

경주 불국사, 첨성대, 왕릉. 오전 10시부터 오후 5시까지 돌아다닌 곳이다. 이번에도 이라크 대사관에서 보내준 차를 정재국이 직접 운전하고 다닌 것이다. 옆자리에 앉은 소가는 시종 밝은 표정이었고 이야기가 끊이지 않는다. 그래서 정재국은 듣기만 했기 때문에 부담이 없다. 마치 옆쪽의 음악을 들으면서 돌아다니는 것 같다. 소가가 뭘 묻지도 않았기 때문이다. 왕릉 앞에 섰을 때 소가가 오랜만에 물었다.

"왜 이렇게 무덤을 크게 만들었을까요?"

"왕이니까."

정재국이 건성으로 대답했다.

"백성들 무덤보다는 커야지. 그래야 왕의 권위가 설 테니까."

"안에 부장품이 많겠죠?"

"이집트 왕가(王家)의 골짜기보다는 적겠지."

"거기, 가 보셨어요?"

"가봤어. 룩소르에서 일주일쯤 쉬었지."

"누구하구요?"

"혼자."

대답한 정재국이 소가를 보았다.

"넌?"

"그, 일본 남자하고 같이 갔죠. 룩소르에서 이틀 묵었어요."

"그렇군."

둘은 왕릉 앞을 지나 나란히 걷고 있다. 소가가 정재국의 팔짱을 끼었다.

"유람선을 타고 나일강을 올라갔죠. 2등실 티켓을 끊었어요."

"……."

"이틀 동안 그 일본 남자는 집에다 6번이나 전화를 하더군요."

그때 정재국이 고개를 돌려 소가를 보았다.

"바그다드에서 유럽으로 간다고 했지?"

"이제 백만장자가 되었으니까 오스트리아나 프랑스에 정착할 생각이죠."

소가가 힘주어 정재국의 팔을 끌어안았다.

"가끔, 시간이 날 때 대장이 들르시도록 예쁜 집도 사놓을 테니까요."

정재국의 시선을 받은 소가가 이를 드러내고 웃었다. 환한 웃음이다.

"대장, 인연이 소설처럼 만들어지지 않았지만 행복해요."

"그만."

마침내 정재국이 소가의 말을 막았다. 소가가 점점 자제력을 잃는 것 같았기 때문이다.

밤 11시가 넘었다. 격렬한 정사를 치르고 난 소가는 깊게 잠이 들었다. 나신을 흩뜨린 채 고른 숨소리를 내고 있다. 꾸미지 않은 모습에 끌려든 정재국이 한동안 옆에 누운 소가를 바라보았다. 이윽고 정재국이 시트로 소가의 몸을 덮어주고는 자리에서 일어섰다. 호텔로 돌아왔을 때는 오후 8시경이었다. 밖에서 저녁을 먹고 돌아왔던 것이다. 그리고 9시경에 정재국은 서울의 이라크 대사관에서 전화를 받은 것이다. 12시 정각에 카심이 호텔로 전화를 한다는 전갈이다. 소파에 앉아서 기다리던 정재국이 전화벨 소리에 벽시계부터 보았다. 밤 12시. 바그다드는 오후 6시다. 전화기를 붙인 정재국의 귀에 사내의 목소리가 울렸다.

"정 장군이십니까?"

정재국은 헌병사령관을 맡아 이라크 군부 내의 반역자를 소탕했다.

"그렇소."

대답했을 때 사내가 말을 이었다.

"전 국방장관 부관 사키드 대령입니다. 장관 각하를 바꿔드리지요."

그때 곧 카심의 목소리가 울렸다.

"정, 잘 쉬고 있나?"

"예, 각하."

"그, 대사관에서 근무하던 여자하고 같이 있나?"

"예, 각하."

한국 주재 대사한테서 소가의 보너스를 받았기 때문에 같이 있는 줄 알 것이다. 그때 카심이 말했다.

"정, 5일 후에 바그다드에 도착하도록."

"예, 각하."

"새 임무가 있다."

"알겠습니다."

"더 쉬게 했으면 좋겠는데, 할 수 없다."

"알겠습니다. 5일 후에 도착하겠습니다."

전화기를 내려놓은 정재국이 고개를 들었다가 침대에 누운 채 이쪽을 응시하는 소가와 눈이 마주쳤다.

"5일 후에 떠나요?"

소가가 묻자 정재국이 고개를 끄덕였다.

"응, 바그다드로."

"같이 가요."

"그러든지. 하지만 바그다드에서 같이 있을 수는 없을 거야."

"알고 있어요."

소가가 자리에서 일어나 앉았다. 시트로 상반신을 감았지만 한쪽 어깨와 젖가슴이 드러났다. 대리석처럼 미끈한 몸이다.

"그럼 우리 내일부터 닷새간 여행을 떠나는 게 어때요?"

소가가 반짝이는 눈으로 정재국을 보았다.

"한국 일주를 해요."

정재국이 바로 고개를 끄덕였다. 호텔방에서 꾸물거리는 것보다는 한국을 돌아다니는 것도 좋을 것이다. 이 기회에 한국 산천이나 돌아보도록 하자.

오후 3시, 리스타랜드의 공항 VIP 격납고로 은색 전용기 한 대가 들어오고 있다. 리스타의 전용기 중 한 대다. 이윽고 전용기가 멈추고 문이 열렸다. 아래쪽에서 기다리는 사람은 이광이다. 이광은 비서실장 안학태, 리스타랜드의 시장 진남철 등과 함께 기다리고 있었는데 이윽고 트랩 위로 탑승자가 드러났다. 바로 리비아의 국가원수 카다피다. 양복 차림의 카다피는 아래에서 기다리는 이광을 보더니 활짝 웃었다. 이를 드러내고 이렇게 웃는 모습은 지금까지 사진으로 보도된 적이 없다. 사진 기자들이 보면 환장을 할 일이지만 격납고 안에는 기자가 한 사람도 없다. 극비 방문인 것이다.

인사만 하고 바로 차에 오른 카다피 일행은 공항을 떠났다. 승용차 뒷좌석에 나란히 앉은 카다피가 창밖을 보다가 이광에게로 고개를 돌렸다.

"후세인이 여기 다녀갔지?"

"예, 며칠 쉬고 가셨습니다."

이광의 시선을 받은 카다피가 쓴웃음을 짓고 물었다.

"그때 대역이 온 것은 아니겠지?"

"아닙니다."

"대역이 현재 둘인가?"

"그건 모르겠습니다, 각하."

고개를 끄덕인 카다피가 좌석에 등을 붙이고는 목소리를 낮췄다.

"내가 그 일 때문에 온 거야."

카다피의 숙소는 바닷가 별장이다. 단층 저택이지만 방이 30개나 있는 데다 수영장, 회의실, 파티장까지 갖춘 호텔 수준이다. 오후 9시, 이광은 카다피와 저녁을 마치고는 베란다의 등나무 의자에 나란히 앉아 있다. 밤바람이 서늘하게 불어오는 베란다에는 둘뿐이다. 다리를 길게 뻗고 앉은 카다피가 입을 열었다.

"후세인도 그걸 의식하고 있겠지만 나도 요즘 신변 보호에 신경을 쓰고 있어."

카다피가 고개를 돌려 이광을 보았다. 어느덧 얼굴이 굳어 있다.

"미국 놈들은 지금도 내가 핵을 갖고 있는 줄로 아는 것 같아."

153

"무슨 말씀입니까?"

"지난번에 내가 핵시설을 모두 철거했지 않아?"

"예, 각하. 알고 있습니다."

2년 전, 카다피는 미국의 압력을 받아 핵 개발 계획을 중지하고 보유하고 있던 핵 원료와 시설까지 모두 폐기시켰던 것이다. '국제 원자력 위원회'의 점검까지 받고 확인했기 때문에 미국 정부도 인정할 수밖에 없었다. 그러고 나서 미국이 주도한 경제 봉쇄가 풀렸던 것이다. 그때 카다피가 뱉듯이 말했다.

"그런데 미국은 내가 아직도 핵폭탄 6기를 갖고 있다는 거야."

"……."

"폐기된 분량과 수량이 맞지 않는다는 것이지."

"……."

"내가 어디서 핵을 사다가 내놓아야 할 정도라고. 그놈들은 이제 내 말을 믿지도 않아."

카다피의 목소리가 낮아졌다.

"정보에 의하면 CIA가 날 암살할 계획이라는 거야. 후세인에 이어서 내가 2순위라는군. 아니, 내가 1순위인가?"

"각하, 그럴 리가 없습니다."

"자네한테는 그런 정보가 닿지 않겠지. 나하고 후세인하고 자네가 깊은 유대 관계를 맺고 있으니까 말야."

"제가 어떻게 도와드리면 되겠습니까?"

마침내 이광이 물었다. 카다피도 이광의 고객 중 하나다. 리스타 투자금융에는 카다피의 비자금이 2천5백억 불가량이 운용되고 있는 것이다. 거래가 활발하게 이루어지고 있기 때문에 카다피는 연간 150억 불가량의 배당금을 받는다. 그때 카다피가 말했다.

"이 회장, 이제 털어 놓겠는데 나도 대역이 있어."

카다피의 두 눈이 번들거렸다. 숨을 죽인 이광을 향한 채 카다피가 말을 잇는다.

"난 한 놈이야."

"……."

"그런데 그놈은 나하고 쌍둥이처럼 닮아서 성형 수술을 했더니 판박이야. 그놈을 구별하는 놈은 아무도 없네."

카다피의 얼굴에 쓴웃음이 번졌다.

"그놈이 내 대역 노릇을 한 지 6년이 되었어. 자네도 그놈을 네 번이나 만났어. 그런데 눈치채지 못한 것 같군."

놀란 이광이 기억을 더듬었다가 정신이 사나워서 그만두었다. 6년 동안 카다피를 대여섯 번 만났을 것이다. 그런데 네 번이나 대역을 내세웠다니 기가 찰 노릇이다. 이광의 표정을 본 카다피가 말을 이었다.

"그놈은 이제 내 대역 이상의 역할을 노리고 있어. 내가 없어지면 좋아할 거야."

놀란 이광이 숨을 멈췄을 때 카다피가 다시 웃었다.

"각료 회의를 주재하면서 내 허락도 받지 않고 지시를 한 적도 있다네."

"……."

"내 사촌 동생이야."

숨을 들이켠 이광을 향해 카다피가 말을 이었다.

"그놈은 외국에서 대학 교육까지 받은 터라 충분히 내 대역을 맡을 만해."

"각하, 그러시면."

마침내 이광이 입을 열었다.

"그 대역을 각하께서만 알고 계신단 말씀입니까?"

"내 비서실장하고 경호실장, 그리고 경호 장교 서너 명만 알고 있을 뿐이지."

카다피의 얼굴에서 웃음기가 사라졌다.

"리, 내가 그 비밀을 털어놓는 이유를 아는가?"

"언제든지 이곳으로 오시지요. 이 별장은 각하의 소유입니다."

"CIA의 암살 계획이 수립되었을 때 이곳으로 오겠네."

앞쪽 바다를 응시한 채 카다피가 말을 이었다.

"후세인 순서가 나보다 늦을지 빠를지 모르겠지만, 이곳에서 둘이 바다낚시나 하면서 남은 생을 보내면 좋겠어."

"언제든지 환영합니다, 각하."

"후세인의 별장은 이곳에서 먼가?"

"위쪽으로 3킬로쯤 떨어져 있습니다."

"그곳 구경을 하고 싶군."

"지금 공사 중인데 반년쯤 후에 끝날 예정입니다."

"큰가?"

"면적은 이곳만 하지만 후세인 대통령께서 설계도를 주셔서 그대로 진행하고 있습니다."

"그 설계도를 보여주게, 나도 참고를 할 테니까."

"그러시지요."

그때 카다피가 길게 숨을 뱉었다.

"이곳에서 쉴 생각을 하니 가슴이 뛰는군. 나에게 돌아갈 집이 생겼어."

이것 때문에 카다피도 이곳에 온 것이다.

이곳은 전주, 한국에서 음식으로 유명한 곳이라고 해서 정재국과 소가는 이틀째 이곳에 묵고 있다. 소가가 이곳의 비빔밥, 콩나물 국밥, 백반에 반해서 두 번씩만 먹자고 하는 바람에 이렇게 된 것이다. 오후 6시, 오늘은 백반 중에서도 최고급인 한정식을 먹으려고 둘은 식당에 들어와 있다. 어제 낮에 먹었던 백반은 1인당 5천 원짜리였는데 반찬이 18가지나 되었던 것이다. 5불짜리 상이어서 정재국은 50불을 잘못 들은 줄로 알았다. 그래서 그 백반집의 소개를 받아 오늘은 1인당 5만 원짜리 한정식을 먹으려고 온 것이다. 이곳은 방 안, 어제 5천 원짜리는 홀에서 먹었지만 이곳은 고급스럽다. 방도 장식이 깨끗했고 마담도 한복을 입었다. 이윽고 방문이 열리더니 종업원 둘이 양쪽에서 교자상을 받쳐 들고 들어섰다. 상 위에는 50개쯤 되는 온갖 요리가 놓여 있다. 저절로 눈과 입이 떡 벌어지는 요리상이다. 따라 들어온 마담이 밥그릇, 찬그릇의 뚜껑을 열고 시중을 들면서 말했다.

"이쪽은 제철 반찬이고 이쪽은 젓갈류, 이쪽은 육류, 어류, 이쪽은 탕류, 국수, 나물류입니다."

일일이 설명해준 마담이 자리에서 일어섰다.

"어머나!"

소가가 놀란 외침을 뱉었다. 그야말로 진수성찬이다. 고인 침을 삼킨 정재국이 젓가락을 들었다. 음식은 문화다. 둘은 한국의 문화를 실감하고 있다.

"꿈이 뭐죠?"

밤, 12시가 되어가고 있다. 정재국의 품에 안긴 소가가 문득 물은 것이다. 정재국이 고개를 숙여 소가를 보았다. 방의 불을 꺼 놓았지만 창밖의 달빛이 환했기 때문에 사물의 윤곽이 선명하게 드러났다.

"없어."

한마디로 말했던 정재국의 얼굴에 웃음이 떠올랐다.

"너무 바쁘게 살았기 때문인 것 같다."

"이해가 안 가는데."

"할 수 없지."

"그래도 꿈꾸는 게 있을 것 아녜요?"

"군 시절에는 장군이 되고 싶었지."

정재국의 얼굴에 쓴웃음이 번졌다.

"미군 장군은 못 됐지만 이라크군 장군은 되었구나."

"장군이에요?"

놀란 듯 소가가 고개를 들었다. 소가의 매끄럽고 약간 습기 밴 피부가 정재국의 몸에 부딪고 있다. 따뜻하고 편안한 느낌이 든다. 정재국이 소가를 당겨 안았다.

"응, 소장. 벼락 진급을 한 것이지만 군 통수권자가 임명한 것이니까."

"그럼 꿈은 이루었네."

"지금은 아냐."

"뭔데요?"

"글쎄, 없다니까? 너무 바빠서."

소가의 시선을 받은 정재국이 입술을 눈에 붙였다. 소가의 눈이 저절로 감겼고 정재국이 말을 이었다.

"언제 죽을지 모르는 생활이기 때문이야. 내가 지금 그런 인생을 살고 있거든."

소가는 숨을 죽였고 정재국의 말이 이어졌다.

"그래서 될 수 있으면 인연을 만들지 않으려고 했는데, 그게 잘 안된다."

"……."

"그러니까 네가 먼저 날 정리하는 것이 나아, 그것이 이로워."

문득 정재국의 눈앞에 배영미가 떠올랐다. 그래서 한국 일주 여행을 하면서 동해안 쪽은 계획에 넣지 않았다.

사흘 후, 바그다드행 한국 항공 1등석에 넷이 앉아 있다. 비행기는 이제 서해 상공을 날아가는 중이다. 정재국, 소가, 이칠성과 박상철이다.

"대장, 이번에는 전쟁터에 나가고 싶은데요."

이칠성이 통로 건너편에 앉은 정재국에게 말했다. 창가에 앉은 소가도 들릴 만큼 큰 목소리다. 1등석 손님은 그들 넷뿐인 것이다. 이칠성이 말을 이었다.

"일본 작전은 솔직히 체질에 맞지 않았습니다. 차라리 프랑스, 터키 작전이 나았어요."

"……."

"샤그라니를 칠 때가 가장 적성에 맞았습니다."

그때는 군사 작전이었다. 국경 지역의 반군 수뇌부를 제거하는 작전이었던 것이다. 정재국이 입을 열었다.

"시키는 일만 해."

눈을 가늘게 뜬 정재국이 목소리를 낮췄다.

"정신 똑바로 차려야 될 거다."

그러나 정재국도 아직 어떤 작전이 기다리고 있는 줄은 모른다.

"잘 왔다."

두 손을 벌리면서 다가온 후세인이 정재국의 어깨를 감싸 안았다. 볼에 세 번 입을 맞춘 정재국이 몸을 떼면서 낮게 물었다.

"리."

"광."

낮게 대답한 후세인이 눈으로 옆쪽 의자를 가리켰다. 좌우에 서 있던 카심과 모하메드하고는 정재국이 눈인사만 했다. 오후 2시 반, 이곳은 대통령궁의 집무실이다. 의자에 등을 붙인 후세인이 지그시 정재국을 보았다.

"네가 이번에는 기동사단장을 맡아야겠어. 시리아 국경의 제1기동사단이다."

긴장한 정재국은 듣기만 했고 후세인이 말을 이었다.

"심각해. 시리아 국경 지대에 대한 이야기를 들어라. 카심 장관이 설명해줄 거다."

그러고는 후세인이 뒤늦게 칭찬을 했다.

"일본에서 고생했다. 넌, 내 분신이나 같다. 네가 없었다면 나는 고혈압으로 쓰러졌을 거야."

웃지도 않고 말했기 때문에 카심과 모하메드는 눈동자만 굴렸고 후세인이 말을 이었다.

"이것이 특명관으로 마지막 임무라고 생각해라. 작전이 끝나면 나하고 같이 '좀' 쉬자구나."

정재국이 소리 죽여 숨을 들이켰다. 후세인이 '좀'이라는 단어는 마지못해서 끼어 넣은 느낌이 들었기 때문이다.

"시리아 국경에는 세 부족이 있어. 하르만족, 투리크족, 뷰란족이네. 그중 하르만, 투리크의 반군(反軍) 세력이 커지는 중이고 뷰란은 아직 약세야."

탁자에 펼쳐진 지도를 손으로 짚으면서 카심이 말을 이었다. 대통령궁 안, 집무실 건너편의 상황실에서 카심이 정재국에게 상황을 설명해주고 있다. 상황실 안에는 둘뿐이다. 카심이 말을 이었다.

"하르만, 투리크 반군 배후는 시리아의 아사드야. 아사드를 없애면 다 끝나겠지만 그렇게 된다면 우리는 미국과의 전쟁을 다시 치러야 될 테니까 힘든 일이지."

정재국이 고개만 끄덕였다. 아사드는 러시아하고도 관계가 좋은 것이다. 그래서 아사드는 이스라엘과 아랍권의 조정자 역할을 하면서 세(勢)를 키우고 있다.

그래서 이라크 국경 지대의 부족들을 친시리아 계열로 만들면서 반군을 강화시키고 있는 것이다. 이라크가 붕괴되었을 경우에 대비해서 기반을 닦으려는 것이다. 카심이 말을 이었다.

"작전은 단순해. 반군을 키우고 있는 하르만 부족장 야스마라, 투리크 부족장 카스마를 죽여 없애는 것이다."

정재국이 카심이 건네는 자료를 보았다. 지난 반년 동안 국경 지대의 반군은 부쩍 세력이 늘어났다. 하르만 부족은 부족원이 35만, 반군 규모가 6천 명가량이고. 투리크 부족은 22만 부족원에 반군 4천, 그리고 뷰란 족은 부족원이 18만, 무시할 수 없는 세력이다. 그때 카심이 말을 이었다.

"제1기동사단 사단장은 바크란 소장으로 대통령 각하의 사촌 동생이야. 이번에 너는 바크란의 후임이 되는 거다."

"……"

"바크란은 아직 자신이 교체된다는 것을 모르고 있어. 네가 부임하기 전날에 통보될 거야."

카심이 이제는 서류 한 장을 내밀었다.

"내가 정보 국장을 시켜 조사한 바크란의 비행과 참모들의 자료야. 참고해서 처리하도록."

"알겠습니다."

서류를 받은 정재국이 물었다.

"제가 독단으로 처리합니까?"

"바크란은 내가 처리할 테니까 나머지를 맡기겠다."

카심이 길게 숨을 뱉었다.

"내부 정리부터 하고 반란군을 쳐야 될 테니까."

시리아 대통령 하피르 알 아사드는 공군 참모총장이었다가 1971년 대통령이 된 후부터 1993년이 된 현재까지 23년간 시리아를 통치하고 있다. 종신 대통령이나 같다. 아사드는 이슬람 근본주의 체제인 이란과 제휴, 이라크와는 적대관계다. 이란, 이라크 간 10년 전쟁 때는 이란을 지원했고 그 이후의 페르시아만 전쟁 때도 미국의 다국적 연합군과 함께 이라크를 공격했다. 그러니 아사드가 후세인에게는 눈엣가시다. 아사드는 1930년생, 1937년생인 후세인보다 7년 연상이다. 더구나 아사드는 1971년에 대통령으로 집권, 23년째 권력을 장악해온 반면 후세인은 1979년에 집권, 통치 기간도 8년이나 짧다. 후세인은 아사드가 은근히 자신을 비하, 무시해오고 있는 것에 분노를 삼키고 있었다. 아사드는 이란의 호메이니보다도 더 얄미운 놈이다. 당장에 쳐들어가고 싶지만 아사드는 교묘하게 미국, 러시아와 협력 관계를 유지하고 있다. 거기에다 주변국인 터키, 이란과도 아사드는 우호적이라 전쟁을 일으켰다가 낭패를 당할 수가 있는 것이다. 후세인에게 이번 제1기동사단장 교체는 지금까지의 어떤 작전보다 한(恨)이 박혀 있다. 그것이 카심한테서 2시간 가깝게 작전 브리핑을 듣고 나온 정재국을 후세인이 다시 부른 이유일 것이다.

"잘 들었나?"

방에 들어선 정재국에게 후세인이 다시 물었다. 후세인의 두 눈이 번들거리고 있다.

"예, 각하."

고개를 끄덕인 후세인이 말했다.

"내 욕심 같아서는 아사드 머리통을 날려버리고 싶지만 국제 정세가 복잡해서 그것은 안 된다. 대신."

후세인이 한마디씩 느리게 말했다.

"반군을 이끄는 부족 지도자 두 놈과 그 가족까지 몰사시켜라. 내 한(恨)을 풀어다오."

"예, 각하."

정재국이 후세인을 응시한 채 대답했다. 마치 최면 상태인 것 같은 표정이다. 후세인이 말을 이었다.

"시리아 국경수비군 사령관 나르타 아사드는 아사드의 사촌 동생이야. 아사드가 가장 신임하는 군 지도자인데 그놈까지 제거한다면 더 이상 바랄 것이 없다."

후세인의 말끝이 떨렸다. 그때 후세인이 말이 끝났다는 표시로 두 팔을 벌리고 다가왔다. 방 안에는 둘뿐이다. 뺨에 세 번 입을 맞춘 정재국이 몸을 떼면서 다시 확인했다.

"리."

그 순간 후세인이 낮게 대답했다.

"광."

본인이다.

다음 날, 오전. 소가가 웃음 띤 얼굴로 말했다. 오전 10시다.

"내가 먼저 떠나네요."

"프랑스 대사관에 연락을 남기면 돼."

정재국이 다가가 소가의 허리를 두 팔로 감아 안았다. 소가가 먼저 프랑스로 떠나는 것이다. 바그다드호텔의 방 안, 소가가 떠나고 나면 정재국도 시리아의 국경 지대에 위치한 제1기동사단으로 떠난다. 정재국이 소가의 입에 입술을 붙였다가 떼었다.

"잘 가, 연락할게."

"기다릴게요."

소가가 올려다보았지만 눈동자의 초점이 흐려졌고 대답도 건성이다. 고개를 끄덕인 정재국이 대답했다.

"시간이 좀 걸릴 거야."

그것이 언제냐고 소가도 묻지 않았다. 묻고 대답하는 것이 다 부질없는 일이라는 것을 둘이 알고 있기 때문이다. 그래서 이 순간에 둘의 눈동자는 제각기 초점이 멀었고 주고받는 대화는 건성이다. 둘 다 경험자다.

국경 지대의 모술시로 날아가는 헬기 안에는 7명이 탑승했다. 정재국, 이칠성, 박상철과 보좌관 넷이다. 보좌관은 카심이 직접 선발해준 장교들로 경호, 통역 업무까지 맡은 엘리트들이다. 정재국에게는 소령급 2명, 대령 계급장을 붙인 이칠성과 박상철에게는 대위가 한 명씩 배정되었다. 모술 북방의 산악 지대에 기지를 둔 제1기동사단은 국경경비 사단과는 별도 부대다. 시리아와의 국경은 제7군단이 맡고 있는 것이다. 7군단은 4개 사단으로 편성되었고 군단장은 오마르 중장, 군단 본부는 모술시에 위치하고 있다. 그리고 7군단을 포함한 3개 군단이 북부 지역 군에 속했는데 군사령관은 파이셀 대장, 군사령부는 모술 서남쪽 120킬로 지점에 위치했다. 헬기 안에서 정재국의 보좌관 중 한 명인 사다트 소령이 보고했다.

"각하, 사령부에 4개 연대장이 모두 모였다고 합니다."

방금 무전 연락을 받은 것이다. 고개만 끄덕인 정재국에게 사다트가 말을 이었다.

"참모들도 모두 대기하고 있습니다."

제1기동사단은 4개 연대와 사단 직할 특공대대로 구성되어 있었는데 특공대대는 12대의 중무장 헬기를 보유하고 있다. 4개 연대가 거점을 확보한 상태에서 특공대대가 반군을 이 잡듯이 소탕하려는 의도였는데 뜻대로 되지 않았다. 그것은 이제는 전(前) 사단장이 된 바크란의 소극적이고 우유부단한 행동 때문일 것이다. 정재국이 사다트에게 지시했다.

"특공대대장도 대기하라고 해."

"예, 각하."

사다트가 서둘러 무전기를 입에 붙였다. 정재국은 일본 작전 전(前)에 헌병사령관으로 이라크군 내부의 CIA 내통 세력을 소탕했다. 모두 모하메드 경호 실장이 배경인 친척, 장성, 영관급 장교들이었는데 그중 총살시킨 장군급만 30여 명이다. 정재국이 직접 총살한 장군도 있었으니 이라크군 장성, 장교들 중 모르는 사람이 없을 것이다. 그 정재국이 사단장으로 부임해 오는 터라 모두 초긴장 상태로 대기하고 있겠지.

그 시간의 시리아 대통령궁 안. 대통령 집무실에서 하피르 알 아사드 대통령이 육군사령관 마크로와 정보 국장 핫산을 둘러보면서 말하는 중이다.

"제1기동사단장으로 데니스 정이란 놈이 부임해온단 말이지?"

아사드가 표정 없는 얼굴로 물었다.

"예, 각하."

핫산이 상반신을 세웠다.

"특명관으로 헌병사령관을 지냈던 인물입니다. 국적은 미국으로 혈통은 미국인과 한국인……."

"됐어."

말을 막은 아사드가 눈을 가늘게 떴다.

"하르만, 투리크족 반군을 본격적으로 소탕할 계획이군."

"그렇습니다, 각하. 데니스 그놈을……."

"악명이 높았던 놈이지?"

"예, 후세인의 지시로 지난번 CIA 내통자라는 혐의를 씌워 군부 내 모하메드 파벌을 소탕했습니다."

"그놈이 파리 학살, 터키에서 암살 사건을 주도한 놈이지?"

"예, 각하. 리스타와 CIA를 교묘하게 이용해서……."

"됐고."

　아사드는 말을 끊는 것이 버릇이다. 그만큼 성격이 급한 것은 아니다. 성격은 오히려 치밀하고 차분하다. 쓸데없는 수사, 내용을 싫어하기 때문이다. 냉혹하다고 보는 것이 맞다. 아사드의 눈이 가늘어졌다. 아사드는 스스로 중동 제1의 두뇌라고 자부하고 있다. CIA의 후버까지 아사드를 중동 제1의 모사꾼, 또는 간계의 명수라고도 부른다. 그만큼 모략과 음모에 뛰어난 인물이라는 뜻이다. 이윽고 아사드의 시선이 마크로에게로 옮겨졌다.

"마크로, 제1기동사단 전체가 움직여 반란군을 치는 건 아닐 거다. 그렇지?"

"그렇습니다, 각하."

마크로는 55세, 아사드의 신임을 받는 장군으로 그동안 여러 번 공을 세웠다. 비대한 체격이지만 머리 회전이 빨라서 '쥐'라는 별명이 있다. 시리아는 물론이고 이라크 측에서도 그렇게 부른다. 아사드가 말을 이었다.

"전임 사단장 바크란은 돼지 같은 놈이었는데 이젠 좀 분위기가 살벌해지겠다."

"기동사단의 특공대대를 본격적으로 활용할 가능성이 큽니다, 각하."

마크로가 말을 받았다.

"우선 하르만족에게 특공대대의 무장 헬기에 대응할 수 있도록 지대공 미사일 보급을 해줘야 될 것 같습니다."

"지금까지는 안 해주고도 버텼는데 이번에는 해줘야 될 것 같다."

아사드가 말을 이었다.

"하지만 우리 미사일 부대를 반군에 합류시키도록. 무슨 말인지 알겠나?"

"예, 각하."

고개를 끄덕인 마크로가 아사드를 보았다. 금방 이해가 간 것이다. 미사일 부대를 파견시켜서 반군으로 위장하고 작전을 하라는 것이다. 그러면 반군에게 미사일 조작 방법을 교육시키지 않고 바로 실전에 투입될 수 있다. 더구나 미사일은 고가품이다. 반군에게 넘겨주기에는 아까운 것이다. 아사드가 고개를 끄덕이며 결론을 냈다.

"이번에 그 악명 높은 특명관 놈까지 제거해버려라. 그래서 시리아의 위상을 높이도록."

정재국이 사단사령부에 들어섰을 때는 오후 5시 반이다. 헬기장에 마중 나온 참모장 벤슨 대령의 안내를 받으면서 상황실로 들어서자 기다리고 있던 장교들이 모두 부동자세로 섰다.

"차렷!"

선임 연대장의 구령이 울리자 구두 부딪치는 소리가 요란하게 울렸다.

"사단장께 경례!"

그 순간 50여 명의 간부 장교들이 일제히 경례를 했다. 제1기동사단에는 4개 연대, 각 연대는 4개 대대를 보유하고 있다. 모두 16개 대대. 대대장급은 소령, 연대장은 대령, 연대 참모가 모두 소령급이었기 때문에 영관급만 50여 명이 넘는다. 정재국이 가볍게 경례를 받고는 상석으로 다가가 앉았다.

"앉아."

정재국이 짧게 말하자 참모장이 복창했다.

"앉아."

모두 자리에 앉는 동안 기침 소리도 들리지 않는다. 정재국의 뒤쪽에는 보좌관 격인 이칠성과 박상철, 그리고 네 명의 영관급 장교들이 서 있다. 엄숙한 분위기라기보다는 살벌한 분위기다. 금방 피바람이 불 것 같은 분위기. 정재국의 이미지가 그렇다.

고개를 든 정재국이 앞에 가득 앉아 있는 장교들을 보았다. 계급 순으로 앉아서 앞줄은 대령급, 연대장도 대령인 터라 대령이 5명. 중령급은 사단 참모와 직할대대장도 중령이어서 7명. 소령이 연대 참모와 대대장급까지 38명이다. 정재국이 입을 열었다.

"나는 대통령 각하로부터 내가 지휘하는 제1기동사단 장교의 1계급 특진 권한과 함께 직결 처분 권한을 위임 받았다."

정재국이 허리에 차고 있던 베레타 92F 권총을 꺼내 앞쪽 탁자에 놓았다. 총구가 정면으로 향해 있다. 전임 사단장 바크란은 어제 오후에 갑작스러운 해임 통보를 받고 바그다드로 소환되었다. 예고도 없는 소환이어서 바크란은 새파랗게 질린 얼굴로 대통령궁 경호대에 끌려가 버렸다. 그 사건 직후에 제1기동사단장으로 정재국이 임명되었다는 통보가 온 것이다. 사단 내 장교들의 지금 분위기가 그렇다. 더구나 대통령 각하의 특명을 받고 온 사단장이다. 진급은 물론 생사여탈권을 쥔 인물. 헌병사령관으로 수십, 수백 명을 처형한 특명관 출신이 권총을 내려놓고는 쳐다보고 있다. 그때 정재국이 말했다. 정재국의 영어를 뒤에 선 사다트 소령이 통역한다.

"각자 원대 복귀해서 맡은 임무에 충실해라. 내가 전임 사단장처럼 우유부단한 인간이 아니다."

정재국의 두 눈에서 불길이 일어나는 것 같다.

"시범 케이스로 현장에서 내가 직접 총살할 수도 있다는 것을 명심하도록."

통역이 끝났을 때 정재국이 끝났다는 손짓을 했다. 그때 참모장이 소리쳤다.

"일어서!"

"차렷!"

"경례!"

모두 로봇처럼 빈틈없이 경례를 한다.

그러나 상황실에는 연대장급 이상의 지휘관이 남았다. 사단 참모들까지 포함해서 모두 12명, 중령 이상의 고급 장교다. 정재국이 그렇게 지시한 것이다. 물론 정재국의 좌우에는 대령 계급장을 붙인 이칠성, 박상철과 보좌관 넷이 둘러앉아 있다. 이제는 더 무거운 분위기. 사단장을 제외한 최고선임 장교 벤슨의 표정도 굳어 있다. 그때 정재국이 주머니에서 서류를 꺼내 펼쳐보면서 말했다.

"전임 사단장이 주도한 작전이 8개월간 5건이군, 맞지?"

"예, 각하."

벤슨이 바로 대답했다. 모두 숨을 죽이고 있다. 그중 가장 대규모의 2개 연대와 직할 특공대대까지 동원한 하르만 반군 소탕 작전, 18일간 진행되었는데 반군은 사살 129명, 총기 노획은 기관총 6정 포함해서 217정, 아군은 22명 전사, 44명 부상인 전과를 올렸다. 고개를 든 정재국이 말을 이었다.

"모두 아군이 승리한 전과군, 그렇지?"

"예, 각하."

대답은 벤슨이 했다. 벤슨은 50세, 베이루트 이민자의 자손으로 육사를 나온 정통 군인. 지금까지 전임 사단장 바크란을 착실하게 보좌해온 무난한 성격의 참모다. 카심이 건네준 자료에 모나지 않고 충성심이 강하며 작전에 능하다고 장점이 기록되었다. 단점은 재물을 밝히는 것이다. 벤슨은 군수 참모와 공모해서 사단에 지급되는 기름, 주식, 부식, 의류, 의약품을 군수품 암거래상에게 팔아서 연간 5백만 불의 뇌물을 챙겨왔다고 기록되어 있다. 이것은 후세인한테까지 보고가 된 사항인데 놔둔 것은 전군(全軍)의 지휘관급들에게 부패가 만연된 실정이었기 때문이다. 그래서 지금은 후세인이 지휘관용 '상여금' 식으로 치부하고 손을 든 상태. 오직

170

약점으로만 쥐고 있다가 필요한 때에 그것을 꺼내는 상황이 되었다. 정재국이 보기에 썩지 않은 장교가 없다. 썩지 않으면 오히려 왕따가 되는 것이다. 정재국이 다시 물었다.

"5개 작전 중 한 번도 실패한 작전은 없군, 그렇지?"

"예, 각하."

벤슨이 대답했지만 정재국에 부딪친 눈동자가 흔들렸다. 정재국이 눈썹을 모으고 벤슨을 보았다.

"참모장, 누구한테서 무기를 구입했지?"

모두 숨을 죽였을 때 정재국의 목소리가 상황실을 울렸다. 고급 장교 대부분은 영어를 이해했기 때문에 정재국이 바로 말을 잇는다.

"전투에서 노획한 무기로 내놓은 것 말이야."

"각하."

일단 정재국을 부른 벤슨이 번들거리는 눈으로 쳐다보았다.

"무슨 말씀이신지……."

그러나 이미 알고 있다. 둘러앉은 사단 참모들, 연대장들의 얼굴도 일제히 사색이 되어 있는 것을 보면 그들도 다 알고 있는 것이다. 그때 정재국이 쓴웃음을 지었다.

"내가 다 알고 묻는 것인지도 눈치채지 못하는 모양인데, 참모장."

"예, 각하."

"장남이 영국에서 심리학 박사 과정을 밟고 있지?"

벤슨의 눈동자가 흐려졌다. 반쯤 벌어진 입에서 숨이 뱉어지지 않는 것 같다. 고개를 끄덕인 정재국의 시선이 제1연대장에게로 옮겨졌다.

"네가 1연대장 사파인가?"

물론 가슴에 이름과 소속 부대가 적혀 있다.

"예, 각하."

대답은 기운차게 했지만 연대장의 얼굴은 이미 누렇게 굳어 있다. 정재국의 시선을 받은 연대장이 앞에 놓인 베레타를 흘낏 보았다. 정재국이 물었다.

"1연대장, 너는 알고 있지? 노획한 무기로 내놓은 무기를 누구한테서 구입한 것이냔 말이다."

그때 연대장이 허리를 펴고 고개를 들었다. 어금니를 물고 눈은 똑바로 떴다.

"예, 아라파트라고 중고 무기 도매상이 있습니다. 그자한테서 구입했습니다."

"지금까지 그놈한테만 구입했나?"

"예, 각하."

상황실 안은 물벼락을 맞은 듯이 조용해졌다. 벤슨은 이제 얼굴이 땀투성이가 된 채로 시선을 내리깔고 있다. 시간이 그렇게 5초쯤 지났지만 군 간부들에게는 5시간도 더 지난 느낌일 것이다. 그때 정재국이 입을 열었다.

"알았다. 나도 알고 있었다."

정재국의 목소리는 가라앉았지만 섬뜩하게 들렸다.

"나는 너희들의 지난날의 행태를 질책, 죄를 물으려고 온 것이 아니다."

"……."

"앞으로가 문제야. 일단 당면한 임무를 처리해야 한다. 대통령 각하의 특명이다."

그때 정재국이 벌떡 일어서면서 베레타를 움켜쥐었다.

"내가 사단장으로 있는 동안은 새 군대로 나간다. 이것은 명심하도록."

그 순간이다.

"탕!"

총성이 울렸고 모두 소스라쳤다. 정재국이 천장에다 대고 발사한 것이다. 천장에서 횟가루가 부서져 떨어졌다. 간부들은 질색을 하고 몸을 굳혔지만 움직이지는 않는다. 그때 정재국이 한 마디씩 분명히 말했다.

"똑바로 해라. 똑바로만 하면 지금부터의 공과로만 판단해주겠다. 그러나."

잠깐 말을 멈췄던 정재국의 목소리가 높아졌다.

"예전의 행태를 그대로 보이는 간부는 직위 고하를 막론하고 현장에서 총살한다. 명심해라."

4장
국경경비 사령관이 되다

　국방장관 카심은 정보국장 쟈말렉에게 지시해서 제1기동사단 장교들의 비리와 사생활까지 조사해 놓은 것이다. 제1기동사단뿐만 아니라 전군(全軍)을 대상으로 실시했다. 그러나 그것을 다 후세인한테 보고하지는 않았다. 그것을 다 보고한다면 전군(全軍)의 고급 장교 대부분이 살아남지 못할지도 모르기 때문이다. 카심은 제1기동사단 장교들의 조사 내역을 정재국에게 건네준 것이다. 고개를 든 정재국이 고급 장교들을 둘러보았다.

　"오늘 상견례는 이것으로 됐다. 직할 특공대대장만 남고 모두 해산."

　상황실에는 이제 정재국 앞에 두 명의 영관급 장교가 남았다. 특공대대장 아부핫산 중령과 부대대장 겸 작전 참모 바이르 소령이다. 정재국이 긴장한 아부핫산에게 말했다.

　"특공대대가 지난 바크란 사단장 휘하에서 몇 번 작전을 했지?"

　"2번입니다."

　아부핫산이 바로 대답했다.

　"작전 전과는 미미했습니다."

174

정재국이 고개를 끄덕였다. 1개 중대 병력을 파견해서 전사, 부상자 서너 명씩만 서로 피해를 주고받는 것으로 작전이 종료되었다. 아부핫산은 40세, 사관학교 출신, 전(前) 1군단장인 크드라의 부관 출신. 제1기동사단의 고급 장교 대부분이 후세인의 동향인, 또는 카심의 동향인이나 부관 출신 등으로까지 인맥이 기록되어 있는 것이다. 아부핫산의 인맥이었던 크드라는 2년 전, 쿠웨이트 작전 실수로 직위 해제되어 지금은 예편했다. 경미한 처벌이지만 군 생활은 끝난 것이다. 정재국이 고개를 들고 아부핫산을 보았다. 그것이 전(前) 사단장 바크란이 아부핫산을 작전에 투입시키지 않은 이유일 것이다. 실패자의 인맥에 작전을 맡길 필요가 없는 것이다. 바크란은 부하 장교의 유, 무능을 따지는 척도가 인맥이었던 것 같다. 참모장 벤슨은 후세인과 고향이 같고 제1연대장 사파는 전(前)에 후세인의 경호대 출신이었다. 그들이 가장 무서워하는 지휘관은 후세인의 친척이거나 후세인의 신임을 받는 인물뿐이다. 바로 정재국 같은 인물.

"중령, 앞으로 네가 중심이 되어서 작전이 시작될 테니까 그렇게 알고 있도록."

정재국이 아부핫산을 응시한 채 말했다.

"사단 병력은 작전 지역의 울타리 역할을 하고 특공대대가 안으로 투입되어 적을 소탕한다. 이것이 바로 내 작전이야."

아부핫산과 바이르의 눈빛이 강해졌다. 장교는 전투에 투입되어야 전과를 인정받는다. 그것이 군인다운 군인의 희망이다. 전투를 피하고 '줄'만 찾아서 출세를 해온 인간들이 지휘부를 차지하면 바크란의 꼴이 된다. 이름뿐인 부대, 전과를 조작한 부대, 무기상과 협잡하는 부대. 그런 부대는 안에서 썩어간다. 정재국이 말을 이었다.

"중령, 대기하고 있도록. 내가 언제 부를지 모른다."

이렇게 부대 지휘관 상견례가 끝났다.

이곳은 국경지대 도시인 아무르시의 중심가. 저택 안의 응접실에는 10여 명의 사내가 둘러앉아 있었는데 모두 총을 벽에 기대 세워놓거나 방바닥에 놓았다. 사내들은 터번에 쑵을 입은 차림. 남루한 행색이지만 건장하다. 사내들은 응접실의 벽에 등을 붙이고 방바닥에 앉아있다. 그리고 안쪽에 앉은 사내를 주시하고 있는 것이다. 안쪽 사내는 흰 수염이 무성했고 검은 얼굴의 인상이 차갑게 느껴지는 거구의 사내. 바로 하르만족의 부족장 야스마라다. 53세, 시리아 힘스 육군사관학교 출신. 시리아 국가원수 하피르 알 아사드 대통령의 10여 년 후배가 된다. 야스마라는 시리아군 대위로 예편하고는 고향으로 돌아와 아버지의 뒤를 이어 부족장이 되었다. 그때까지 하르만족은 이라크와 시리아 사이에서 중립을 지키고 있다가 야스마라가 부족장이 되고 나서 친시리아로 돌아선 것이다.

"모두 정신을 똑바로 차려야 한다."

야스마라가 입을 열었다.

"이번에는 제법 전쟁다운 전쟁을 하게 될 것 같다. 그러니 도시에 남은 사람들은 제각기 맡은 일을 실수하지 말고 진행시키도록."

"예, 걱정 마십시오."

도시에 남은 지휘관들의 대표 격인 하리마가 대답했다. 하리마는 28세, 야스마라의 장남이자 후계자다. 고졸 출신으로 만 18살 때부터 야스마라를 따라다니면서 온갖 작전을 치렀기 때문에 신임을 받는다. 고개를 끄덕인 야스마라의 얼굴에 쓴웃음이 번졌다.

"이번에는 아사드 대통령이 미사일 부대를 파견해 주기로 했어. 지대공이야. 새로 부임한 기동사단장 놈이 제대로 혼이 날 거다."

그러면서 야스마라가 자리에서 일어섰다. 산속의 반군 기지로 가려는 것이다.

"오, 왔나? 거기 앉아."

아부핫산의 경례를 받은 정재국이 턱으로 앞쪽 자리를 가리켰다. 이곳은 사단장 숙소의 식당 안. 식탁에는 이미 양고기가 놓여 있고 보좌관 이칠성과 박상철이 앉아 있다.

"저녁 같이 먹자고 불렀어."

정재국이 접시에 담긴 물에 손을 씻으면서 말했다. 저녁 먹자고 부대장을 부를 이유가 없는 것이다. 그러나 아부핫산은 잠자코 손을 씻으면서 번들거리는 눈으로 정재국을 보았다. 상견례가 끝나고 나서 이제는 저녁을 같이 먹자고 부른 것이다. 씻은 손으로 새끼 양고기를 입에 넣은 정재국이 삼키고 나서 말했다.

"중령, 지금쯤 야스마라가 긴장하고 있겠지?"

"예, 각하."

아부핫산이 바로 대답했다.

"이미 정보가 다 새나갔을 것입니다."

"내가 중령하고 저녁밥을 먹었다는 정보도 내일쯤이면 야스마라가 알게 될 거야."

"예, 각하."

"야스마라의 본거지는 아무르시 아닌가? 그곳 주민 8만여 명이 모두 하르만족이지?"

"예, 각하. 그리고 3개 마을이 또 있습니다."

"야스마라가 지금 어디 있을 것 같나?"

"사단장께서 부임하셨다는 정보가 이미 알려졌을 것입니다. 그러니 야스마라는 반군 기지인 산으로 갔겠지요."

정재국이 고개를 끄덕였다.

"그렇다면 도시에는 누가 남았을까?"

아부핫산이 정재국을 보고는 숨을 들이켰다.

"예, 대리인으로 장남이 남겨졌을 가능성이 큽니다."

"잘 들어, 중령."

물그릇에 손을 씻으면서 정재국이 아부핫산을 보았다.

"5일 후에 우리 사단은 대규모의 반군 토벌 작전을 시작한다."

긴장한 아부핫산이 숨을 죽였을 때 정재국의 말이 이어졌다.

"2개 연대가 하르만족 지역을 포위, 그 중심부에 아무르시를 두게 될 것이다."

식탁 주위가 조용해졌다. 이칠성과 박상철도 손을 씻고는 시선만 준다. 정재국이 말을 이었다.

"그렇게 되면 놈들은 어떻게 예상할 것 같나?"

"예, 특공대대가 투입되는 것이 순서 아니겠습니까?"

아부핫산이 똑바로 정재국을 보았다. 그것이 당연한 순서인 것이다. 군사작전도 사냥과 똑같다. 그때 정재국이 고개를 끄덕였다.

"그렇다. 하지만 특공대가 투입되기 전에 작전을 끝낼 계획이야."

아부핫산의 시선을 받은 정재국이 입술만 비틀고 웃었다.

"중령, 하르만 부족 지역을 2개 연대가 포위하는 데 시간이 얼마나 걸릴 것 같나?"

"예. 최소한 15일은 걸립니다, 각하."

아부핫산이 바로 대답했다. 지난번에도 여러 번 해보았기 때문이다. 산악 지역이어서 병력과 중화기 이동에 시간이 걸린다.

"그렇다면 특공대 공격은 20일쯤 후에야 시작되겠군."

"예, 반년 전에 2개 연대로 하르만 지역을 포위했었는데 18일이 걸렸습니다."

"그때는 특공대가 언제 투입되었나?"

"포위 작전을 시작하고 나서 20일째 되었을 때입니다."

"전과는?"

"각각 사상자가 1백 명 정도였지만 아군 피해가 더 컸습니다."

정재국이 고개를 끄덕였다. 그때도 전과 조작을 했을 것이다. 안 봐도 뻔하다.

"그럼 5일 후에 포위 작전을 시작하면 지금부터 25일쯤의 시간이 있겠다."

정재국이 말을 이었다.

"25일 안에 우리 작전이 끝나는 거야, 중령."

이해를 못한 아부핫산이 눈만 껌뻑였을 때 정재국이 목소리를 낮췄다.

"중령, 특공대대에서 정찰대로 정예 10명만 추려오도록 해라."

"예, 각하."

"내일 오전 9시까지다."

"알겠습니다."

"내일 오전에 나는 제1, 2연대에 출동 준비 명령을 내리고 5일 후에 출동하도록 지시할 거다."

"예, 각하."

"그러고 나서 난 정찰대 5명을 이끌고 아무르시에 잠입할 예정이고……."

놀란 아부핫산이 숨만 들이켰을 때 정재국이 말을 이었다.

"중령, 너는 여기 있는 이 대령과 함께 나머지 정찰병을 인솔하고 야스마라를 추적하도록."

숨을 들이켠 아부핫산이 번들거리는 눈으로 정재국을 보았다.

"각하께서 직접 아무르시로 가신다는 것입니까?"

"그렇다."

"정찰병 5명만 데리고 말씀입니까?"

"정예병이겠지?"

"물론입니다, 각하. 하지만……"

"정찰병 5명 외에 여기 있는 박 대령, 그리고 보좌관 셋까지 합하면 나까지 10명이 되겠다. 그것도 너무 많지만 하는 수 없지."

"……"

"이제 짐작하겠지만 2개 연대 동원과 특공대대 투입 준비는 허장성세야. 2개 연대가 포위 작전을 끝낼 때쯤 우리들의 임무도 끝나야 돼."

"각하, 임무는 무엇입니까?"

"그걸 맨 나중에 말해주게 되었군."

정재국의 얼굴에 쓴웃음이 떠올랐다.

"난 아무르시에서 야스마라가 빠져나간 후에 대리인이 되어 있을 그 후계자 놈을 암살하겠다."

"……"

"그 아들놈이 죽으면 야스마라가 어떻게 나올 것 같나?"

"아무르시로 돌아올 것입니다."

"그 길목에서 기다렸다가 그놈까지 죽이는 거야. 그 임무는 네가 맡아라."

"아!"

외침을 뱉은 아부핫산의 눈동자에 초점이 잡혔다.

"산악 지역에서 아무르시로 들어오는 길은 한 곳입니다, 각하."

"기회를 놓쳐도 책임을 묻지는 않을 거다, 중령, 우리도 아들놈을 놓칠지 모르니까."

"각하, 최선을 다하겠습니다."

"이 작전은 여기 있는 우리 넷만 일단 알고 있기로 하자. 참모장한테도 비밀로 할 테니까."

정재국이 이미 식어버린 새끼 양 고기를 바라보며 말을 맺었다.

"난 내일 오후부터 특공대대장을 데리고 직접 정찰을 나갈 거다."

"중령."

사단장 숙소를 나가는 아부핫산을 이칠성이 불러 세웠다. 이칠성은 대령 계급장을 붙인 데다 사단장 보좌관이다. 더구나 정재국이 헌병사령관이었을 때도 보좌관으로 숙청을 주도해왔다는 것도 아부핫산은 안다. 정재국은 물론이고 이칠성은 통치자 후세인의 복심인 것이다.

"예, 대령님."

멈춰 선 아부핫산의 표정에는 아직 감동이 지워지지 않았다. 사단장이 직접 전장으로 돌입한다는 것이다. 그 일원이 된다는 것에 아부핫산의 피가 뜨거워진 상태다. 그때 이칠성이 말했다.

"중령, 잘 알고 있겠지만 각하는 미국 웨스트포인트 출신이야. 레인저 대위였다가 카다피 대통령의 경호대장, 그리고 후세인 대통령 각하의 특명관에다 헌병사령관을 지냈으니 그만하면 경력이 충분하겠지?"

"당연하신 말씀입니다."

아부핫산이 바로 대답했다. 각진 얼굴, 검은 피부, 건장한 체격의 아부핫산도 특공대에만 10년이다. 그때 이칠성이 말을 이었다.

"중령, 우린 용병이야. 고용된 용병일 뿐이라고."

숙소 현관 앞에는 둘뿐이다. 아부핫산이 어둠 속에서 번들거리는 눈으로 이칠성을 보았다.

"대령님, 무슨 말씀을 하십니까?"

"중령은 이제 용병팀이 되었다는 말이지."

숨을 죽인 아부핫산에게 이칠성이 말을 이었다.

"각하께서 이 말을 전하라고 하셨어. 그 뜻을 알겠나?"

"잘 모르겠습니다."

"우리 팀은 그만큼 경력과 전과를 쌓았어. 그러니까 믿고 따르라는 뜻이야."

"당연하지요."

아부핫산이 고개를 끄덕였다.

"명령을 따르지 않을 리가 있습니까?"

"수동적으로 따르는 것과는 달라야 하네."

"팀에 넣어주신 것을 영광으로 생각하고 있습니다."

"이번 작전의 주인공은 우리 셋과 중령까지 넷이야."

"감사합니다."

"총 10여 명으로 진행하는 작전이라고."

이칠성이 손을 내밀자 아부핫산이 두 손으로 움켜쥐었다. 더 이상 말은 필요 없다.

"1, 2연대가 하르만족 지역을 넓게 포위한다."

다음 날 아침. 정재국이 사단 참모, 각 연대장들만 모인 고급 지휘관 회의가 시작되자마자 말했다.

"지금까지 제대로 된 작전을 해본 적이 없었는데, 이번은 달라."

긴장한 지휘관들을 둘러보면서 정재국이 꾸짖듯 말했다.

"1, 2연대가 작전 지역으로 이동하면 3, 4연대는 1, 2연대가 맡았던 경계 지역까지 담당한다. 알겠나?"

"예, 각하."

참모장 벤슨이 먼저 대답했다.

"작전 개시일까지 준비 기간이 필요합니다. 최소한 3일은 주십시오."

"5일 후에 이동이다."

"충분합니다."

오래전부터 계획이 수립된 작전 중 하나다. 고개를 끄덕인 정재국이 특공대대장 아부핫산을 보았다.

"특공대대장은 나하고 지역 정찰을 할 테니까 준비하도록."

모두의 시선이 모였다. 고급 지휘관 회의에 특공대대장도 참석해 있는 것이다.

"예, 각하."

아부핫산이 대답하자 정재국이 말을 맺는다.

"5일 후, 출동이다. 이상."

"예상과 같구나."

보고를 들은 나르타 아사드가 이를 드러내고 웃었다. 48세, 하피르 알 아사드 대통령의 사촌 동생, 국경사령관으로 3개 사단을 지휘하는 육군 중장. 나르타도 힘스 육군사관학교를 졸업했고 독일군에 3년간 유학을 다녀온 엘리트다. 국경사령관을 맡은 지 3년. 이제는 시리아, 이라크 국경 지역의 초소까지 두르르 꿰고 있는 데다 이라크군 지휘관 이름도 외우고 있다. 나르타가 앞에 선 참모장 압바스를 보았다.

"야스마라한테 경고를 보내."

"예, 각하."

"미사일팀은 야스마라한테 도착했지?"

"어젯밤에 도착했습니다."

압바스가 말을 이었다.

"1, 2연대가 하르만족 지역을 포위한다 해도 빠져나갈 길이 많습니다. 더구나 야스마라가 이끄는 반군은 포위 지역 밖에 있습니다."

오후 1시 반. 사령관 집무실 안이다. 오전 9시에 이라크군 제1기동사단 사령부에서 진행된 작전 회의 내용이 4시간 반 후에 시리아군 국경경비 사령관에게 보고가 된 것이다.

"사단장은 특공대대장하고 순찰을 나간다고 합니다."

"그것이 전임자 돼지하고 다르군."

나르타의 얼굴에 쓴웃음이 번졌다.

"그놈 동향을 추적하라고 해."

제1기동사단 지휘부에 포섭된 장교를 말하는 것이다.

밤, 산악 지역의 산비탈을 일렬종대로 걷는 일단의 사내들이 있다. 모두 10명. 제각기 등짐을 멘 산악 부족 차림으로 묵묵히 걷는 일행은 금세 어둠 속으로 모습을 감추었다가 앞쪽 골짜기에 나타났다. 걸음 속도가 빠르다. 밤 10시 반, 흐린 날씨여서 별도 뜨지 않은 밤이다. 앞장선 사내는 특공대대 소속의 사라칸 상사. 이 지역 출신이어서 지도 역할이다. 그 뒤를 특공 장교 넷과 정재국, 박상철 그리고 사다트 등 부관 셋이 따른다.

목적지는 아무르시. 인구 8만의 도시로 들어가려는 것이다. 아무르시까지의 거리는 125킬로. 내일 오후 3시까지 들어가야만 한다. 이곳에서 5킬로쯤 떨어진 마을 길가에 대기시킨 트럭을 타고 아무르시에 들어갈 예정이다. 아군에게도 비밀로 하고 들어가려는 것이다. 물론 아무르시는 7군단 소속의 연대가 치안을 맡고 시장은 연대장이다. 정재국이 앞에서 걷는 토르마에게 말했다.

"1년쯤 전에 내가 호마칸 족장, 샤그라니와 그의 아들, 하지드를 죽였다."

놀란 토르마의 걸음 속도가 늦춰졌다. 토르마는 아부핫산이 보낸 특공대원 5명 중 선임자로 대위다. 정재국이 말을 이었다.

"내가 터키 쪽 국경의 반군에 이어서 시리아 쪽 반군 지도자를 상대하게 된 거야."

"각하께서 그러신 줄은 몰랐습니다."

토르마가 말했다.

"총사령부에서 보낸 특공대가 공을 세운 것으로 알고 있었습니다."

"내가 특명관으로 비밀리에 파견된 거야."

이것이 마지막 임무였기 때문에 정재국은 부담 없이 말했다. 갑자기 결성된 팀원들에게 결속력을 품게 하려는 의도다. 이칠성을 시켜 아부핫산에게 '팀'을 강조시킨 것도 같은 맥락이다. 용병 작전도 팀워크로 이루어진다. 팀워크를 강화시키는 것이 지휘관의 역할인 것이다. 앞뒤를 걷는 대원들도 다 듣고 있는 상황이다. 정재국이 말을 이었다.

"작전 중 부상당하면 두고 갈 테니까 제각기 귀환해라. 그건 나도 마찬가지고. 내 후임은 박 대령, 사다트 소령 순이다."

정재국의 목소리가 어둠 속을 울렸다.

"목표는 아무르시의 반군 지도자이며 부족장인 야스마라와 그 후계자를 찾아서 제거하는 것이다."

야스마라가 산속의 반군 기지로 들어가지 않았을지도 모른다.

"하르만족 반군 섬멸 작전이 시작됐다는 거냐?"

아사드가 전화기를 귀에 붙이고 묻는다.

"예, 각하."

대답한 상대는 사촌인 국경사령관 나르타 아사드. 나르타가 말을 이었다.

"5일 후에 2개 연대가 아무르시를 포위할 것입니다. 지금 출동 준비를 하고 있습니다."

"새 기동사단장이 서두르는군."

"예, 각하."

"준비는 다 해놓았지?"

도청을 조심한 아사드가 대충 물었더니 나르타도 눈치를 챘다.

"예, 각하. 따로 보고드리겠습니다."

"국경 지역은 너한테 맡긴다."

"감사합니다, 각하. 충성을 다하겠습니다."

전화기를 내려놓은 아사드가 앞에 서 있는 육군사령관 마크로와 정보국장 핫산을 번갈아 보았다.

"이번 사령관 놈 행동이 빠르다. 하르만족이 무너지면 바로 이라크군과 코를 맞대게 돼."

아사드의 이맛살이 찌푸려졌다.

"호마칸족 반군이 무너지고 나서 터키가 안절부절못하고 있는 걸 봐라. 우리가 그 꼴이 안 되려면……."

고개를 든 아사드의 눈동자가 흐려졌다.

"이번에는 우리가 먼저 적극적 공세를 펴는 것이 낫겠다."

둘은 숨을 죽였고 아사드의 말이 이어졌다.

"그놈, 기동사단장을 제거하도록 해. 암살대를 보내도 되고 저격병을 써도 된다. 다만 시리아의 흔적은 빼고."

방법이야 많다, 이곳은 세계 각국의 용병이 들끓는 곳이니까.

"변장의 명수이기도 합니다."

메디슨이 윌슨에게 말했다. 이곳은 LA 교외에 위치한 CIA LA지부 사무실. 12층 건물 현관에 국제문화재단이라는 팻말이 붙어 있을 뿐 들락거리는 사람도 없는 한적한 동네. 그 12층 지부장실에서 윌슨이 지부장 메디슨과 이야기를 하고 있다. 메디슨은 40대 중반으로 중동 지역에서만 10년 가깝게 근무했다. 그래서 그 지역을 떠돌던 정재국에 대해서 잘 아는 것이다. 메디슨이 말을 이었다.

"데니스 정은 잘 알려지지 않았는데 뛰어난 암살자이기도 합니다. 후세인의 특명관으로 일하면서도 공을 세웠지만 그전에도 수많은 비밀 임무를 처리했지요."

메디슨이 윌슨에게 서류를 내밀었다.

"레인저 팀장이었을 때의 기록입니다."

서류를 본 윌슨의 얼굴에 쓴웃음이 떠올랐다.

"굉장하군."

"데니스 정은 우리 CIA 암살팀의 최고급 레벨이었습니다."

메디슨의 얼굴에도 쓴웃음이 번졌다.

"그 데니스 정이 리스타로 고용되었다가 후세인한테 건너간 셈이지요."

"베이루트에서는 헤즈볼라 간부들을 몰사시켰군."

"아랍인으로 변장하고 본부에 잠입했던 것입니다. 대단한 놈이지요."

"특명관으로 후세인의 총애를 받을 만하군."

눈을 가늘게 뜬 월슨이 메디슨을 보았다.

"지금 이놈이 시리아 국경 지역의 제1기동사단 사단장이 되었어."

"아사드의 정보력도 만만치 않습니다. 데니스 정의 내력을 다 꿰지는 못하더라도 특명관 때의 업적은 알고 있을 겁니다."

"보스가 이놈의 유용 가치를 판단해보라는 지시야, 메디슨."

어느덧 정색한 월슨이 메디슨을 보았다.

"이놈이 어떤 지시를 받고 있으며 그 결과가 우리한테 어떤 영향을 미칠 것인가를 판단하고 나서 방침을 정해야 돼."

항상 이렇다. 미국의 국익을 잣대로 해서 판단하고 실행한다. 그것이 아군이건 적군이건 상관없다. 앞으로 일어날 일이 미국의 국익에 맞지 않으면 제거하고 맞으면 도와준다.

아무르 시장 야콥은 이라크 국경경비 군단인 제7군단 소속 2사단 3연대장으로 3연대가 도시의 치안을 맡고 있다. 아무르시는 이라크 영토이기 때문에 당연한 일이다. 그러나 8만 주민 대부분이 하르만족이다. 그 주변의 마을, 도시의 주민, 모두 하르만족이니 하르만 영토나 같다. 그리고 하르만족도 이곳이 이라크 영토라고 인정하지도 않는 것이다. 그래서 후세인은 남부 지역 주민을 대량 이주시킬 계획까지 세웠다가 보류시켰다. 이란, 쿠웨이트 전쟁 때문이다. 야콥이 시장실에서 손님을 맞는다. 제7군단에서 날아온 작전참모 유르타 대령과 또 한 사람의 대령, 바로 제1기동사단 참모장 벤슨 대령이다. 시장실에는 대령 셋이 둘러앉았다. 먼저 유르타가 시장실을 둘러보면서 입을 열었다.

"이곳에 오면 우리 이라크 영토인데도 적진에 떨어진 느낌이 든단 말야."

유르타가 고개를 들고 야콥을 보았다.

"당신도 내 동료처럼 보이지 않아."

"미국말로 갓댐이로군."

야콥이 눈을 치켜뜨고 내쏘았다.

"조금 더 시간이 지나면 날 하르만족 시장으로 상대하겠군."

"소문이 그래. 하르만족 다 되었다고."

"할 수 없어, 그놈들을 거느리고 있으려면. 말 안 듣는다고 다 죽이거나 잡아넣을 수가 없다고."

"이 방에 도청 장치는 없나?"

야콥이 다시 방 안을 둘러보는 시늉을 했을 때 벤슨이 입을 열었다.

"자, 용건을 이야기합시다."

셋은 같은 대령이지만 서열이 있다. 1순위가 군단 작전참모 유르타, 2순위가 현직 시장을 맡고 있는 야콥, 3순위가 벤슨이다. 그러나 오늘은 벤슨이 주역이다. 벤슨이 말을 이었다.

"4일 후부터 우리 1, 2연대가 이 지역으로 이동해 올 거요."

순간 야콥이 숨을 들이켰고 벤슨의 말이 이어졌다.

"현 위치에서 이곳까지 이동해 오려면 헬기를 동원해도 15일 정도 걸려야 배치가 완료될 겁니다."

"15일도 빨라."

유르타가 거들었다.

"20일은 되어야 돼."

"이제 본격적으로 시작이군."

어깨를 늘어뜨린 야콥이 벤슨을 보았다.

"1, 2연대가 어느 지역까지 포위망을 친다는 거요?"

"여기 지도를 가져왔습니다."

벤슨이 가방에서 지도를 꺼내 야콥에게 내밀었다.

"아무르시를 중심으로 2킬로 간격을 두고 120개의 초소를 설치할 거요. 여기 초소 위치를 표시해 놓았습니다."

지도를 받은 야콥이 고개를 끄덕이며 물었다.

"우리는 이 포위망 안에서 특공대대와 합동 작전을 벌인다는 말이지요?"

그때 유르타가 말했다.

"당신의 3연대 병력은 제1기동사단장의 명령을 받아야 돼, 대령."

"당연히, 그래야지."

그때 벤슨이 말을 이었다.

"곧 우리 사단장이 연락을 하실 거요."

그러고는 덧붙였다.

"지금 각 지역을 직접 정찰 중이거든."

"앞으로 5일 후부터 작전이 시작되겠군."

야콥이 혼잣소리처럼 말을 이었다.

"이번 작전 정보는 이미 반군들한테 다 새나갔을 겁니다."

유르타와 벤슨은 대답하지 않았다. 당연한 일이었기 때문이다.

그 시간에 버스 한 대가 아무르시를 향해 달려오고 있다. 동쪽에서 달려온 버스다. 아무르시는 국경에서 15킬로쯤 떨어진 도시였는데 이 버스는 국경 마을 하니곤을 출발해서 모술까지 가는 장거리 버스인 것이다. 그러나 버스 승객들은 하르만족으로 시장에 팔 닭, 오리, 염소까지 싣고 있어서 악취와 소음으로 가득 차 있다. 버스 뒤쪽의 구석 자리에 앉은 노인은 눈을 감고 깊게 잠이 들었는데 차가 진동을 해도 깨어나지 않았다. 더러운 터번을 머리에 감고 나서 끝 쪽 자락을 옆으로 늘어뜨려 지저분한 수염투성이 얼굴을 가렸다. 어깨가 뜯어지고 소매와 팔꿈치가 해진 저고리를 쑵 위에 걸치고 무릎 위에는 닭 2마리가 담긴 나무 바구니를 움켜쥐고 있다. 그때 옆에 앉은 중년 사내가 고개를 돌려 노인을 보았다. 같은 남루한 행색, 때에 찌든 얼굴이다.

"보스, 10분 후면 도착입니다."

사내가 입술도 달싹이지 않고 말했는데 놀랍게도 영어다. 그 순간 노인이 슬쩍 눈꺼풀을 2밀리쯤 올렸다가 내렸다. 그러고는 역시 닫힌 입술 안에서 영어가 흘러 나왔다.

"하나씩 천천히 내리도록. 둘씩 움직여 안가로 간다."

중년이 달걀 꾸러미를 들고 옆쪽 자리의 사내를 향해 상반신을 기울였다. 버스가 흔들렸기 때문에 몸이 넘어지는 것 같다.

아무르 시 서쪽 주택가의 응접실 안. 응접실이라고 했지만 방바닥에 낡은 양탄자를 깔고 흙벽에 기대앉도록 만든 구조다. 그러나 정사각형 방의 면적은 사방 10미터 정도 되었기 때문에 10명이 둘러앉아도 넉넉한 면적이다. 안쪽 벽에 등을 붙이고 앉은 정재국이 총기를 손질하고 있다. 앞에 놓은 소총은 AK-47. 이 지역에서 가장 흔한 소총이지만 신뢰성은 최고

다. 30발들이 탄창을 끼우면 사막이건 산속이건 또는 물에 빠뜨리거나 진흙탕에 뭉개놓아도 발사된다. 오후 4시 반, 아무르에 도착한 일행은 이곳 안가에서 서너 시간 눈을 붙인 후에 제각기 밖으로 나갔다. 아무르시는 이라크 영내이고 이라크 군경이 치안을 맡고 있지만 하르만 부족이 주민이다. 이곳 안가의 주인 바샤니도 하르만족인 것이다. 인구 8만이 다닥다닥 붙어사는 도시가 아니라 골짜기와 구릉, 목초지와 산악 지대까지 흩어져 있다. 시청과 학교 등 공공기관이 중심부에 몰려있을 뿐이다. 응접실 안에는 정재국과 바그다드에서부터 따라온 보좌관 사다트, 둘이 남아 있다. 사다트는 쑵 차림으로 문 옆에 기대앉아 있었는데 AK-47은 옆쪽 벽에 기대 세워 놓았다. 아직 밖은 환했지만 방 안은 어둑하다. 그때 방 안으로 무전병 카야드 상사가 들어섰다.

"각하, 야콥 대령이 왔습니다."

아무르시 시장이다. 곧 방 안으로 토르마의 안내를 받은 야콥이 들어섰다. 야콥도 쑵에 터번으로 얼굴 반쪽을 가렸는데 하르만족으로 변장했다. 토르마가 데려온 것이다. 자리에서 일어선 정재국에게 야콥이 다가와 양쪽 볼에 번갈아서 뺨을 붙였다.

"각하, 처음 뵙습니다. 야콥 대령입니다."

40대 후반의 야콥이 정중하게 인사를 했다. 정재국이 앞쪽에 자리를 권하고는 마주 보고 앉았다. 야콥은 정재국이 도착한 것을 모르고 있던 것이다. 이 안가 주인은 정보국 소속의 정보원이다. 긴장한 야콥이 먼저 말을 이었다.

"각하, 두 시간쯤 전에 기동사단 참모장 벤슨 대령이 7군단 참모장하고 다녀갔습니다."

정재국이 고개만 끄덕였고 야콥이 말을 이었다.

"벤슨은 각하께서 각 지역을 직접 정찰 중이라고 했습니다. 여기 오신다는 말을 들었으면 마중을 나갔을 텐데요."

"짐작했겠지만 참모장한테도 비밀로 하고 온 거야."

정재국이 말을 이었다.

"작전 이야기는 들었지?"

"예, 각하."

"4일 후부터 1, 2연대가 이곳으로 이동한다."

"예, 그때부터 이곳을 완전히 포위하려면 20일 정도가 걸릴 것이라고 하더군요."

"그때에는 외부에서 온 반군 대부분이 빠져 나갔겠지?"

"예, 각하. 주민으로 위장한 반군만 남을 것입니다."

야콥의 얼굴에 쓴웃음이 떠올랐다.

"아마 작전 계획을 수립했을 때부터 야스마라와 반군 주동 세력은 이곳을 빠져나가기 시작했을 것입니다."

"이봐, 대령."

"예, 각하."

"지금까지 수십 년간 야스마라 일당을 잡지 못한 이유가 뭐라고 생각하나?"

"정보 때문입니다, 각하."

야콥이 붉은 얼굴을 들고 바로 대답했다.

"정보가 손바닥 안의 물처럼 줄줄 새나가 버리기 때문이지요."

"그 이유는?"

"안팎에 첩자가 가득 차 있기 때문이죠."

정재국이 심호흡을 하고 나서 입을 다물었다. 그렇다. 그래서 이렇게 아군의 영역으로도 비밀리에 잠행한 것이 아닌가?

"그놈은 이곳으로 뛰어들 거야."

케이든이 웃음 띤 얼굴로 보르칸을 보았다. 주름진 얼굴과 지저분한 수염은 그대로였지만 눈이 번들거리고 있다. 그래서 이제는 40대로 보인다.

"수색, 섬멸 작전은 다 그렇다. 포위하고 특공대를 안에 던져 넣는 것이지."

"그럼 그놈은 특공대와 함께 이곳에 들어온다는 것이군요."

"그렇다."

이곳은 아무르시 남동쪽의 염소 시장 근처에 위치한 일가다. 케이든은 팀원 7명을 이끌고 이곳을 거처로 삼은 것이다. 오후 5시 10분, 아무르에 도착한 지 3시간이 되어가고 있다. 케이든이 고개를 들고 보르칸을 보았다.

"하리마가 올 때 시장과 간부들의 숙소 약도까지 가져오라고 해."

"예, 대장."

보르칸이 자리에서 일어섰다. 보르칸도 아까 버스에 탔던 중년 사내보다 10년은 더 젊어졌다. 눈빛도 맑고 움직이는 몸에서 탄력이 배어나오고 있다. 이들이 바로 아사드가 고용한 용병단이다.

"이곳에 민가가 1만 채쯤 흩어져 있는데 그중 15퍼센트는 빈집입니다."

야콥의 부하로 시청 국장 직위를 겸하고 있는 파이드가 말했다. 안가의 응접실 안. 밤이 되어서 응접실에는 팀원들이 둘러앉아 있다. 파이드가 말을 이었다.

"경찰과 함께 치안대 역할을 하는 우리 병력이 폐가를 중심으로 수색했지만 성과가 미미합니다."

그럴 수밖에 없다. 일반 주민이 반군인 것이다. 무기를 깊숙이 숨겨놓고 평범한 주민 생활을 하다가 작전이 있을 때만 나서기 때문이다. 지금까지의 반군 색출 성과가 미미한 이유가 이것이다. 도무지 반군을 구별할 수가 없는 것이다. 고개를 든 파이드가 정재국을 보았다.

"아무르 포위 작전 정보가 퍼지면서 주민이 술렁거리기 시작했습니다."

"전 주민을 수용소에 넣고 하나씩 조사한다고 해."

불쑥 정재국이 말했을 때 파이드가 입을 떡 벌렸다. 이런 경우는 처음이다. 3년쯤 전에 옆쪽 소도시를 포위, 특공대대를 중심에 투입했지만 가택 수색을 철저히 하는 것으로 끝냈다. 그때만 해도 가택 수색에 반발한 반군과 주민이 총격전을 일으켜 내란 수준까지 격화되었던 것이다. 인구 5천 명의 소도시도 그랬는데 이곳은 8만이다. 파이드의 시선을 받은 정재국이 말을 이었다.

"치안대는 포로수용소 관리 역할을 해야 돼. 내일 당장 시 북쪽 지역에 수용소를 만들라고 해."

"예, 각하."

"내가 시장한테 따로 지시하겠다."

"알겠습니다."

"기간은 20일이다. 1, 2연대가 포위망을 굳히면 바로 시작할 테니까."

대사건이다. 그렇게 되면 반군이 주민들을 선동해서 반란을 일으킬 절호의 기회가 될지 모른다. 파이드가 안가를 나갔을 때 이칠성이 고개를 들고 정재국을 보았다.

"수용소를 만드실 겁니까?

한국말로 물은 것은 다급했기 때문이다. 이것은 본래 계획에도 없는 일이다. 최소한 국방장관 카심의 허가를 받아야 될 일인 것이다. 정재국이 아무리 후세인의 신임을 받는 특명관이라고 해도 그렇다. 주민 전체가 반란군과 합세할 가능성이 있는 것이다. 고개를 끄덕인 정재국이 둘러앉은 팀원을 하나씩 훑어보았다. 모두 파이드와의 대담 내용을 들었기 때문에 긴장하고 있다. 그때 정재국이 말했다.

"지금까지 해온 방법으로는 안 돼."

"사단장이 아무르시에 있습니다."

보르칸이 방으로 들어서자마자 말했다. 시선만 주는 케이든의 앞자리에 털썩 앉은 보르칸이 말을 이었다.

"방금 시장 측근한테서 들었습니다."

"그놈이 이곳에 왔군."

케이든의 얼굴에 희미하게 웃음이 떠올랐다. 염소 시장 근처의 안가다. 오후 1시 반, 보르칸이 케이든 앞으로 바짝 다가앉았다.

"대장, 시장이 변장을 하고 사단장을 찾아가 만났다고 합니다."

"사단장 위치는?"

"아직 모릅니다."

"시장 놈하고 작전을 짜는 거다."

"그렇습니다."

"빠르군."

케이든의 눈빛이 강해졌다.

"이제는 놈이 우리 손아귀에 들어온 셈이야."

"잘되었습니다."

"찾아야 돼."

"시장 암살 작전은 보류할까요?"

"당연하지."

앉아 있는 것도 견디기 힘든지 케이든이 벌떡 일어섰다.

"시장 주위에 감시를 잔뜩 붙여라. 이제 그놈 잡는 건 시간문제다."

따라 일어선 보르칸에게 케이든이 얼굴을 일그러뜨리며 웃었다.

"그놈들 작전이 시작되기 전에 사단장 놈을 없애는 거다."

무전기를 귀에 붙인 정재국이 물었다.

"무슨 일이야?"

상대는 야스마라를 추적 중인 이칠성이다. 정재국이 보유한 무전기 PRC 319형은 단축 고속 통신 장치가 조합되어서 암호화 장치까지 붙어 있다. 이칠성도 이 PRC 319형으로 통신을 해온 것이다. 직선거리는 47킬로, 이 무전기는 영국 육군의 SAS가 사용하고 있는 것을 이라크군이 밀수해 온 것이다. 그때 이칠성의 목소리가 울렸다. 한국말이다.

"대장, 시리아 쪽 정보원한테서 연락을 받았습니다."

"말해."

"아무르시에 용병팀이 투입되었다는 것입니다. 목표는 대장입니다."

"내가 온 것을 아는 거야?"

"그건 모릅니다만 예측은 하겠지요."

"그렇군."

"또 있습니다."

"말해."

"이번에도 시리아 측에서 나온 정보인데, 거기 시장 주변에 시리아 측 정보원이 깔려 있다는 것입니다."

"……"

"정보가 다 새나간다고 봐도 될 것입니다."

"갓댐."

"무슨 일 있습니까?"

"내가 은밀하게 시장을 만났지만 정보가 새나갔군."

"그럴 가능성이 있지요."

"고맙다. 다시 연락하지."

무전을 끈 정재국이 앞쪽에 앉은 무전병 카야드를 물끄러미 보았다. 초점이 흐려진 눈이다.

그날 오후 6시가 되었을 때, 국경 마을 하니곤을 향해 마지막 버스가 출발했다. 아무르시에서 장을 본 사람들로 버스 안은 가득 차고 소란스럽다. 통로에도 빈틈없이 서 있어서 숨이 막힐 지경이다. 그 승객들 사이에 정재국 일행 10명이 끼어 있다. 일찍 버스에 탔기 때문에 모두 자리에 앉아 있었는데 쑴에 터번을 두르고 위장을 해서 영락없는 하르만족 산사람이다. 제각기 장을 본 보따리를 무릎 위에 놓거나 바닥에 놓았는데 안에는 무기가 감춰져 있다. 버스는 검문소에서 멈추지 않고 덜컹거리며 달려갔다. 아무르시로 들어오는 버스만 검문하는 것이다. 정재국의 옆에 앉은 박상철이 고개를 돌려 낮게 물었다.

"대장, 하르만에서 작전이 시작될 때까지 대기합니까?"

그때 정재국의 얼굴에 희미하게 웃음이 떠올랐다. 흰 수염, 지저분한 검은 얼굴, 너덜너덜 해진 저고리와 해진 쑴. 60대쯤의 모습이다. 그때 정재국이 말했다.

"오늘 밤에 국경을 넘어 시리아로 간다."

지금까지 정재국은 목적지를 말하지 않았다.

"시리아로 말입니까?"

숨을 들이켠 박상철의 눈빛이 강해졌다. 버스는 어둠이 덮이는 산길을
덜컹대며 달려가기 시작했다.

시장 야콥의 보좌관 우지스는 38세, 이라크군 대위로 정보 담당이다.
우지스가 시장 안 신발 가게로 들어섰을 때 주인이 잠자코 안쪽을 눈으
로 가리켰다. 쑴 차림의 우지스가 주인을 지나 안쪽의 문을 열었다. 안쪽
은 창고 겸 방으로 구석 쪽의 의자에 앉아 있던 사내가 자리에서 일어나
맞는다. 케이든의 보좌관 보르칸이다. 잠자코 뺨을 붙여 인사를 마친 둘
은 마주 보고 앉았다. 먼저 우지스가 입을 열었다.

"시장이 사단장을 만나고 온 것은 확실합니다. 비서진, 보좌관들한테는
소문이 다 퍼졌습니다."

"사단장 위치는?"

보르칸이 바로 물었다.

"야콥이 혼자 만나러 간 거요?"

"예, 혼자. 사단장이 그렇게 요구한 것 같습니다."

"조심하는군."

"야콥이 주변에 야스마라의 정보원들이 깔려 있다는 것을 아니까요."

우지스, 자신이 바로 그중 하나다. 보르칸의 시선을 받은 우지스가 쓴
웃음을 지었다.

"저도 감시를 받고 있어요. 그래서 겨우 빠져나온 겁니다."

"지금 야콥은 어디 있소?"

"시장 관사로 들어갔습니다."

"작전 회의를 하려면 또 만나겠지?"

"자주 만나겠지요."

"사단장 놈을 찾아서 제거하면 이번 작전은 우리가 이기는 거요."

"당연하지요."

"야콥 주위에 정보원을 심어 두었소?"

"두 명이 있습니다."

우지스가 말을 이었다.

"경호원 하나, 저택 주방 일을 하는 놈 하나. 야콥이 움직이면 바로 연락이 옵니다."

"다음에는 놓치지 말아야 돼."

"어제는 야콥이 낮잠을 잔다고 저택에 들어갔다가 변장을 하고 아무도 모르게 빠져나간 것입니다."

우지스는 야스마라에게 포섭된 야콥의 부하 중 하나다. 이러니 작전이 성공하기는커녕 제대로 펼쳐지지도 않았던 것이다.

그 시간에 후세인이 카심한테서 보고를 받는다. 대통령궁의 집무실 안.

"아사드가 고용한 용병대가 아무르시에 투입되었다고 합니다."

"용병대?"

놀란 듯 후세인의 눈빛이 강해졌다.

"어디서 나온 정보냐?"

"예, CIA 이집트 지부에 활동하는 우리 정보원한테 전달되었습니다."

"확실한가?"

"예, 남아프리카 체드랜크 상사에서 파견되었다고 소속까지 알려주었습니다."

"사실인 모양이군."

어깨를 늘어뜨린 후세인의 얼굴이 석상처럼 굳어졌다. 체드랜크 상사는 남아프리카 요하네스버그에 본사를 둔 용병 사업체다. 소련군 중장 출신 미하일 체드랜크가 설립한 회사로 휘하에 3천여 명의 용병단, 수십 개의 암살팀을 보유하고 있는 것이다.

"아사드가 급했군."

이윽고 후세인이 혼잣소리처럼 말했다.

"이번에도 CIA가 정재국을 돕는 건가?"

"아닙니다, 각하."

카심이 말을 이었다.

"CIA가 아사드를 견제하는 것입니다."

"하긴 아사드가 러시아에 너무 밀착되고 있었어."

"이번에 체드랜크 용병대를 끌어들인 것도 러시아에 부탁했을 것입니다."

"그렇겠군."

"제가 정재국한테 연락했습니다."

"잘했어."

입맛을 다신 후세인의 이맛살이 찌푸려졌다.

"작전에 차질이 있을 것 같다. 그렇지 않나?"

"예, 하지만 정재국은 임기응변이 뛰어난 놈입니다. 쉽게 당하지는 않을 것입니다."

후세인은 대답하지 않았다. 자신감은 금물이다.

시리아 알레포시, 이곳도 국경 도시여서 군인들이 많다. 거리에도, 시장에도, 10명 중 한 명은 군인이다. 그러나 이곳은 이라크 영내의 아무르시처럼 긴장감은 보이지 않는다. 반군이 없기 때문일 것이다. 이곳의 시리아주민은 에픈족으로 시리아의 원주민이다. 그러나 가난해서 생활수준은 아무르시의 하르만족보다 낮다. 물가도 비싸서 양 1마리 값으로 이라크에서는 2마리를 산다.

"나르타 관사는 사령부에서 4킬로쯤 떨어진 골짜기에 위치하고 있습니다."

밖에서 돌아온 사다트가 보고했다.

"관사는 2층 벽돌 건물로 앞쪽에 초소가 있습니다. 그리고 옆쪽에 2개소대 병력이 경호하고 있습니다."

정재국이 고개를 끄덕이고는 옆쪽에 앉은 박상철을 보았다.

"오늘 밤에 정찰을 나가보도록 하자."

이곳에 국경경비대 사령부가 있는 것이다. 국경경비대 사령관 나르타 아사드의 관사를 정찰하겠다는 말이다. 이곳은 알레포시 교외의 폐가 안. 산기슭에는 폐가가 많았는데 노동자들이 옮겨 다니면서 일을 하기 때문이다. 오후 4시 반, 알레포에 도착한 지 이틀째가 되는 날이다. 정재국이 반쯤 부서진 문 밖의 골짜기를 내다보며 말을 이었다.

"아무르에서는 날 찾느라고 법석이겠군."

이틀째 연락이 없었기 때문에 야콥은 조바심이 났다. 그렇다고 사람을 보낼 수도 없었기 때문에 5시가 되었을 때 사택을 나왔다. 오늘도 낮잠을 자겠다고 사택에 나와 있었던 것이다. 뒷문으로 나온 야콥은 낡은 숄에 양복을 걸쳐서 지난번처럼 변장했다. 경비병이 없는 때를 기다려서 재빠르게 골목을 나온 야콥이 곧장 거리로 들어섰다.

"놓치지 마라."

보르칸이 낮게 말하고는 발걸음을 늦추자 부하 하나가 서둘러 앞장을
섰다. 몸이 재빠르고 미행 전문인 부하다. 변장도 완벽해서 손에 막대기
를 쥔 양치기 차림. 보르칸의 시선이 50미터쯤 앞쪽을 걷는 사내의 뒷모
습에 꽂혔다. 시장 야콥이다. 이제 야콥은 변장을 하고 기동사단장 데니
스 정을 만나러 가는 것이다. 고개를 돌린 보르칸이 뒤쪽을 보았다. 20미
터쯤 뒤에서 이쪽으로 다가오는 케이든이 보였다. 케이든의 옆에, 그리고
뒤에도 변장한 부하들이 따라오고 있다. 거리에는 행인이 많아서 옆을 스
치는 사내와 어깨를 부딪쳤기 때문에 보르칸이 비틀거렸다. 오늘 중으로
작전이 끝날지도 모른다.

오후 6시 반, 알레포시에서는 보기 힘든 검정색 벤츠가 달려오고 있
다. 이곳은 나르타의 저택 앞쪽 길이다. 저택으로만 통하는 길이어서 벤
츠만 달려오고 있다. 어둠이 덮이고 있는 길 위로 벤츠의 헤드라이트가
번쩍였다.

"갓댐."

망원경을 눈에 붙인 박상철이 혼잣말을 했다.

"손님인 것 같은데요."

30분쯤 전에 무장 호위를 받은 나르타가 저택에 왔기 때문이다. 저택
은 골짜기 안쪽에 위치해 있지만 주위는 넓다. 그래서 아늑한 위치다. 박
상철과 정재국은 오른쪽 산 중턱에 엎드려 있었는데 거리는 800미터 정
도다. 이곳에서는 저택 구조가 환하게 드러났다. 그때 저택 정문을 통과

한 벤츠가 본채 앞에 멈춰 섰다. 정재국이 망원경의 초점을 조절해서 벤츠를 확대시켰다.

"어, 여자네요."

함께 그쪽을 보던 박상철이 말했다. 이곳은 숲이 울창했지만 뒤쪽에 경비대가 있다. 경비병이 가끔 순찰을 나오기 때문에 조심해야 한다. 정재국도 렌즈에 드러난 여자를 보았다. 얼굴은 선명하게 보이지 않았지만 날씬한 몸매다. 그때 정재국이 손목시계를 보고 나서 말했다.

"한 시간쯤 기다리다가 접근한다."

오늘 밤에 끝낼 예정이다.

나르타 아사드가 식탁에 둘러앉은 가족을 보았다. 처 카멜라, 22살 난 장남 바시르, 20살짜리 차남 유라, 그리고 조금 전에 도착한 나르타의 여동생 소마다. 소마는 42세, 시리아 육군 제4군단장 자이란의 아내다. 식탁에는 산해진미가 차려졌고 뒤쪽에 제복 차림의 하인 5명이 부동자세로 서 있다. 마치 왕궁에서의 왕의 식탁 같다. 그때 나르타가 입을 열었다.

"소마가 와서 기쁘다. 이게 몇 년 만이냐? 내가 바빠서 만나보지도 못했구나."

"3년 만이네요."

소마가 웃음 띤 얼굴로 말을 이었다.

"과바나에 가는 길에 오빠 생각이 나서."

과바나는 제4군단의 주둔지다. 이곳에서 2백 킬로 정도 떨어졌는데 소마가 다마스커스에서 자이란을 만나러 가다가 들른 것이다. 나르타가 고개를 끄덕였다.

"잘 왔어. 자이란을 만난 지도 오래됐구나."

자이란도 같은 중장이지만 격이 다르다. 나르타는 곧 대장으로 진급할 예정인 데다 대통령 아사드의 사촌인 것이다. 양고기를 손으로 뜯어 양념장에 담갔던 나르타가 고개를 들었다. 밖의 소음이 들렸기 때문이다. 그때 식당 안으로 부관이 들어섰다. 당황한 표정이다.

"각하, 전선이 끊겼습니다."

"무슨 말이냐?"

나르타가 묻자 부관이 다가와 섰다.

"전화선이 끊긴 것 같습니다. 유선 전화가 안 됩니다."

"또 장갑차가 건드린 거냐?"

지난번에도 장갑차가 전신주를 넘어뜨려 통신이 두절되었지만 별일은 아니다. 무전은 얼마든지 가능하기 때문이다. 그때 정전이 되었기 때문에 방 안이 칠흑처럼 어두워졌다. 어둠 속에서 바시르와 유라의 웃음소리가 울렸다. 하인들이 서둘러 불을 켜려고 발자국 소리를 냈다.

전원이 끊긴 순간, 저택은 불빛 한 점 보이지 않았다. 마치 바위산 같다. 놀란 경비병들의 외침이 이곳저곳에서 울렸고 발자국 소리가 들리고 있다.

"가자."

낮게 소리친 정재국이 AK-47을 움켜쥐고 발을 떼었다. 뒤를 토르마, 사다트가 따른다. 이곳은 저택 앞쪽의 변압기가 설치된 발전소다. 옆쪽 초소는 이미 문이 열린 채 감시병 넷이 쓰러져 있다. 기습해서 사살하고 전원을 차단한 것이다. 정재국의 팀은 5명. 전원이 끊기는 것을 신호로 저택 뒤쪽에서 박상철이 이끄는 팀원 5명이 동시에 저택 안으로 진입해 올 것이다. 저택의 구조는 알아 놓았다. 지금 저택 안에는 경호원이 3명 정도. 하인 7, 8명에 가족이 4명이다. 외부 손님까지 하나. 저택과의 거리가 2백 미터에서 금방 가까워졌다. 이미 저택의 정문 윤곽이 희미하게 드러났다. 창살이 쳐진 대문 양쪽에 경비병이 둘, 높이는 4미터 정도. 안에 경비원 초소가 있기 때문에 옆쪽 담장을 넘어가야 한다. 담장 높이는 3미터. 벽돌로 쌓았고 위쪽에 철망은 없다. 곧 정문에서 50미터쯤 떨어진 담장으로 다가간 5명이 담장에 손을 붙이고 비스듬히 선 요원의 등과 어깨를 밟아 위로 올랐다. 그러고는 먼저 정재국이 안으로 뛰어 내렸고 둘은 담장 위에서 아래쪽의 요원 팔을 잡아끌어 올린다. 이제는 간편한 작업복 차림이어서 날렵하게 움직인다. 곧 5명은 담장 안쪽에서 저택 현관을 향해 달려갔다.

하인들이 양초를 켰기 때문에 식당에서 식사는 계속되는 중이다. 저택 이곳저곳에도 양초를 켜놓아서 환했다.

"어떻게 된 거야?"

저택 안에 있던 부관 오르말 대위가 무전기에 대고 짜증을 냈다.

"전화선도 끊기고 전기도 끊어지다니?"

"지금 변전 초소로 사람을 보냈어."

경비 대장 하탄 대위도 짜증난 목소리로 대답했다.

"변전소에 전화선이 깔려 있어. 그것이 함께 타버린 모양이야."

"초소 놈들이 근무태만이군."

오르말이 이 사이로 말했다.

"손님하고 식사 중에 이게 무슨 개망신이야!"

무전기를 내려놓은 오르말이 몸을 돌렸을 때다.

"퍽, 퍽."

둔탁한 발사음과 함께 오르말이 뒤로 벌떡 넘어졌다. 넘어지면서 의자에 걸려 요란한 소리가 났다.

"이런."

양고기를 삼킨 나르타가 이맛살을 찌푸리고 뒤쪽을 보았다. 의자가 넘어지는 소음이 꽤 컸다. 식당은 1층 안쪽이었고 뒤쪽이 응접실, 로비가 이어졌다. 식당 옆쪽에 이층으로 올라가는 계단이 있다. 2층 저택은 건평이 350평쯤으로 방이 8개, 응접실 2개, 홀과 로비로 나뉘어 있다. 지금 식구들은 모두 1층 식당에서 식사 중이다.

"퍽, 퍽, 퍽."

이제 몽둥이로 모래자루를 두드리는 것 같은 소음이 세 번 들렸기 때문에 나르타가 들고 있던 물 잔을 내려놓았다. 나르타는 군인이다. 소음기를 낀 총의 발사음을 들은 것이다.

"오르말!"

뒤쪽에 대고 소리쳐 부관을 불렀던 나르타가 옆쪽에 서 있던 하인 둘에게 지시했다.

"오르말을 데려와!"

그러고는 덧붙였다.

"경비 대장도!"

그 순간 나르타는 전화선과 전선이 끊겼다는 것을 기억해내고 벌떡 일어섰다. 위기감이다. 무전기를 써야 경비 대장과 연결된다. 그때다.

"퍽, 퍽, 퍽!"

하인들이 나간 방문 앞에서 이번에는 발사음이 선명하게 들렸고 넘어지는 소리까지 울렸다.

"무슨 일이야?"

소마가 놀라 물었다.

"타냐!"

카멜라가 하녀를 소리쳐 부르면서 일어섰을 때다. 방 안으로 사내 둘이 들어섰는데 둘 다 총을 쥐었다. 앞장선 사내는 소음기를 낀 권총, 뒤쪽 사내는 AK-47에다 소음기를 끼어서 총신이 길다.

"누구냐!"

나르타가 소리쳐 물었다. 눈을 치켜뜬 나르타의 기세는 험악했다. 그때 권총을 겨눈 사내가 똑바로 나르타를 응시했다.

"나르타 아사드, 맞나?"

"그렇다."

그때 사내가 고개를 끄덕였기 때문에 나르타의 어깨가 내려갔다. 갑자기 가슴이 빈 느낌이 들었기 때문이다. 급하게 치솟던 공포감이 순식간에 사라졌다. 다음 순간.

"퍽! 퍽!"

이마 한복판과 심장에 한 발씩을 맞은 나르타가 식탁 위로 넘어지는 바람에 소마가 날카로운 비명을 질렀다. 저택에서 처음 울린 비명이다. 그 순간이다.

"두드드드드드드드"

AK-47의 발사음이 그렇게 울렸다. 소음기 밖으로 울리는 총성이 그렇다. 뒤쪽 사내가 AK-47을 난사했고 식탁에 앉아 있거나 서 있던 여자 둘, 사내 둘이 제각기 두 팔을 휘저으며 쓰러졌다. 빗발처럼 쏟아진 총탄이 온몸에 박힌 것이다. 사내는 방바닥에서 아직도 꿈틀대는 사람을 찾아 한 발씩 확인 사살까지 했다.

"타타타타타타."

담장을 넘어갈 때 뒤에서 총소리가 울리더니 벽돌에 맞은 총탄이 튀었다. 경비대에 발각된 것이다. 이쪽은 철수하는 중이다. 반대쪽 담장을 넘어가던 셋이 서둘러 밖으로 뛰어 내렸다.

"타타타타타타."

다시 총성이 울렸는데 이번에는 10여 정이다. 그때는 이미 모두 뛰어내린 후다.

"모두 뛰어 내린 거냐?"

앞으로 내달리면서 정재국이 소리쳐 물었다. 짙은 어둠 속, 전방 2백 미터 앞쪽에 숲이 있고 그 숲 속으로만 들어가면 산악지대다. 뒤를 달리던 토르마가 호명을 하더니 헐떡이며 보고했다.

"모두 따르고 있습니다, 각하!"

"성공입니다!"

옆으로 붙어 달리면서 박상철이 한국어로 소리쳤다. 박상철도 뒷문으로 진입해서 직접 나르타 일족 처리를 한 것이다. 일가족을 처형한 것은 사다트다. 어느덧 뒤쪽의 총성은 그쳐 있었지만 10명은 속력을 내어 달렸다. 짙은 어둠 속, 정재국이 힐끗 뒤를 보았더니 어둠 속에서 희미한 불빛이 보였다. 저택이다. 거대한 저택이 촛불만 이쪽저쪽에 밝혀져 있어서 으스스한 느낌이다. 주인 일가가 다 몰살당한 흉가인 것이다.

밤 12시 40분, 하피르 알 아사드 대통령은 비상전화의 벨소리를 듣고 눈을 떴다. 비상전화 벨 소리는 낮지만 언제 들어도 불쾌하다. 기쁜 소식이 거의 없기 때문이다. 옆에 누운 바피가 깰까 봐 조심스럽게 일어났지만 곧 뒤에서 구시렁거리는 소리가 났다.

"벨 소리 좀 줄일 수 없어요?"

더 이상 줄이면 듣지도 못하게 될 것이다. 짜증이 난 아사드가 전화기를 쥐면서 바피에게 쏘아붙였다.

"그럼 각방 쓰자고."

그러고는 전화기를 귀에 붙이고 소리쳤다.

"뭐야!"

그때 육군사령관 마크로의 목소리가 울렸다.

"각하, 죄송합니다."

순간 가슴이 철렁 내려앉은 아사드가 숨부터 들이켰다. 이놈의 비상전화는 절대로 희소식이 아니다. 희소식은 정상 근무시간에 온다. 그때 마크로의 목소리가 이어졌다.

"각하, 국경경비사령관 나르타 중장이 테러단의 기습을 받아 암살되었습니다."

"……."

"부인인 카멜라, 아들 바시르, 유라, 그리고 방문한 4군단장 자이란의 부인 소마까지 살해되었습니다."

"소마까지?"

"예, 각하. 테러단은 집 안에 있던 하인과 경호원 등 14명까지 사살하고 도주했습니다. 전기, 통신을 두절시켜서……."

"누구야?"

"아신파나 파이잘파 테러단일 가능성이 있습니다."

아신파, 파이잘파는 작년에 시리아군에 밀려나 터키로 대거 이주한 쿠르드족이 결성한 반군이다.

"그놈들이 그럴 리가……."

아사드가 손등으로 이마의 식은땀을 닦았다. 조금 시간이 지나면서 자신의 사촌 동생, 그리고 그 일가족, 거기에다 사촌 여동생까지 몰살당했다는 사실이 실감나고 있는 것이다.

"그놈들이 그럴 리가 없어……."

헛소리처럼 말한 아사드가 눈을 치켜떴다.

"후세인이 그랬을지도 몰라."

이번에는 마크로가 대답하지 않았다. 마크로도 그 가능성을 알고 있었지만 막상 말을 꺼내기가 두려웠을 것이다. 그것이 확실하다면 전쟁이다. 아사드와 후세인의 전쟁. 자존심의 세기로는 둘이 막상막하이지만 전쟁은? 그때 뒤쪽에서 바피가 물었다.

"소마에게 무슨 일 있어요?"

바피는 '소마' 소리만 들었다. 소마는 다마스커스에 살면서 바피한테 자주 놀러왔기 때문이다. 한숨을 쉰 아사드가 송화구에 대고 말했다.

"비상회의 소집시켜, 지금 상황실로 갈 테니까."

집에서 바피한테 시달리느니 차라리 잠 안 자고 회의하는 게 더 낫다. 침실을 나와 옷을 갈아입던 아사드는 문득 후세인의 얼굴을 떠올렸다. 좋지 않은 일이 터졌을 때 원수가 떠오르는 것은 당연한 일이다. 그 순간 아사드의 심장이 철렁 내려앉았다. 역시 후세인의 짓이 분명하다. 후세인의 암살대, 특명관, 그 기동사단장이 번개처럼 뇌리를 스쳤다.

국경을 넘었을 때는 오전 5시 무렵. 나르타의 저택에서 국경까지 직선 거리는 28킬로. 산을 6개나 넘는 강행군이었다. 길을 따라서 국경까지 간다면 그 3배쯤의 거리가 되겠지만 정재국은 지도에다 직선으로 줄을 긋고 나서 그대로 돌파했다. 부상자도 없이 나르타 아사드의 가족까지 몰살했다는 감동이 대원들의 사기를 올려주었기 때문이기도 할 것이다. 모두 특수훈련을 받은 요원이어서 8시간의 강행군을 버텨내고 이라크 영토로 귀환했다. 이곳은 이라크 영내의 골짜기, 하르만 부족의 거주지 중 하나여서 아래쪽 마을로는 들어가지 않았다. 그 왼쪽에 국경경비대 초소가 있었지만 아군 초소라도 정보가 새나갈 것이 분명해서 그쪽도 피해야 한다.

"낮까지 이곳에서 쉬기로 하자."

정재국이 사다트와 토르마에게 지시했다.

"그동안 이곳에서 정세를 파악할 수 있을 거다."

후세인이 나르타 아사드의 암살 보고를 받은 것은 오전 8시경이다. 대통령 집무실에는 카심과 모하메드, 그리고 정보국장 쟈말렉까지 넷이 둘러앉아 있었는데 후세인이 소집한 것이다. 자리에 셋이 앉았을 때 후세인이 대뜸 말했다.

"정보국장이 어젯밤 나르타 아사드가 가족과 함께 몰살당했다고 한다. 그래서 같이 이야기를 듣자."

후세인의 두 눈에 생기가 띠워져 있다. 카심과 모하메드는 후세인을 수십 년 측근에서 겪은 인물들이다. 얼굴만 봐도 분위기를 알 수 있는 것이다. 후세인은 지금 좋아서 '죽을' 지경이다. 카심은 후세인의 이런 분위기를 두 번 겪었다. 첫 번째가 7, 8년쯤 전에 이라크군이 이란군 1개 사단을 전멸시켰을 때, 그리고 쿠웨이트를 이틀 만에 점령했을 때다. 그때 후세인이 쟈말렉에게 말했다.

"국장, 네 정보를 처음부터 듣자."

"예, 각하."

상반신을 반듯이 세운 쟈말렉이 후세인을 보았다.

"정보는 시리아 국경경비사령부에 심어놓은 정보원한테서 받았습니다."

쟈말렉의 목소리에 열기가 띠어졌다.

"어젯밤 8시경에 나르타 아사드의 저택을 암살대가 기습했다는 것입니다."

"계속해."

"예. 암살대는 저택에 침입해서 나르타 아사드와 그 가족, 거기에다 방문한 나르타의 여동생까지 모두 살해하고 도주했습니다."

"……."

"경비대가 있었지만 전기, 전화선을 끊고 침입했기 때문에 속수무책이었다고 합니다."

"……."

"사망자가 수십 명이라는 것입니다."

그때 후세인이 심호흡을 하고 나서 카심을 보았다.

"아사드가 미쳐 날뛰겠지?"

"충격을 받았을 것입니다."

정색한 카심이 말을 이었다.

"나르타 아사드는 아사드 대통령이 가장 신임하는 군 지휘관인 데다 사촌이었거든요."

"그렇지. 군부를 나르타를 통해 관리하려고 했으니까."

후세인의 얼굴에 웃음이 떠올랐다. 밝다.

"큰일 났어, 아사드 그놈."

"각하, 아사드가 특명관의 소행인 것을 눈치챘을지도 모릅니다."

그때 후세인이 쟈말렉을 보았다.

"암살대를 체포했다거나 사살했다는 정보는 없지?"

"없습니다, 각하."

"과연."

고개를 끄덕인 후세인이 의자에 등을 붙였다.

"봐라, 증거가 없지 않느냐?"

"아사드는 눈이 뒤집혔을 것입니다."

"당연히 그렇겠지."

후세인이 흥분을 참으려는 듯이 심호흡을 했다.

"하지만 증거가 없지 않느냔 말이다. 안 그러냐?"

"그렇습니다."

모하메드가 동의했다. 어쨌든 집무실 분위기는 최상이다. 카심도 결국 웃었다.

"야콥이 찾아간 집은 빈집이었어. 어떻게 된 거요?"

보르칸이 묻자 우지스가 고개를 비틀었다.

"그걸 내가 알 리가 있습니까?"

이맛살까지 찌푸린 우지스가 되물었다.

"나한테 물으면 어떻게 합니까?"

"야콥이 빈집에 들어가더니 금방 나왔는데 당황한 기색이 역력합니다."

신발 가게 안쪽의 창고에 오늘도 둘이 마주 보고 앉아있다. 오후 1시 반, 그때 팔짱을 낀 우지스가 보르칸을 보았다.

"사단장이 대통령 특명관으로 활동했던 전문가라고 합니다. 나도 당분간 조심해야 될 것 같습니다."

"그래서, 손을 끊겠단 말요?"

"조심해야 되겠단 말이오. 내가 부를 때마다 나올 수도 없고."

"이거, 당신 마음대로 결정할 일이 아닌 것 같은데."

보르칸의 눈빛도 강해졌다.

214

"당신은 우리 일에 협조하라는 지시를 받았을 텐데, 그렇지 않소?"

"내가 잡히면 당신이 책임질 수 있어?"

마침내 우지스가 어깨를 치켜세우고는 보르칸을 노려보았다.

"얻다 대고 협박을 해? 내가 당신한테 고용된 부하야? 난 정보국장의 직접 지시를 받는 요원이야!"

정보국장은 시리아 정보국장 핫산을 말한다. 우지스가 자리를 차고 일어섰다.

"나더러 어쩌란 말야? 난 그만 가겠어."

우지스가 문을 박차듯이 열고 나갔지만 기세에 압도당한 보르칸은 말리지 못했다.

마르탄시는 투리크족의 중심 도시로 아무르시에서 150킬로 정도 떨어진 요르단 접경지대에 위치해 있다. 이라크 서남쪽 국경지대여서 시리아, 요르단과 겹치는 지역이다. 본래 투리크족은 요르단에서 넘어온 팔레스타인계 부족이었는데 후세인이 집권한 후부터 독립을 주장했다. 아사드가 충동질을 했기 때문이다. 하르만족처럼 반군 규모가 크지는 않았지만 부족장 카스마가 레바논에서 헤즈볼라 간부로 활약했던 인물이어서 잔인하고 난폭했다. 헤즈볼라는 '신의 당'이라는 뜻으로 레바논 군(軍)을 기반으로 조직된 시아파 이슬람 무장 조직이다. 헤즈볼라는 역시 시아파인 시리아, 이란의 적극적인 지원을 받아 레바논 내전을 일으키고 무장 세력으로 성장해온 것이다. 1982년, 레바논 내전 때는 호메이니의 지원을 받은 시아파 민병대가 엄청난 학살을 자행했다. 오후 5시 반, 버스가 마르탄시 버스터미널에 도착하자 지친 승객들이 내렸다. 험한 산길을 달려온 낡은 버스처럼 낡고 후줄근한 차림의 시골 남녀들이다. 마르탄시는 인구 5

만쯤의 작은 도시다. 도시 치안은 제3군단 산하의 5사단 2연대가 맡았고 시장은 2연대장 하카드 대령이다. 버스에서 내린 노인 하나가 등에 곡식 자루를 힘겹게 메고 지팡이를 짚으면서 행인 사이를 빠져나갔다. 그 뒤로 남루한 쑵 차림의 중년이 따라 붙었는데 바로 정재국과 사다트다. 사다트 뒤로 역시 수염을 붙인 검고 더러운 얼굴의 박상철이, 토르마가, 사라칸과 카야드가 따르고 있다. 정재국의 팀이 150킬로나 떨어진 이곳 투리크족의 본거지로 옮겨온 것이다. 정재국 옆으로 사다트가 다가왔다.

"여기서 5분밖에 안 걸립니다."

앞쪽을 보고 말한 사다트가 앞장을 섰다. 민박을 할 안가(安家)로 가는 것이다. 행인이 많았기 때문에 정재국은 지팡이를 짚으면서 천천히 발을 떼었다. 지금쯤 체드랜크의 용병대는 자신이 아무르시에 없다는 것을 깨달았을 것이다. 그리고 시리아의 국경경비사령관 나르타 아사드가 가족과 함께 몰살당했다는 정보도 들었을 것이다. 그 암살자가 누구인지도 짐작하고 있을지 모른다.

그 시간의 아무르시. 염소 시장 근처의 안가에서 케이든이 눈썹을 모으고 보르칸에게 말했다.

"그놈, 특명관 놈, 데니스 정이라는 놈한테 뒤통수를 맞은 거다."

보르칸은 눈만 껌벅였고 케이든이 이제는 얼굴을 일그러뜨리며 웃었다.

"그놈이 한 발 앞서 나가고 있어. 보르칸, 우리는 그놈 똥만 먹고 있다고."

"보스, 아사드 사촌을 죽인 것이 쿠르드족일지도 모른다고 하지 않습니까?"

216

"그놈들은 그렇게 정확하지도, 잔인하지도 못해."

케이든이 고개까지 저었다.

"그렇게 깨끗하게 마무리를 짓지 못한단 말이다."

"이곳에서 빠져나가 알레포까지 갔단 말입니까?"

"가능하다. 그리고 내가 이곳에 와 있다는 것도 알고 있는 거다."

"정보가 샜군요."

"CIA가 도와줬을 거다."

"CIA 말씀이오?"

"그놈들은 수시로 적과 아군이 바뀌니까. 아사드가 이번에는 CIA의 견제를 받는 상황이야."

심호흡을 한 케이든이 보르칸을 보았다. 정색한 표정이다.

"내가 방심했어. 떠나자."

"어디로 말입니까?"

"내가 덫을 놓으려고 왔다가 이곳이 함정이 될 수도 있어."

케이든이 자리에서 일어섰다.

"야콥이 빈집을 찾아간 것도 수상했어. 우리가 이미 한 발을 수렁에 넣었을지도 모른다."

따라 일어선 보르칸이 고개를 끄덕였다.

"알겠습니다, 보스."

현대전은 정보전인 것이다. 누가 빨리 정보를 얻느냐에 따라 승패가 결정된다.

"대위."

뒤에서 부르는 소리에 우지스가 고개를 돌렸다. 숙소로 꺾어지는 골목에 들어섰을 때다. 그 순간 우지스는 숨을 들이켰다. 다음 순간 어깨가 늘어지면서 눈앞이 흐려졌다. 시장 야콥의 정보 보좌관 무스타파와 그의 부하 둘이다. 무스타파의 임무는 정보 수집과 감찰이다. 그 감찰 임무의 대부분이 무엇이겠는가? 그때 다가온 무스타파가 번들거리는 눈으로 우지스를 보았다.

"대위, 같이 가지."

"할아버지, 배고프세요?"

다가온 여자가 아랍어로 물었지만 정재국은 알아들었다. 오후 7시 반, 마르탄시의 안가(安家) 안, 벽에 등을 붙이고 방바닥에 앉은 정재국에게 여자가 물은 것이다. 앞쪽 벽에 붙어있는 사다트가 거들려고 입을 벌렸다가 닫는 것이 보였다. 여자가 시선을 주면서 기다리고 있었기 때문에 정재국이 영어로 대답했다.

"응, 내 뱃가죽하고 등이 딱 붙었어."

그때 여자가 이를 드러내고 웃었다. 차도르를 입고 얼굴만 내놓았지만 미모다. 아까 집에 들어서면서 보니까 7, 8세쯤 되어 보이는 아이가 졸졸 따라다니고 있었다. 집주인의 딸이라고 했으니 믿을 수밖에 없다. 여자가 고개를 끄덕이면서 영어로 말했다.

"한 시간만 기다리세요, 할아버지."

여자가 방을 나갔을 때 사다트가 건너편에서 말했다.

"주인 딸인데 베이루트에서 헤즈볼라가 남편을 죽였다는군요. 그래서 주인 마카피가 반카스마파가 된 것입니다."

마카피는 여자 아버지다. 사위를 살해해서 딸을 과부로 만든 헤즈볼라에 대한 원한 때문이다. 아랍인은 종교의 파벌보다 가족의 원한이 우선이다. 정재국이 두 다리를 길게 뻗으면서 말했다.

"이곳은 경계가 더 느슨한 것 같다. 시내에서 족장 카스마를 찾을 수 있을지 주인한테 물어봐."

"예, 각하."

"이번에도 카스마 일가족을 몰살한다."

"예, 각하."

금방 대답은 했지만 사다트가 시선을 내렸다. 그것을 본 정재국의 얼굴에 웃음이 떠올랐다.

"소령, 가족이 어디에 있나?"

"예, 바그다드에 있습니다."

어둠 속에서 사다트의 두 눈이 번들거렸다.

"집에 아내와 아들 둘, 딸 하나가 있습니다, 각하."

10평쯤 되는 응접실은 흙벽에 바닥에는 짚을 짜서 만든 돗자리를 깔았을 뿐, 가구는 하나도 없다. 옆쪽의 문은 낡은 양탄자를 걸쳐 놓아서 젖히고 들어와야 한다. 천장에 둥근 전등 하나가 매달려 있다. 그러나 헛간도 크고 기역자형 단층집이 넓었기 때문에 10명이 투숙했어도 흔적이 남지 않는다. 나머지 대원은 밖에 있었고 토르마는 팀원들과 함께 밖에 나갔기 때문에 방 안에는 둘뿐이다. 정재국이 다시 물었다.

"아내는 하나뿐이냐?"

"예, 각하."

대답한 사다트가 덧붙였다.

"하나만으로도 벅찹니다, 각하."

"큰애가 몇 살이야?"

"10살입니다, 각하."

"아직 어리구나."

"예, 각하."

"친척은?"

"먼 친척들이 있지만 연락을 안 하는 바람에 남이나 같습니다."

"나는 지금까지 목표를 제거할 때 그 가족에 대해서 신경을 써본 적이 없어."

정재국이 억양 없는 목소리로 말을 이었다.

"신경 쓰는 건 목표를 제거하면서 발생하는 영향이지, 파급 효과라고 할까."

"……."

"난 내 방법에 대해서 너한테 이해받고 싶은 생각은 없지만 알려주려고 이런 말을 하는 거다."

"각하, 저는 목숨 바쳐 각하를 따를 뿐입니다."

"넌, 살아 돌아가야지."

정재국의 얼굴에 웃음이 떠올랐다.

"부양할 가족이 있게 되면 더 조심하고 더 치밀해진다. 그러면 실수가 적어지는 법이지."

"예, 각하."

"그러고 나서 운에 맡기면 되는 법이다."

그때 방문의 양탄자가 걷히더니 여자가 쟁반에 담긴 저녁을 가져왔다. 쟁반 위에는 양고기가 수북했고 주위에 쌀밥이 쌓여 있다. 고기 냄새가 풍기면서 정재국이 입 안에 고인 침을 삼켰다.

"자백했습니다."

무스타파가 이마의 땀을 손등으로 닦으면서 보고했다.

"그놈이 만난 놈은 아사드 대통령이 직접 고용한 남아프리카의 체드랜크 상사에서 보낸 용병대였습니다."

"체드랜크 상사?"

놀란 야콥이 앞에 놓인 전화기를 쥐었다가 내려놓았다. 오후 8시 10분, 무스타파는 지금까지 우지스를 고문했던 것이다. 말로 해서 들어먹을 족속들이 아니었기 때문에 정보국 전용의 안가(安家)로 데려가 다짜고짜 고문을 해서 두 시간 만에 자백을 받았다.

"용병대 팀장은 케이든이라는 놈이고, 보좌관은 보르칸, 대원은 7, 8명 정도로 추정합니다."

"놈들의 숙소는?"

"모르는 것 같습니다."

"개자식들."

"만나는 장소는 시장의 신발 가게였습니다. 그래서 일단 요원들을 신발 가게 주변에 매복시켰습니다."

무스타파가 이맛살을 찌푸렸다.

"용의주도한 놈들이어서 그놈들이 연락해서 불러내는 방법을 썼습니다."

"무전병을 불러."

유선 전화의 도청 가능성이 많았기 때문에 야콥이 서둘렀다. 바그다드에 보고를 해야만 한다. 먼저 정보국장에게 보고를 해야 총사령관인 카심이 보고를 받게 되는 것이다.

"젠장, 지금 어디 있는 거야?"

몸을 돌리는 무스타파의 등에 대고 야콥이 혼잣소리처럼 말했다. 정재국을 찾는 것이다.

"요즘 세상이 긴박하게 돌아가고 있는데 말야."

시리아 국경경비사령관 나르타 아사드가 일가족과 함께 몰살된 사건을 말하는 것이다.

"카스마의 저택을 찾았습니다."

토르마와 함께 들어온 박상철이 말했다. 밤 10시 반, 응접실 안이다. 이제 응접실에는 경비로 나간 3명을 제외하고 7명이 모두 모였다. 앞쪽에 앉은 박상철이 토르마에게 눈짓을 했다. 대신 말하라는 시늉이다. 토르마가 허리를 폈다.

"주민들이 다 알고 있어서 숨어 사는 것도 아닙니다. 저택은 단층 구조로 마구간, 양 우리, 헛간, 하인 숙소와 여자 숙소, 안채에는 부인 3명과 자식 8명, 경호병 20여 명까지 50여 명이 살고 있습니다."

이야기를 듣는 동안 정재국의 입이 조금씩 벌어지더니 나중에는 '떡' 벌어졌다.

"갓댐. 그건 저택이 아니라 왕궁이 아니냐?"

"예, 흙담으로 겉은 엉성하지만 문 앞에 총을 든 보초 2명이 서 있고 안에는 경호병이 버글거립니다."

"이건 나르타의 저택 작전보다 더 어렵겠는데."

그때 사다트가 불쑥 말했다.

"수류탄이 14발 남아 있습니다. 수류탄으로 집 전체를 무덤으로 만들어 버리는 것입니다."

"굿 아이디어."

박상철이 대번에 칭찬을 했지만 정재국은 가볍게 헛기침을 했다. 아까 사다트한테 그런 이야기를 안 했다면 이런 말이 나오지 않았을 것 같았기 때문이다. 모두의 시선이 모였을 때 정재국이 입을 열었다.

"내일 밤에 작전이다."

"이런."

그날 밤, 후세인은 이란과의 전쟁 때 사용하던 지하 벙커 집무실에서 카심의 보고를 받는다. 카심은 정보국장 쟈말렉을 대동하고 온 것이다.

"용병대를 고용했군, 아사드 그놈이."

후세인의 얼굴에 웃음이 떠올랐다.

"그놈, 아사드, 벌을 받은 거다."

"각하, 특명관한테 알려줘야겠는데 아직 연락이 안 됩니다."

카심이 말하자 후세인은 의자에 등을 붙였다. 얼굴에 웃음이 떠올라 있다.

"서둘 것 없다. 언제 특명관이 우리를 실망시킨 적이 있더냐?"

옆에 선 모하메드가 소리 죽여 한숨을 쉬었다. 정재국이 부러웠기 때문이다.

아무르시에서 떠나는 마지막 버스는 위쪽 사마로 마을까지 가는 7시 반 버스다. 오늘은 염소를 산 승객이 서너 명이나 되어서 버스 안은 염소 소리가 요란했다. 사마로 마을은 내륙의 산악 지역으로 50여 킬로 떨어져 있다.

"빌어먹을."

버스가 시 외곽으로 빠져 나왔을 때 케이든이 쓴웃음을 짓고 말했다. 케이든은 농부 차림으로 위장했는데 원래 피부가 거칠어서 백인인데도 전혀 이상하게 보이지 않는다.

"이게 무슨 꼴이야? 도망치는 것 아니냐?"

"보스, 이런 일이 어디 한두 번입니까?"

옆자리에 앉은 보르칸이 입술을 달싹이지 않고 말했다. 보르칸은 무릎 위에 새끼 양을 안고 있어서 양이 계속 울어대는 중이다.

"저는 다행입니다. 버스가 외곽을 벗어나기까지 간을 졸였습니다."

보르칸이 힐끗 앞쪽에 시선을 주었다. 앞쪽 자리에 군인 둘이 타고 있었기 때문이다. 사마로 마을까지 가기 전에 이라크군 부대가 있는 것이다.

"다시 돌아올 거다."

어깨를 부풀렸다가 내린 케이든이 이 사이로 말을 이었다.

"그놈하고 나하고 사생결단을 할 테니까."

기동사단장이 다시 돌아오리라는 건 분명하다. 이미 사단의 2개 연대는 이곳으로 이동을 시작한 지 나흘째인 것이다.

"잠깐."

정재국이 부르자 여자가 걸음을 멈추고는 뒤를 돌아보았다. 8시 10분, 집 안은 수선스러워지고 있다. 10시에 출동이기 때문이다. 모두 구질구질한 겉옷을 벗고 타이어를 잘라서 만든 샌들 대신 작업화로 갈아 신었다. 그래서 집 안을 왔다 갔다 하는 대원들은 다른 사람 같다. 여자 이름은 타이나, 주인 마카피의 딸이다. 어둠 속에서 다가간 정재국이 앞에 섰지만 타이나가 겁내는 기색도 없이 똑바로 시선을 주었다. 다가선 정재국이 타이나한테서 풍기는 향내를 다시 맡고는 빙그레 웃었다. 그때 옆으로 대원 하나가 지나갔는데 손에 AK-47을 쥐었다. 이제 무기를 꺼낸 것이다. 정재국이 옆으로 비켜서자 타이나도 따라서 발을 떼어 간격을 유지했다.

224

"타이나. 나, 오늘 밤에 이곳을 떠나."

정재국이 말하자 타이나가 고개를 끄덕였다. 눈의 흰자위가 어둠 속에서 선명하게 드러났다.

"알아요, 대장."

"고맙다는 말을 하고 싶어서."

"아버지한테 5천 불이나 줬다면서요? 10명이 사흘간 묵는 값으로는 엄청난 돈을 받은 거죠."

타이나가 이를 드러내고 웃었다.

"아버지는 부자가 되었어요."

다시 대원 하나가 지나갔기 때문에 이번에는 정재국이 타이나의 어깨를 잡아 당겨 담장에 붙어 섰다. 이곳은 헛간 앞이다. 순순히 끌려온 타이나를 정재국이 내려다보았다. 타이나의 향내가 맡아졌다. 정재국이 입을 열었다.

"타이나."

"네, 대장."

"너한테 알고 싶었던 일이 있어."

"이제 시간이 없어요, 대장."

"난 준비 다했어. 아직 시간이 한 시간도 더 남았다."

"말해요, 대장."

타이나가 이를 드러내고 웃었다.

"대장의 시선을 받으면 온몸에 개미가 기어 다니는 느낌이 들어요."

"어젯밤부터 향수를 발랐더군."

"대장 앞에서만 냄새를 풍겼지요."

"알고 있어."

정재국이 타이나의 어깨를 움켜쥐었다.

"내 앞에서 차도르를 슬쩍 들어서 냄새를 풍긴 것을 말야."

"내 그곳에다 향수를 뿌렸거든요."

"그것도 알고 있어."

"헛간이 비었어요, 대장."

그때 타이나가 바짝 몸을 붙이더니 정재국의 바지 혁대 안으로 손을 쑥 집어넣었다. 타이나의 부드러운 손이 뱀처럼 꿈틀거리며 들어와 정재국의 몸을 잡았다. 정재국은 그 자세로 타이나의 허리를 번쩍 안아들고 헛간 문을 밀고 들어섰다. 그때 타이나가 말했다.

"안쪽으로, 안쪽에 사료가 깔려 있어요."

"각하 어디 가셨어?"

박상철이 묻자 사다트가 대답했다.

"타이나를 만나고 계십니다."

"오!"

고개를 끄덕인 박상철이 정색했다.

"지리를 알아보시는 모양이군."

그리고 둘이 제각기 외면했기 때문에 대화가 끊겼다.

"각하는 헛간에 들어가셨어."

무전병 카야드가 낮게 말하자 사라칸이 고개를 끄덕였다.

"민심을 안정시키려는 것이지."

"너도 본 거냐?"

"쟈카트한테서 들었어. 지나가다가 헛간으로 들어가시는 걸 보았다는

226

거야."

"음, 타이나가 꼬리를 쳤어. 너도 봤지?"

"아, 글쎄. 민심을 안정시키려는 것이라니까? 그냥 두면 안 돼."

"그나저나 각하는 대단하시군. 난 생각도 일어나지 않는데."

그때 토르마가 다가와 말했다.

"장비 점검해, 짜식들아."

가쁜 숨을 뱉던 타이나가 갑자기 정재국의 목을 다시 끌어안더니 입을 맞췄다. 정재국이 타이나의 미끈한 허리를 감싸 안고는 살구 냄새가 나는 숨결을 들이마셨다. 그때 타이나가 몸을 떼더니 사료 더미 위에서 몸을 일으켰다. 헛간 안은 어두웠지만 타이나의 번들거리는 두 눈이 선명하게 드러났다. 재빠르게 옷매무새를 가다듬은 타이나가 이제는 정재국의 바지를 찾아 입혀주었다.

"고맙군, 타이나."

감동한 정재국이 바지를 입고 일어섰다.

"잘살아라, 타이나."

"당신이 살아서 떠나라고 내가 축복해준 거야, 대장."

타이나가 머리를 매만지면서 정재국 앞에 섰다.

"옛적 아랍 전사들은 전쟁 전에 꼭 아내하고 자고 나갔다는 거야. 그러면 살아서 돌아왔대."

"그렇군."

"돌아오지 않았을 때는 뱃속의 아이가 그 대신이 되었다는 거야."

그때 정재국이 주머니에서 고무줄로 묶은 돈 뭉치를 꺼내 타이나의 손에 쥐어주었다.

"타이나, 그 아이를 키우는 값이다."

타이나가 숨을 들이켰을 때 정재국이 어깨를 당겨 안았다.

"아이들, 잘 키워."

타이나에게 돈을 주려고 불렀는데 이렇게 진전되었다.

5장
시리아의 아사드 집안을 몰사시키다

카스마는 거인이다. 대식가여서 한 끼에 새끼 양 한 마리를 다 먹은 적도 있다. 오늘도 아내, 자식들과 함께 안채 거실에서 식사를 하는 중이었는데 모두 세 무리로 나뉘었다. 맨 안쪽은 카스마와 네 아들, 카스마의 심복 바하트와 구르반까지 7명이 양을 삶은 쟁반 주위에 둘러앉았고 두 번째 쟁반에는 간부급 10여 명, 그다음 쟁반에는 경비병과 하인들이 10여명이다. 모두 남자들이다. 안쪽 문을 열고 들어가야 여자들의 공간이 나온다. 거기에서도 세 아내와 딸 넷, 그리고 하녀들의 순으로 상이 차려져 있는 것이다. 한 끼 식사에 양 5마리, 쌀 15킬로, 야채 10킬로가 소비되는 집안이다. 양고기를 삼킨 카스마가 말했다.

"위쪽 하르만족 지역에서는 소탕 작전이 시작되었더군. 새로 온 제1기 동사단장 놈이 유명한 놈이라는 거야"

그때 손님으로 온 야스르가 말했다. 야스르는 카스마의 친구로 말 장수라 소문에 밝다.

"시리아 쪽 국경경비사령관이 암살대 습격을 받아 몰살된 것은 파이잘파 소행이라는군. 내가 시리아 쪽 사업가한테서 들었어."

"허, 아사드 대통령이 골치 아프겠는데."

아사드에게 호의적인 카스마가 혀를 찼다.

"국경에서 우리를 좀 밀어줘야 되는데 말야."

"어쨌든 위쪽이 시끄러워서 말 장사가 안 돼."

"이번에도 그냥 그럭저럭 넘어갈 거야."

다시 양고기를 뜯으면서 카스마가 말을 이었다.

"야스마라는 진즉 빠져 나갔을 테니까."

10시 40분, 저택이 보이는 골목 앞에 서서 정재국이 말했다.

"저쪽 경비가 허술하다고 방심하지 마라. 어둠 속에서 아군끼리 부딪칠 때가 가장 위험하다."

"알겠습니다."

"팔에 흰 띠를 잊지 말도록."

"예, 각하."

2조 조장인 박상철이 토르마와 나머지 셋을 이끌고 어둠 속으로 사라졌다. 저택 뒤쪽 골목으로 돌아서 뒤에서 진입하려는 것이다. 이번에도 정재국은 사다트와 세 명을 데리고 정면 공격이다. 오늘 밤도 흙먼지 바람이 불면서 하늘은 별 하나 보이지 않는다. 정재국은 팔에 맨 흰 수건을 다시 조여 매고는 옆에 선 사다트를 보았다. 11시 정각에 저택으로 진입하는 것이다. 저택은 길을 건너 골목 안으로 50미터쯤 들어간 후에 오른쪽으로 돌아서 두 번째 골목이다. 거리는 250미터 정도. 골목이 많아서 경비병 100명을 붙여도 모자랄 것이다. 거리는 오가는 행인도 뚝 끊겼고 흙집의 머리통만 한 창문으로 희미한 불빛만 새어 나온다. 집 안 소음이 희미하게 울렸고 큰 길의 차량 통행은 진즉 끊겼다. 이곳은 이라크군의 치안군도 보이지 않는 것이다. 사흘 동안 머물면서 정재국은 3군단 소속의 시장한테 연락도 하지 않았다. 그때 사다트가 손목시계를 보면서 말했다.

"각하, 10분 전입니다."

출동 시간이다.

포샤는 카스마의 세 번째 부인으로 33세, 카스마가 가장 사랑하는 부인이다. 포샤가 연년생 아이 셋을 낳았는데도 카스마의 사랑이 식지 않아서 오늘도 동침하고 있다.

"잠깐만요."

포샤가 카스마의 가슴을 밀면서 말했다.

"아이가 깬 것 같아요."

"젠장."

카스마가 투덜거렸지만 몸을 일으킨 포샤를 놔주었다. 포샤는 두 살난 딸을 안방에 재우고 온 것이다.

"빨리 와."

알몸에 겉옷만 걸치고 나가는 포샤의 뒤에 대고 말했던 카스마는 뭔가 떨어지는 소리를 들었다. 마치 흙담이 무너지는 것 같다. 이맛살을 찌푸렸던 카스마가 이제는 그릇이 깨지는 소리에 몸을 일으켰다. 그 순간이다.

"꽈꽝!"

엄청난 폭음이 울리면서 천장에서 흙더미가 쏟아져 내렸다.

"아앗!"

어느덧 포샤를 잃어버린 카스마가 자리를 차고 일어섰을 때다.

"꽈꽝! 꽝꽝!"

연거푸 폭음이 울리면서 방의 한쪽 벽이 무너지고 카스마의 하반신이 깔렸다.

"타타타타타타타타."

요란한 총성이 울리면서 사방에서 비명과 외침이 터졌다. 기습이다. 흙 더미에서 몸을 뺀 카스마가 벽 위쪽에 걸쳐놓은 AK-47을 향해 달려갔다.

"꽈꽝!"

다시 폭음, 수류탄이다.

"습격이다!"

비명과 함께 외치는 소리가 울렸다.

"으아악!"

"투타타타타 꽝꽝!"

비명과 함께 총성, 폭음이 터졌다. 카스마는 AK-47을 움켜쥐고 뛰어 나 갔다. 그러나 이미 앞쪽 출구가 막혀 있다.

"꽝!"

다시 내던진 수류탄이 집 안에서 폭발하면서 지붕이 무너져 내렸다.

"우르르릉."

총을 쏠 것도 없다, 집이 폭발하면서 무너져 안에 있던 사람들은 몰사 했을 테니까. 옆에 선 사다트가 AK-47의 탄창을 갈아 끼우더니 다시 난사 했다.

"타타타타타타타타."

잠깐 앞쪽에서 어른거렸던 그림자가 사라져 버렸다. 그때 정재국은 맨 뒤채의 허물어진 문 밖으로 나오는 사내의 윤곽을 보았다. 반쯤 허물어진 뒤채 맨 끝 방, 거리는 15미터 정도. 그때 사다트 옆에 서 있던 사라칸이

AK-47을 난사했다.

"투타타타타타타."

사내가 두 팔을 휘저으면서 땅바닥에 쓰러졌다. 아마 10발은 맞았을 것이다.

"타타타타타."

뒤쪽에서도 총성이 울렸는데 아군의 총이다. 이곳에 진입한 지 5분, 수류탄 14개를 다 터트렸고 집은 다 무너져서 제대로 지붕이 덮인 건물이 없다. 곳곳에서 불길이 올랐기 때문에 카스마의 저택은 환하다. 곳곳에 널브러진 시체는 모두 카스마의 부하들이다.

"탕, 타탕, 탕, 탕, 탕."

이제는 단발 사격 음만 울리고 있다. 확인 사살이다. 오가는 사내는 모두 팔에 흰 수건을 동여맨 기습대뿐이다.

"대장, 이놈입니다!"

그때 시신을 확인하던 토르마가 소리쳤다. 조금 전 사라칸이 사살한 사내 옆에 선 토르마가 다시 소리쳤다.

"이놈이 카스마입니다!"

그때 다가간 요원 하나가 시체 위에 서서 사진을 찍었다. 플래시의 섬광이 세 번이나 번쩍였다. 고개를 끄덕인 정재국이 소리쳤다.

"철수!"

카스마의 저택은 이제 형체도 없어졌다. 불길이 점점 더 거칠어졌고 무너진 담장 밖에서 구경꾼들이 몰려들고 있다. 정재국이 앞장서서 담장 밖으로 뛰어나갔고 요원들이 뒤를 따른다. 다가오던 구경꾼들이 질색하면서 몸을 비킨다.

"무엇이? 카스마 저택이?"

놀란 하카드가 버럭 소리쳤다. 오후 11시 반, 하카드는 시내에서 들리는 엄청난 폭음과 총성에 반쯤 정신이 나간 상태다. 그래서 저택에 있다가 지금 경비대 겸 치안대 본부로 달려가는 중, 총격이 울린 지 15분이 지난 후다. 그때 무전기에서 순찰 대장의 목소리가 울렸다.

"몰사했습니다. 카스마의 시체도 확인했고, 처자식 그리고 간부 바하트, 구르반도 죽었습니다. 시체가 50구도 넘습니다."

"이, 이런……."

하카드가 어깨를 부풀렸다가 내리고는 운전사에게 소리쳤다.

"멈춰라!"

놀란 운전사가 길가에 차를 멈췄다. 폭음이 울린 현장으로 달려가는 대신 경비대로 달려간 이유는 겁이 덜컥 났기 때문이다. 카스마는 투리크족 족장으로 마르탄시 5만 주민을 포함하여 22만 투리크족의 지도자인 것이다. 카스마가 거느린 반군은 4,000여 명. 아직 적극적인 반군 활동을 하는 것은 아니지만 그 위력은 하카드가 지휘하는 연대 병력을 압도하고 있다. 그때 순찰 대장이 소리치듯 말을 이었다.

"습격자들이 순식간에 기습해서 카스마의 경비대가 손을 쓸 수도 없었던 것 같습니다. 저택 3채가 그대로 무너져서 형체를 알아볼 수도 없고, 대부분이 무너지는 집에 깔려 죽었습니다. 수류탄으로 아예 폭사시킨 것입니다."

하카드도 엄청난 폭음을 계속해서 들었다. 그나저나 엄청난 사건이다. 족장 카스마의 심복들이 몰사했다. 투리크족은 머리에다 손발까지 잃었다.

"누가 그랬을 것 같으냐?"

마침내 하카드가 묻자 순찰 대장이 머뭇거리다가 대답했다.

"시장님, 습격자는 전문가들입니다."

"난 아무 연락도 못 받았어."

"예. 하지만 본부에 보고를 하셔야 될 것 같습니다."

"그래야지."

정신이 든 하카드가 이것이 자신에게 해가 되지는 않을 것 같다는 결론을 냈다.

후세인이 보고를 받았을 때는 1시간쯤 지난 오전 1시 무렵, 그 시간에 후세인은 지하 벙커의 대통령궁 집무실에 앉아 있었다. 이 시간은 후세인에게 한참 일할 시간이다. 이란과의 전쟁 때는 오전 5시까지 일하고 나서 오후 3시쯤 일어났다. 그것이 측근들한테도 버릇이 되어서 카심이 집무실로 들어가 보고를 한 것이다. 보고는 시장의 직속상관인 사단장, 군단장을 거쳐서 카심한테 전달되었기 때문에 1시간이 소요되었다. 카심의 보고를 들은 후세인이 먼저 심호흡부터 했다. 흥분을 억제하려는 행동이 뻔히 드러났다. 이윽고 고개를 든 후세인이 번들거리는 눈으로 카심을 보았다.

"특명관이야."

"예, 각하."

"나르타 아사드 집안을 몰사시키고 곧장 카스마한테 갔구나."

"예, 각하."

"다 몰사시켰다고 했지?"

"예, 각하."

수십 년 후세인을 겪어온 카심이다. 이런 분위기에서는 말을 짧게, 가능하면 대답만 해서 후세인이 마음껏 '길게' 말하도록 하는 것이 흥을 깨지 않는 방법이라는 것을 안다. 후세인의 흥이 높아져서 두 눈이 번들거렸고 목소리가 높아졌다.

"카스마가 야스마라보다 더 지독한 놈이었어. 그놈은 자부심이 대단해서 누가 감히 나를 건드릴 것이냐고 오만방자하게 시내 한복판에 부하들을 거느리고 군림했었지 않느냐?"

"예, 각하."

"그, 시장이라는 연대장 놈은 카스마를 겁내서 그놈 집 앞으로 다니지도 못했을 것이다. 그래서 일가족을 모아놓고 살면서 으스댔겠지. 그렇지?"

"예, 각하."

"특명관 그놈한테 대훈장을 주고 싶다. 지금까지 이라크에서 대훈장을 받은 사람이 누구였지?"

"각하뿐이십니다, 각하."

"그런가?"

심호흡을 한 후세인이 고개를 끄덕였다.

"특명관은 대훈장을 받을 자격이 있어."

그 시간에 이칠성은 무전기를 귀에 붙이고 있다.

"천천히 말해, 대위."

둘러선 아부핫산과 요원들이 긴장하고 있다. 그때 무전기에서 사내의 목소리가 흘러나왔다.

"사마로 마을의 북쪽 골짜기에 위치한 염소 목장입니다."

"확실해?"

"예. 인원은 8명, 모두 큰 자루를 메고, 들고 있었는데 무기입니다."

"수고했다, 대위."

"제가 마을 서쪽의 산기슭에서 기다리고 있겠습니다."

"놈들이 눈치챈 것은 아니겠지?"

"예, 양 목장 안 헛간에 자리 잡고 있습니다. 움직이면 금방 표시가 납니다."

"알았다. 다시 연락할 테니까 대기하도록."

무전을 끝낸 이칠성이 고개를 들고 아부핫산을 보았다. 특공대대장 아부핫산의 두 눈이 번들거리고 있다. 옆에서 무전 내용을 다 들은 것이다.

"대령님, 여기서 17킬로 거리입니다."

아부핫산이 손목시계를 보고 나서 말을 이었다.

"지금이 오전 1시 반입니다."

"3시간쯤 걸리겠나?"

"4시간은 잡아야 될 겁니다."

아부핫산이 바짝 다가섰다.

"아사드가 고용한 용병대장이라면 전문가입니다. 8명이라니, 우리보다 숫자도 많습니다."

이칠성이 아부핫산의 각진 얼굴을 물끄러미 보았다. 그동안 아무르시 주변을 돌아다니면서 아부핫산과 가까워진 것이다. 서로의 성격도 알게 되었고 가정사까지 이야기할 정도가 되었다. 이칠성이 말을 이었다.

"그렇다고 병력 지원을 받을 수는 없지. 중령, 무슨 말인지 이해하지?"

"당연하지요."

이곳은 바위산 중턱의 바위 그늘 안이다. 바람을 피할 정도로 파인 바위틈에서 넷이 둘러앉아 있다. 하나는 밖에서 경계 중이다. 이칠성이 고개를 들었다.

"지금 각하는 마르탄에서 작전 중이지만 보고는 해야겠다."

마르탄을 빠져나와 3시간이 넘도록 강행군을 했기 때문에 직선거리로 7킬로쯤 벗어났다. 도로를 따라 움직였다면 15킬로는 넘었을 것이다. 이칠성의 무전이 왔을 때는 오전 1시 50분, 산 중턱에서다. 무전병 카야드가 넘겨준 송수신기를 귀에 붙인 정재국이 물었다.

"이 시간에 무슨 일이냐?"

"각하, 용병대가 아무르시를 빠져나왔는데 지금 사마로 마을 북쪽 골짜기에 은신하고 있습니다."

이칠성이 쏟아붓듯 말했을 때 정재국이 잠깐 대답하지 않았다. 놀란 것이다. 숨을 두어 번 내쉬고 난 정재국이 물었다.

"네 위치는?"

"사마로 마을에서 직선거리로 17킬로 지점 동쪽입니다."

이칠성이 말을 이었다.

"여기서 4시간 거리입니다."

"난 사마로 마을에서 128킬로 지점이다. 서쪽."

정재국이 말을 이었다.

"난 마르탄시를 빠져나왔다."

"그렇습니까?"

"카스마 일족을 몰사시키고 나온 길이야."

"윽!"

놀란 신음 소리가 그렇게 들렸다.

"축하드립니다, 각하."

"작전 축하지. 몰사시켰다는 말은 잊어라."

"예, 각하."

"용병대 병력은?"

"8명입니다. 지금 아무르시에서부터 미행해 온 정보 장교 둘을 감시하고 있습니다."

그때 정재국이 잠깐 생각하다가 말했다.

"기다려라, 나도 곧장 사마로 마을로 갈 테니까. 오늘 저녁에는 도착해 보겠다."

"그럼 사마로 마을에서 뵙지요."

이칠성의 목소리가 흥분으로 떨렸다.

"여기서 사마로 마을까지 가려면 버스를 타야만 합니다."

무전 내용을 옆에서 듣던 토르마가 말했을 때 정재국이 혀를 찼다.

"대위, 이곳이 어느 나라 영토냐?"

"예? 각하, 이곳은……."

말을 잇지 못한 토르마가 시선을 내렸다. 정재국의 말뜻을 알아챈 것이다. 옆에 선 사다트가 빙그레 웃었다. 정재국의 시선을 받은 사다트가 말했다.

"이곳이 3군단 구역입니다. 제일 가까운 부대에 찾아가 트럭을 빌리도록 하겠습니다."

그것은 일도 아니다. 다만, 비밀 엄수를 명령해야만 할 것이다.

산속에도 라디오가 있다.

물론 성능은 정재국 팀의 PRC 319에는 미치지 못하지만 야스마라가 지휘하는 반군은 고정 간 통신 거리 32킬로이며, 이동 간에는 24킬로인 RT-

246 VRC 송수신기를 보유하고 있다.

또한 야스마라의 지휘부는 R-442 VRC 수신기를 갖추고 있어서 각 파견대의 정보를 순식간에 수집할 수 있다. 수백 킬로 떨어진 곳의 정보도 각 파견대가 받아 전달하는 방식이어서 5분 안에 도착된다. 오전 2시 반, 야스마라의 숙소 앞. 무전기를 귀에 붙인 야스마라가 응답했다.

"응, 무슨 일이냐?"

반군은 물론이고 정재국의 팀도 무전기를 사용할 때 '오버' 따위의 군사용 규칙을 지키지 않는다. 그때 송화구에서 하리마의 목소리가 울렸다.

"아버지, 들으셨어요?"

"뭘 말이냐?"

동굴 안에 둘러앉아 있던 야스마라의 고문 세루크, 연대장 하잔, 경호대장 무바락 등 모든 시선이 모였다. 그때 하리마가 말했다.

"여기에 소문이 쫙 퍼졌습니다."

"무슨 소문이 이 시간에 퍼져?"

"마르탄시에서 대폭발이 일어났다는 겁니다."

"마르탄에서?"

마르탄시가 투리크족의 본거지인 것은 세상 사람들이 다 안다. 그런데 대폭발이라니? 동굴 안에는 숨소리도 들리지 않았다. 수상한 예감이 든 야스마라가 이 사이로 씹어 뱉듯이 말했다.

"하리마, 바로 용건을 말해, 이 자식아."

"예, 족장 카스마의 저택이 기습을 받아서 카스마 일족을 포함한 투리크족 지휘부가 몰살당했다고 합니다."

"……"

"사망자는 여자, 어린애를 포함한 50여 명, 저택이 완전히 무너져서 사망자를 더 찾고 있다는데요."

"……."

"카스마와 처자식, 그리고 간부 바하트와 구르반의 시신도 확인되었답니다."

그때 야스마라가 말했다.

"너, 지금 당장 지휘부와 함께 그곳을 떠나."

"예?"

"서쪽의 제3기지로 옮겨, 지금 당장."

"아버지, 지금 당장은……."

"처자식 다 놔두고 지금 당장."

야스마라의 목소리가 더 가라앉았다.

"이 병신 같은 놈아! 30분 안에 출발 안 하면 내가 차라리 널 쏴 죽이겠다."

그러더니 와락 목소리를 높였다.

"타릴을 바꿔!"

타릴은 야스마라가 하리마 옆에 남겨둔 고문이다.

야스마라가 아무르시를 빠져나갔지만 시장 측 정보원들의 활동이 줄어든 것도 아니다. 인구 8만의 아무르시는 지역이 넓어서 일일이 가택 수색을 하기는 어렵다. 주민들의 반발이 거세기도 해서 시장 야콥은 엄두도 내지 못했다. 그날 오전 5시 반쯤이 되었을 때 염소젖을 짜던 후르반은 울타리 너머로 지나가는 일단의 사내들을 보았다. 아직 해가 뜨지 않았지만 희미하게 동녘이 밝아지는 중이다. 그래서 사내들의 검은 윤곽이 하늘과 선명하게 대조되었다. 염소들 사이에 쪼그리고 앉아 있었기 때문에 20

미터쯤 떨어진 울타리 밖으로 지나는 사내들은 이쪽에 신경도 쓰지 않는다. 모두 등에 커다란 보따리를 메거나 들고 있었는데 총을 쥐었다. 아무르시에서 민간인들이 총을 쥐고 다닐 수는 없다. 숨을 죽인 후르반은 그들이 반군임을 깨달았다. 작전차 시를 빠져나간다. 이곳은 서북쪽 교외로 국도와는 2킬로나 떨어진 곳이고 초소도 없다. 숨을 죽이고 그들을 응시하던 후르반은 그들이 새벽안개 속으로 사라지자 짜다 만 우유 양동이를 놔두고 일어섰다. 헛간에 RCM 무전기가 있는 것이다.

10분 후, 후르반의 보고를 받은 얄마니는 무전기를 내려놓고 망설였다. 반군의 이동이다. 새벽에 서둘러 빠져나간 것은 제1기동사단의 포위 작전이 개시된 것에 대한 대비다. 아직 2개 연대 병력은 도착하지 않았지만 분위기는 흉흉해지고 있다. 정보에 의하면 이틀 후부터 포위 병력이 시 외곽에 초소를 만들기 시작한다는 것이다. 이윽고 얄마니는 다시 침대에 누웠다. 지금 보고한다고 해도 직속상관 칼릴리는 탐탁지 않게 생각할 것이다. 칼릴리 소령은 야콥 휘하의 정보관으로 연대의 정보참모이기도 하다. 그런데 얄마니가 보기에는 하르만족과 원수가 되지 않으려는 것 같다. 더구나 칼릴리는 후세인 대통령의 고향 출신이어서 시장도 무시하지 못하는 것이다. 얄마니는 곧 다시 잠에 들었다. 새벽잠은 꿀맛이다.

목동 후르반의 울타리 밖으로 지나간 사내들은 야스마라의 후계자 하리마와 그 일당이다. 야스마라의 꾸지람을 들은 하리마가 간부급 부하들을 이끌고 아무르시를 빠져나온 것이다.

정재국이 사마로 마을에서 3킬로 쯤 떨어진 국도에 트럭을 세웠을 때는 오후 5시가 되어갈 무렵이다. 산길에는 오가는 차량도 없고 통행인도 없다. 부대에서 빌려온 군용 트럭을 돌려보낸 정재국 일행은 곧 산길을 걷는다. 도로에서 벗어나 산속으로 들어선 것이다. 사마로 마을 서쪽에서 기다리고 있는 이칠성 일행과 합류하려는 것이다. 먼저 도착한 이칠성 일행은 7명, 정재국은 10명이다. 흩어졌던 팀이 다시 모이는 것이다.

헛간이지만 마른 풀을 가득 깔아 놓아서 푹신하고 깨끗하기까지 했다. 케이든은 무려 7시간이나 푹 자고 일어났더니 몸이 가뿐해져서 저절로 얼굴에 웃음이 떠올랐다. 양과 염소를 가두던 헛간이지만 지금은 비었다. 앞쪽의 폐가는 지붕이 무너지고 문짝도 부서져서 이곳보다 못했다. 오후 6시, 밖에 나갔던 보좌관 보르칸이 헛간 안으로 들어와 말했다.

"보스, 기동사단 병력이 서쪽에 먼저 포진하는 것 같습니다."

아무르시에 남아 있는 정보원과 연락을 한 것이다. 고개만 끄덕이는 케이든의 앞에 앉은 보르칸이 말을 이었다.

"하리마가 오늘 새벽에 아무르시를 떠났다고 합니다. 야스마라의 지시였다고 하는군요."

"흥, 야스마라도 육감이 빠르군."

쓴웃음을 지은 케이든이 말을 이었다.

"이제 미끼 노릇을 할 놈들이 떠나버렸다, 보르칸."

"여기서 좀 쉬시죠, 보스."

벽에 등을 붙이고 앉은 보르칸이 길게 숨을 뱉었다.

"아무르를 빠져 나오니까 긴장이 풀리면서 사지가 나른해집니다. 가끔 이런 시간도 필요합니다, 보스."

"나가서 애들 점검해라. 늘어져 있으면 안 돼."

"모두 전문가들입니다. 맡은 일은 합니다."

그러면서 보르칸이 자리에서 일어섰다. 저녁 무렵이어서 고기 삶는 냄새가 났기 때문에 케이든이 다시 주의를 주었다.

"음식 냄새가 번지지 않도록 해."

이곳은 외딴집으로 민가와는 산기슭으로 가려졌고 500여 미터나 떨어졌지만 케이든은 방심하지 않는다.

"보초 간격을 더 넓게 띄워."

케이든이 보르칸의 등에 대고 덧붙였다. 만일 아무르시의 정보원이 카스마 일족 몰살 사건을 알려줬다면 케이든은 가만있지 못했을 것이다.

"각하."

정재국을 본 이칠성이 거수경례를 하더니 서둘러 다가왔다. 그 뒤를 아부핫산 등 대원들이 따른다. 산 중턱의 바위틈에 모두 모여서 서로 악수를 나누고 부둥켜안는다.

"각하, 축하드립니다."

이칠성이 정색하고 말을 잇는다.

"이번에 체드랜크 상사의 용병대만 잡으면 대성공입니다."

"용병대는 계획에도 없는 목표야."

다시 발을 떼면서 정재국이 쓴웃음을 지었다.

"그놈들을 처리하고 나서 작전을 정리해야겠다."

"정리한다고 하셨습니까?"

커다란 바위를 돌아가면서 이칠성이 물었다. 그러자 뒤를 따르던 박상철이 대신 대답했다.

"우리도 좀 쉬어야겠단 말씀입니다."

"아니, 지금 1, 2연대가 포위 작전을 시작했지 않아?"

이칠성이 박상철과 정재국을 번갈아 보았다. 그 둘은 지금 한국말을 하고 있다. 그때 정재국이 목소리를 낮췄다.

"용병대까지 빠져 나왔으니 아마 아무르시는 비었을 거야. 안이 찰 때까지 우리도 기다린다는 말이다."

"이번에 용병대까지 없애면 야스마라는 겁이 날 겁니다. 카스마까지 몰살당했으니까요."

박상철이 바로 말을 받는다. 거기에다 나르타 아사드 일족까지 몰사시켰지 않은가? 지금 세계의 이목이 이곳에 집중되어 있을 것이다.

"저기 있습니다."

이제 17명이 된 제1사단 특공대대 팀이 산길을 행군한 지 1시간쯤이 지났을 때다. 앞장을 섰던 토르마가 멈춰 서더니 앞쪽을 가리켰다. 오후 6시 15분. 이미 산은 어둠에 덮여 있었는데 앞쪽 바위 앞에 서 있는 사내의 윤곽이 보였다. 정보원. 케이든이 아무르시를 떠날 때 같이 버스를 타고 있던 군인 두 명 중 하나다. 버스 앞자리에 타고 케이든보다 먼저 내렸지만 산을 타 넘고 버스보다 먼저 주차장 근처에 도착했던 것이다. 이곳 지리에 익숙한 토박이 정보원이다. 케이든이 수백 번 작전을 겪은 용병대를 거느리고 있지만 이번에는 둘을 놓쳤다. 정재국이 다가가자 농부 차림의 정보원이 경례를 했다. 이라크군 정보원이다.

"타라트 상사입니다."

"상사, 수고했다. 내가 사단장이다."

정재국이 다가가 볼에 두 번 입술을 붙였다 떼자 상사는 감동해서 손바닥을 제 가슴에 붙여 보였다. 어둠 속에서 눈이 번들거리고 있다. 상사는 사단장의 이런 인사를 받아본 적이 없기 때문이다. 사단장을 존경한다는 표시를 해보였다. 그때 타라트가 떨리는 목소리로 말했다.

"이곳에서 2킬로 거리입니다, 각하."

고개만 끄덕인 정재국에게 타라트가 말을 이었다.

"8백 미터쯤 거리에 동료 상사 메수나가 감시하고 있습니다, 각하."

정재국이 손을 뻗어 타라트의 어깨를 두드렸다. 둘은 이틀 동안 용병대를 감시하고 있었던 것이다.

30분 후, 정재국이 이끄는 아부핫산 특공대대의 정예와 이칠성, 박상철, 그리고 보좌관들인 사다트 등 17명의 대원이 산 중턱으로 다가갔다. 그때 바위에 붙어 서 있던 사내가 몸을 떼더니 다가왔다. 최전선의 정보원, 메수나다. 정재국의 포옹을 받은 메수나가 말했다.

"모두 헛간에 있습니다. 경비 3명이 헛간을 중심으로 2백 미터 거리를 두고 경계하는 중입니다."

메수나가 조심스럽게 말을 잇는다.

"헛간 안에는 5명이 있습니다. 불을 켜지 않아서 움직임은 알 수가 없습니다."

"수고했다."

"골짜기 안이 넓어서 시야가 트였습니다. 접근하면 3, 4백 미터 거리에서 발각될 가능성이 큽니다."

정재국이 고개를 끄덕였다. 이제는 공격팀의 몫이다.

저녁을 먹고 나서 식곤증으로 다시 깜빡 잠이 들었던 케이든이 눈을 떴다. 1시간쯤 잔 것 같아서 시계를 보았더니 9시 반이다. 1시간 반을 잤다. 헛간 안은 어두웠지만 어둠에 익숙해진 터라 안에 있는 부하들의 모습은 다 보인다.

"사이트, 내일 아침에 아무르의 정보원한테 연락을 해봐라."

케이든이 앞쪽에 있는 통신요원에게 말했다. 무전 연락이 탐지될까 봐 무전기를 꺼놓고 있었기 때문이다. 아무르 포위작전을 시작한 이라크군 제1기동사단의 상황을 알아야만 한다. 하리마까지 아무르시를 떠났다는 것을 이라크 측이 안다면 작전이 변경될 것이다. 구심점을 잃은 반군들이 투항하고 주민들의 신뢰가 무너지면 야스마라는 치명상을 입는다. 케이든은 헛간 벽에 등을 붙이고 앉아서 이번 작전은 자꾸 꼬여간다는 생각을 했다. 마치 옷이 하나씩 뜯겨 나가는 것 같다.

드라구노프 저격총이라 불리는 SVD는 구소련의 제품으로 2차 세계대전 말에 개발된 명품이다. 40년이 지난 지금도 저격총으로 사용되는 이유는 정밀도보다 실용적이고 튼튼하며 강력하기 때문이다. SVD용 7.62밀리 러시안 탄은 10발 탄창에서 반자동으로 발사된다. 지금 박상철은 이번 작전에서 처음으로 저격총을 눈에 붙이고 헛간을 겨누고 있다. 거리는 645미터. 이 거리에서는 10발 9중이다. 야간에 눈금을 빛나게 하는 스코프에는 헛간 나무판자의 벌어진 틈까지 드러나 있다. 호흡을 고른 박상철이 헛간 틈 사이로 안에서 움직이는 물체를 본다. 사람이다. 그러나 얼굴을 확인할 수는 없다. 그때 옆에 엎드린 정재국이 손목시계를 보았다. 야광침이 10시 10분을 가리키고 있다. 어둠에 덮인 골짜기 안에서 옅은 풀 냄새가 났다.

"바람도 없군"

정재국이 혼잣소리처럼 말했다.

"사냥하기 좋은 날이다."

지금 헛간을 중심으로 4명씩 4개 조가 포위하고 있다. 각각 거리는 5, 6백 미터쯤 띄워 놓고 사방에서 둘러싸고 있는 것이다. 그때 박상철이 스코프에 눈을 붙인 채 말했다.

"명성을 떨치던 체드랜크 용병대가 이렇게 몰사하는 경우는 처음일 겁니다."

"방심하지 마라."

정재국이 야간 스코프가 장착된 망원경으로 앞쪽을 응시했다.

"5분 남았다."

10시 15분에 사방에서 공격하기로 한 것이다. 그때 박상철이 총구를 아래쪽으로 옮겼다. 그 순간 스코프에 이쪽을 향해 엎드려 있는 사내의 얼굴이 드러났다. 경비병이다. 혼자 엎드린 사내는 AK-47을 쥐고 있었는데 눈까지 선명하게 드러났다. 거리는 325미터. 터번을 쓴 이마에 조준기를 맞추면서 박상철이 낮게 말했다.

"훈련이 잘된 놈들입니다."

"그렇군."

그때는 정재국도 감시병을 보는 중이다.

"모두 정보원 덕분이야. 저놈들을 발견하지 못했다면 헛간을 찾아냈어도 우리 피해가 컸을 거다."

"3면에 1명씩인데 다른 조에서 감시병을 잘 처리해야 할 텐데요."

"잘하겠지."

이쪽은 정재국과 박상철, 그리고 대원 셋이고, 나머지 3개 조는 아부핫산, 사다트, 토르마가 지휘하고 있는 것이다. 그때 다시 손목시계를 본 정재국이 말했다.

"1분 전."

"탕, 탕탕, 탕."

연거푸 울리는 총성에 케이든이 화들짝 놀라 상반신을 세웠다. 케이든의 인생 38년, 군 생활을 포함해서 용병대 팀장이 되기까지 19년을 전장이나 마찬가지인 상황에서 보냈지만 지금처럼 놀란 적은 처음이다. 긴장이 풀려 있었기 때문인지도 모른다.

"뭐야?"

놀란 보르칸이 앞쪽에서 와락 소리쳤을 때 다시 총성이 울렸다.

"탕탕탕."

몸을 일으킨 케이든이 지금까지 7발의 총성이 울렸다는 것을 계산해 냈다. 그리고 2개 방향에서, 경비 조를 목표로 삼았다는 것까지 짐작했다. 포위되었나? 서쪽은 총성이 울리지 않았다. 북쪽은 가파른 산이라 경계를 세우지 않았지만 탈출로는 아니다. 제각기 무기를 챙겨 뛰어 나가려는 요원들에게 케이든이 낮게 소리쳤다.

"서두르지 마라!"

멈칫한 요원들에게 케이든이 지시했다.

"경계병들한테 연락해!"

보르칸이 바로 무전기를 쥐었을 때 케이든의 말이 이어졌다.

"놈들한테 포위된 것 같다."

"경계병은 모두 처리했습니다."

정재국의 오른쪽에 엎드린 무전병 카야드가 보고했다. 아부핫산, 사다트와 연락이 된 것이다. 조금 전의 총성이 바로 그들이다. 소음기를 장착하지 않았기 때문에 최대한 가깝게 접근해서 저격한 것이다. 박상철은 단한 발에 경계병의 이마를 맞췄는데 소음기를 장착해서 총성이 울리지 않왔다. 이곳이 바로 서쪽이다. 망원경을 눈에 붙인 정재국이 낮게 말했다.

"기다려."

이제 총성은 뚝 그쳤고 경계병의 위치까지 순식간에 접근한 사방의 대원들이 헛간을 주시하고 있다. 그런데 헛간에서는 총성이 울린 지 1분이 되도록 기척이 없다. 정재국의 얼굴에 쓴웃음이 떠올랐다.

"이놈들이 신중하구나."

독안에 든 쥐나 마찬가지인 상황이다. 빠져나갈 구멍이 없는 것이다. 그런데 쥐는 독 안에서 움직이지 않는다. 헛간 안이 안전하다고는 생각하지 않을 것이다. 그래서 밖의 상황을 체크하는 것이겠지. 지금 3개 지역에 내보낸 경계병이 모두 제거되었다는 것을 알 테니, 다음 순서는?

"모두 당했군."

경계병들과 통신이 두절된 상태를 확인한 케이든이 보르칸을 보았다.

"놈들이 아마 경계병 지역까지 접근해왔을 거다. 우리는 북쪽으로 뚫고 나가기로 하자."

"예, 보스."

예상하고 있던 보르칸이 AK-47을 움켜쥐고 몸을 돌렸다.

"한꺼번에 흩어져 나가는 게 낫겠지요?"

"당연하지. 북쪽 바위산까지 150미터는 전속력으로 달려야 될 거야."

"저놈들은 우리가 나오기를 기다리고 있는 겁니다."

"산을 넘지 말고 거기서 시간을 끄는 거야, 보르칸."

"알고 있습니다."

적은 산에도 대원을 매복시켜 놓았을 테니 움직이면 목표가 된다. 그때 케이든이 말했다.

"내가 악수를 두었다. 이곳에 머무는 것이 아니었어."

"보스, 정찰병에게 탐지된 것은 운이 없었기 때문입니다."

위로한 보르칸이 손목시계를 보면서 대원들에게 말했다. 대원은 셋뿐이다. 거기에다 보르칸, 케이든까지 다섯. 헛간에 다섯이 남았다.

"자, 10초 후에 사방으로 흩어져 나갔다가 곧 북쪽 산으로 전속력이다!"

모두 들었기 때문에 노리쇠를 당기는 소리밖에 안 났다.

"자, 5초."

보르칸이 말한 순간이다.

"꽝!"

폭음과 함께 헛간 왼쪽 벽이 폭발하면서 화염이 솟았다. 헛간 안이 대낮같이 밝아졌다.

"나가!"

그 순간 케이든이 소리쳤고 모두 뛰었다. 그러나 케이든은 벽 쪽에 서 있던 대원 하나의 몸이 헛간 잔해와 함께 떠오르다가 떨어지는 것을 보았다. 화염 속이어서 장면이 선명했다. 뛰어 나오면서 그 순간이 뇌리에 찍혀 있었기 때문에 묵은 필름처럼 펼쳐졌다. 대원이 누구인지는 모르겠다. 그러나 몸통이 가슴 아랫부분에서 절단되어 두 조각이 따로따로 떨어지고 있다. 헛간 밖으로 뛰쳐나와 세 발짝을 뛰었을 때 하늘 위에서 청량한 폭음이 울리더니 세상이 환해지기 시작했다. 그 순간 케이든의 심장이 철렁 떨어지는 느낌을 받는다. 조명탄. 아, 놈들은 조명탄까지 준비했는가? 그때다.

"탓탓탓탓탓- 타타타타타- 타탓, 타탓, 타탓!"

사방에서 울리는 총 소리, 10여 정. 케이든은 북쪽으로 방향을 틀면서 좌측 10미터 지점에서 뛰던 대원 하나가 두 팔을 휘저으며 땅바닥에 뒹구는 것을 보았다. 둘, 조명탄이 내려오면서 세상이 더 환해졌다. 지그재그로 내달리던 케이든이 소리쳤다.

"멈추면 안 돼!"

그때 우측 앞을 달리던 대원이 그대로 곤두박질을 치면서 넘어졌다. 총성은 더 맹렬해지고 있다. 셋……, 그러면 둘 남았는가? 쓰러진 대원의 옆을 스쳐 달리면서 보니까 보르칸이 아닌가? 사방이 밝아서 보르칸이 눈을 부릅뜨고 쳐다보는 얼굴이 선명했다. 그 순간 케이든이 땅바닥에 엎드렸다. 자갈투성이의 땅바닥이어서 팔꿈치에 격렬한 충격이 왔다. 헛간에서 20미터쯤 떨어진 북쪽 지점이다.

"보르칸!"

조금 아래쪽에 누운 보르칸을 소리쳐 불렀을 때 대답이 왔다.

"보스, 난 배를 맞아서 글렀습니다."

"보르칸, 같이 가자!"

저절로 말이 그렇게 나왔다. 기어서 옆으로 다가갔더니 총탄이 옆쪽 자갈에 맞아서 파편이 튀었다. 그때 시선을 마주친 보르칸이 이를 드러내고 웃었다. 여전히 하늘을 향한 채 반듯이 누운 자세.

"보스, 우리 경력과는 다르게 좀 허망하게 끝나는 것 같습니다."

남의 일처럼 말했기 때문에 케이든도 저절로 따라 웃었다.

"그러니까 말이다."

그러고는 잠깐 고개를 들고 북쪽을 보았더니 비었다. 달려가는 대원이 없는 것이다. 여전히 총성은 계속되고 있다. 이제는 총성 끝의 화염이 보인다. 그때 다시 조명탄의 발사음이 울렸다.

"쿵!"

마치 천장에서 누가 발을 구르는 것 같다.

"사격 중지."

정재국이 지시하자 카야드가 소리쳐 무전기에 대고 전달했다. 그러자 사방에서 울리던 총성이 뚝 끊겼다.

"각하, 한 놈이 살아있습니다."

드라구노프 스코프에 눈을 붙인 박상철이 소리쳤다.

"한 놈이 엎드려서 동료한테 붙었습니다."

"나도 보았어."

망원경으로 그쪽을 보면서 정재국이 말했다.

"두 놈 중 하나가 보스다."

정재국이 몸을 일으키며 말했다.

"가자."

케이든이 다가오는 발자국 소리를 듣는다. 아직 손에 AK-47을 쥐고 있었지만 방아쇠에 손가락을 걸지는 않았다. 사방에서 기척이 다가오고 있다. 이윽고 기척들이 멈추더니 케이든의 주위로 검은 그림자가 덮였다.

"이놈은 멀쩡하군."

사내 하나가 케이든의 손에서 AK-47을 빼앗아 쥐면서 말했다. 다른 사내가 보르칸의 어깨를 발로 흔들었다.

"이놈은 죽었고."

케이든이 이를 악물었다. 눈을 치켜뜬 채 보르칸은 숨이 끊어져 있다.

2시간이 지난 밤 12시 반 무렵. 사마로 마을 안쪽의 민가에 정재국과 아부핫산, 이칠성 등이 케이든을 중심에 앉혀놓고 둘러앉았다. 민가 밖은 수선스럽다. 밖에서는 자동차 엔진이 요란하게 울렸고 장교들의 외침도 울렸다. 아무르시의 시장에게 연락했기 때문에 먼저 기동대가 도착한 것이다. 정재국이 앞에 앉은 케이든을 보았다.

"네 효용 가치는 네가 알려줘야겠지."

케이든의 시선을 받은 정재국의 얼굴에 쓴웃음이 떠올랐다.

"널, 이라크군 정보국에 보낸다."

아직 정재국은 케이든의 이름도 모르고 알려고도 하지 않았다. 남아프리카 공화국의 체드랜크 상사 소속의 용병대 대장으로만 알고 있을 뿐이다. 그때 문도 없는 응접실 안으로 서둘러 아무르시장인 야콥이 보좌관들과 함께 들어섰다.

"각하, 여기 계셨습니까?"

경례를 올려붙인 야콥의 시선이 방 복판에 온몸이 묶여있는 케이든에게로 옮겨졌다. 이미 연락을 받은 터라 묻지는 않는다. 정재국이 눈으로 케이든을 가리켰다.

"바그다드에 연락했으니까 지금 보내도록."

"예, 각하."

보좌관들이 케이든을 번쩍 일으키더니 끌고 나갔다. 깊은 밤이었지만 작은 마을이 떠들썩해지고 있다. 수십 대의 차량, 장갑차까지 밀어닥치고 위쪽의 골짜기에서 번진 불길도 아직 가라앉지 않았다. 주민들은 두 시간 전 헛간을 공격했을 때부터 폭발음과 총성 때문에 잠을 자지 못했을 것이다. 그때 정재국이 앞에 앉은 야콥에게 물었다.

"주변 보좌관들 조사는 했나?"

"예, 조사 중입니다."

야콥의 얼굴이 굳어졌다. 정보담당 보좌관 우지스를 체포해서 케이든 일당의 정체를 알게 되었던 것이다. 정재국이 똑바로 야콥을 보았다.

"오늘 저놈을 바그다드로 압송한다는 정보도 네 보좌관 중 하나가 흘릴 가능성도 있지 않겠나?"

야콥이 숨만 들이켰고 주위에 둘러선 아부핫산, 사다트 등 장교들은 몸을 굳혔다. 밖에서는 소음이 계속되고 있었지만 흙집 응접실 안은 잠깐 무거운 정적이 덮였다.

"보좌관을 모두 교체하겠습니다."

이윽고 야콥이 말했을 때 정재국이 고개를 들었다.

"네 보좌관들 중 정보 보좌관과 그들이 고용한 정보원 신상 내역을 한 시간 내로 여기 있는 특공대대장에게 제출하도록."

정재국이 옆에 서 있는 아부핫산을 눈으로 가리켰다.

"두 시간 시간을 준다. 대령, 시간을 어기거나 빠트렸을 경우는 각오해라. 내가 직접 즉결 처분을 할 테니까."

작은 마을인 사마로가 정재국의 사령부가 되었다. 정재국의 지시를 받은 아부핫산이 본부에서 대기 중이던 직할대대를 불렀고 오전 8시쯤이 되었을 때 요란한 엔진 소리와 함께 헬기 편대가 마을 상공을 뒤덮었다. 헬기 12대가 선발대를 싣고 나타난 것이다. 아부핫산과 토르마 등 직할대 소속의 장교들은 물을 만난 고기처럼 분주했다.

정재국이 바그다드에서 부른 정보국 소속의 파이잘 대령과 수사관들이 마을에 도착했을 때는 오전 9시 무렵이다. 파이잘은 야콥한테서 받은 정보 장교와 그들이 운용하던 현지 정보원들의 명단을 받고 즉시 불러 모았다. 그리고는 두 그룹으로 나누어 조사를 시작했다. 정보 장교들은 시장에게 정보원들의 운용 내역을 보고하도록 되어 있었기 때문이다.

정재국은 야콥 휘하의 정보 장교, 정보원들의 간첩질을 조사시킨 것이다. 그리고 조사 두 시간 만에 목동 후르반한테서 받은 보고를 정보 장교 얄마니 중위가 묵살했다는 것을 밝혀내었다. 사색이 된 얄마니는 직속상관 칼릴리 소령이 자신의 보고를 여러 번 뭉갰다는 것을 고발했다.

"아무르시에서 야스마라 일족이 모두 빠져 나간 것으로 보입니다."

후르반의 보고를 분석한 파이쟐이 정재국에게 보고했다.

"현재 아무르시는 반군 지휘부는 다 빠져 나가고 시민들로 위장한 반군 사병급만 남아 있는 것 같습니다."

정재국이 고개를 끄덕였다.

"연락책, 말단 조장급은 남아 있을 거야."

잠을 자지 못한 정재국의 두 눈은 충혈되어 있다.

"그러다가 이 공백 기간이 길어지면 반군 사병들은 평범한 주민들로 돌아가겠지."

"그렇습니다, 각하. 하르만족을 다 처형할 수는 없으니까요."

40대 중반의 파이쟐이 주름진 눈으로 정재국을 보았다.

"지금까지 야스마라 일족의 소탕 작전이 4번 있었습니다만 아무르시를 지휘부가 다 떠난 것은 이번이 처음입니다."

"이 기회에 시장 주위에 번져 있는 이중 첩자, 정보원들을 제거해야 돼."

"그렇습니다, 각하."

고개를 든 파이쟐이 정재국을 보았다.

"칼릴리 소령은 근무 태만이 아니라 여러 번 정보를 묵살했습니다. 이 것은 야스마라를 도와준 것입니다."

"데려와. 내가 직접 총살하겠다."

256

"각하, 칼릴리는 대통령 각하의 고향 마을 출신입니다."

"칼릴리를 고문해서 연루자를 찾아내."

정재국이 똑바로 파이잘을 보았다.

"고문하면 연루자도 나올 것 같다."

"당장 고문하겠습니다."

어깨를 부풀린 파이잘이 말을 이었다.

"그 결과를 보고드리겠습니다."

하피르 알 아사드가 앞에 선 정보 국장 핫산을 쳐다본 채 입술만 씰룩였다. 그때 핫산이 다시 입을 열었다.

"케이든만 바그다드로 실려 갔다는 것입니다."

"……."

"그래서 케이든이 뭐라고 하건, 체드랜크 상사는 모르는 인물이라고 해야 한다는 것입니다."

"……."

"우리 정부도 체드랜크 상사를 머리에서 지우라는 뜻입니다, 각하."

"후세인이 증거를 잡겠군."

아사드가 이 사이로 말했다.

"그 병신 같은……."

어깨를 부풀렸던 아사드가 핫산을 노려보았다.

"후세인 놈이 득의양양하겠군."

순간 죽은 나르타의 얼굴이 떠올랐기 때문에 아사드는 어금니를 물었다. 나르타 아사드의 장례식은 동생, 소마 아사드의 장례식과 따로 열렸다. 그 두 개의 장례식에 아사드는 참석하지 않았는데 언론도 통제해서 기사도 나지 않았다. 하피르 알 아사드에게는 수치스러운 일이었기 때문이다.

"누구라고?"

후세인이 묻자 카심이 메모지를 보았다.

"예, 아무르시로 배속된 정보참모입니다. 소속은 7군단 2사단 3연대이고, 이름이 칼릴리이며 살라딘주의 알 아우라 마을 출신입니다."

그때 후세인이 빙그레 웃었다. 알 아우라 마을은 후세인의 고향인 것이다.

"이름이 뭐라고?"

"칼릴리입니다, 각하."

"그놈의 인적사항에 그렇게 기록되었단 말이지?"

"본인의 입으로 각하의 이웃집에 살았다고 했다는데요."

"아우라 마을에는 민가가 1백 채쯤 있었고 인구가 5백쯤 되었다는군."

카심이 입을 다물었고 후세인의 눈동자에 초점이 멀어졌다.

"난 어머니 뱃속에 있을 때 아버지를 잃었고 어머니가 곧 재혼을 해서 아우라 마을을 떠났어."

"……."

"기억이 안 나는 마을이야. 내가 태어났지만 말이지. 3살 때 어머니가 새 아버지의 마을로 옮겨 갔으니까."

눈동자의 초점을 잡은 후세인이 카심을 보았다.

"상황에 따라서 특명관한테 그놈을 즉결 처분하라고 해. 아우라 마을 출신 놈들한테 경고를 해줄 때가 되었어."

그때 집무실로 모하메드와 정보국장 쟈말렉이 들어섰다.

258

"각하, 그놈의 본명은 케이든이고 남아공의 체드랜크 상사의 용병 대장이라고 자백했습니다."

앞에 서자마자 쟈말렉이 보고했다.

"케이든이 직접 아사드를 만나 제1사단장을 제거하라는 주문을 받았습니다."

예상하고 있던 후세인이 고개만 끄덕였고 쟈말렉이 말을 이었다.

"가능한 한 이라크 국경부대에 치명상을 주고 하르만족 족장, 야스마라와 협조해서 작전을 하라는 주문입니다."

"그놈을 당분간 살려둬라."

"예, 각하."

쟈말렉이 기운차게 대답했을 때 후세인의 얼굴에 일그러진 웃음이 떠올랐다.

"체드랜크, 그 더러운 러시아 놈이 이제는 아사드의 똥을 처먹는군."

곧 고개를 숙인 카심이 먼저 방을 나갔다. 아우라 마을 출신인 칼릴리를 처리해야 되는 것이다.

"아버지, 알고 계시지요?"

타이나가 묻자 마카피가 '무슨 말이냐'는 듯이 시선만 주었다. 오후 3시 반, 마카피는 막 밖으로 나가다가 마당에 멈춰 서 있다. 그때 타이나가 다가가 섰다. 얼굴에 웃음이 떠올라 있다.

"여기서 머물다 간 군인들 말이에요."

"그런데 왜?"

"그 사람들이 카스마 일족을 몰살하고 갔지 않아요?"

"그래서?"

"지금 방의 TV에 대장이 나와요."

"……"

"어느새 카스마 일족을 죽이고 위쪽 아무르시 근처에 가 있네요."

"……"

"제1기동사단장 데니스 정이라고 TV에 얼굴이 딱 나오고 있어요."

타이나의 얼굴에 웃음이 떠올라 있다. 실제로 그렇다. 지금 방송에 나온다. 현장 사진은 아니고 제1기동사단이 반군 소탕을 하고 있다는 내용으로 사단장의 사진만 비치고 있는 것이다. 그 사진 주인공이 어젯밤 헛간에서 함께 지낸 대장이었으니 타이나의 입이 근질거릴 만했다. 더구나 생리대 사이에 숨겨둔 5천 불까지 있다, 이것은 죽어도 말 안 하겠지만.

고개를 든 칼릴리가 파이잘을 보았다. 눈동자는 흐렸고 반쯤 벌린 입 끝에서 침이 흘러내리는 중이다. 의자에 묶인 두 손 중 한쪽 손의 손가락 세 개가 중간 부근에서 잘려 있다. 흰 뼈가 드러났고 지금도 피가 흘러내리고 있다. 오후 4시, 민가의 응접실 안. 둘러선 장교들은 시선만 주고 있어서 조용하다. 그때 칼릴리가 말했다.

"하리마가 제3기지로 피신했습니다."

모두 와락 긴장했고 칼릴리의 말이 이어졌다.

"살려주신다면 제3기지의 위치를 말씀드리지요."

"그거야."

파이잘의 얼굴에 웃음이 떠올랐다.

"네 2명의 처와 자식 5명의 목숨이 걸린 일이야. 네 손가락 정도는 문제가 아니라고."

지금 파이잘은 칼릴리의 처자식을 인질로 잡아놓았다. 그러고는 하나씩 처형한다고 경고한 지 5분 만이다.

"약속을 해주십시오."

헐떡이면서 칼릴리가 말했을 때 파이쟐이 고개를 저었다. 여전히 웃음 띤 얼굴이다.

"키는 내가 쥐었다. 아우라 마을 출신의 소령, 5분만 더 지나면 네 첫 번째 처, 모나를 총살한다."

파이쟐의 눈짓을 받은 장교가 무전기를 귀에 붙였다. 지금 바그다드의 정보국과 통화 중이다. 저쪽에서 지시를 기다리고 있는 것이다.

"4분 남았어, 아우라 마을 출신."

파이쟐이 자꾸 아우라 마을을 찾는 것은 칼릴리가 그것을 노상 입에 붙이고 다녔기 때문이다. '후세인 대통령과 같은 마을 출신', 이것은 지금까지 칼릴리에게 '면허증' 같은 역할을 했다. 모든 일에서 우선권과 안정을 보장받는 면허증. 그런데 그것이 지금 무자비하게 짓밟히고 있다. 그때 칼릴리가 눈동자의 초점을 잡았다.

"약속만 해주시면 위치를……"

"3분."

눈을 치켜뜬 파이쟐이 무전기를 귀에 붙인 장교에게 지시했다.

"첫째 부인하고 그년의 자식 둘하고 셋을 총살 준비를 시켜라. 한꺼번에 말야."

장교가 바로 무전기에 대고 복창했다.

"첫째 부인, 그리고 그 두 자식까지 총살 준비를 하도록! 셋을 한꺼번에 총살한다."

파이쟐이 눈을 치켜뜨고 소리쳤다.

"2분!"

그때 칼릴리가 말했다.

"이곳에서 20킬로 쯤 떨어진 하치크산 중턱에 겨울용 사료 창고가 있습니다."

칼릴리가 숨을 헐떡였다.

"사료 창고 뒤쪽에 동굴이 있고 그곳에 50명쯤 주둔할 수 있는 진지를 만들어 놓았습니다."

그때 파이쟐이 자리에서 일어섰다.

야스마라가 둘러앉은 참모들에게 말했다. 오후 4시 반, 동굴 안에서 참모와 간부들의 긴급회의가 열리고 있다.

"그렇다면 야콥 휘하의 모든 정보원이 소집되었단 말이지?"

"정보 장교까지 포함되었습니다."

고문관이며 친구인 세루크가 대답했다.

"1사단장의 지시로 바그다드에서 정보국 간부가 날아온 것입니다. 그러고는 야콥 휘하의 모든 정보 관계자를 소집한 것입니다."

"……."

"이런 경우는 처음이지요."

그리고 있을 수가 없는 일이다. 정보원들은 서로의 얼굴도 몰라야 하는 것이 원칙인데 정보원들을 모두 한 곳에 모았다. 야스마라가 눈썹을 찌푸렸다.

"야콥 휘하의 모든 정보망을 없애 버리겠다는 수작인가?"

"아닙니다."

그때 말석에 앉은 정보 담당자가 말했다.

"정보원 사이에 끼어 있는 내통자를 찾아내려는 것입니다."

262

숨을 들이켠 야스마라에게 담당자가 말을 이었다.

"CIA가 자주 써먹는 방법이지요. 몇 년 전 콜롬비아에서 마약 조직을 소탕할 때 정부 측 정보 담당자와 정보원을 모두 모았습니다."

"……."

"따로 심문해서 정보 담당자 중 내통자를 찾아내었고 곧 마약 조직을 일망타진했지요."

그때 세루크가 쓴웃음을 짓고 야스마라에게 말했다.

"족장, 얄샤니는 카이로에서 CIA 정보원 노릇을 했습니다."

정보 담당자를 말하는 것이다. 고개를 끄덕인 야스마라가 40대쯤의 얄샤니에게 물었다.

"야콥 시장 휘하의 정보 장교 중 우리하고 거래를 해온 놈이 얼마나 되지?"

"10여 명인데 아마 절반은 우리하고 내통했거나 협조적이었을 것입니다."

얄샤니가 바로 대답했다.

"암살 위협을 하면 눈감아주고 그럭저럭 넘어간 놈들이지요."

"이번에 다 적발되겠구나."

"그럴 가능성이 많습니다."

"우리 진지나 은신처가 발각될 가능성이 많을 것 아니냐?"

"이곳 본부는 문제가 없을 것 같습니다. 하지만 아무르시 외곽의 기지는 노출된 곳이 많습니다."

야스마라가 고개를 끄덕였다.

"하리마한테 연락해서 밤에 이곳으로 옮기라고 해."

세루크에게 지시한 것이다. 낮에 이동하면 눈에 띌 것이니 당연한 일이다.

아무르시장 겸 2사단 3연대장 야콥 대령은 지금까지 무난한 군 생활을 했다. 모나는 행동을 하지 않았고 아무르시 주민을 선정으로 다스렸다. 아무르시는 하르만족의 집결지이며 공공연하게 이라크 정부에 반기를 든 반란군의 본거지다. 야콥의 선정이 겉으로는 무난한 것 같았지만 그 사이에 적당한 습도에 급 번식을 하는 세균처럼 반군 숫자가 2배로 늘어났다. 야콥이 시장으로 재임한 1년 반 만에 그렇게 된 것이다. 그것을 야콥이 알면서도 상부에 보고하지 않은 것은 겉이 평온했기 때문이다. 후세인은 시리아 대통령, 아사드가 하르만족 반군을 지원하는 것을 안다. 그래서 뿌리를 뽑으려고 이번 작전을 시작한 것이다. 야콥이 정재국에게 불려 왔을 때는 오후 5시 경, 사령부로 사용하는 민가의 응접실 안. 정재국 주위에는 참모들이 늘어서 있다. 야콥의 인사를 받은 정재국이 말했다.

"대령, 네 주위의 정보 장교 중 절반가량이 야스마라와 내통했거나 묵인, 방조 혐의가 있다."

야콥은 얼굴을 굳힌 채 듣기만 했고 정재국이 말을 이었다.

"정보 장교 중 여러 명이 네가 야스마라에 관한 정보를 묵살했다고 증언했다."

"각하, 오해이십니다."

야콥은 예상한 것 같다. 차분한 표정으로 정재국을 보았다.

"중요하지 않은 것은 검토를 했고 중요한 것만 사단 사령부, 군단에 보고를 했습니다."

"너도 정보국의 심문을 받아야겠다."

264

정재국의 얼굴에 웃음이 떠올랐다.

"넌 군인이 아니라 정치가에 어울리는 인물이다."

그러고는 정재국이 눈짓을 하자 파이잘이 다가가 야콥의 어깨를 쥐었다. 야콥은 마침내 어깨를 늘어뜨렸다.

헬기의 엔진 음을 들었을 때 하리마는 동굴 밖의 화장실에 앉아 있던 참이었다. 물론 재래식으로 바위틈에 만들어놓은 외진 곳이다. 놀란 하리마가 밑도 못 닦고 뛰어 나왔을 때 이쪽으로 달려오는 경호병이 보였다. 그 뒤로 보좌관, 고문이 따르고 있다. 하리마를 찾아 나선 것이다. 헬기의 소음은 더 요란해졌다. 한두 대가 아니다. 그리고 곧장 이쪽으로 다가온다. 오후 5시 15분.

"발각되었습니다!"

뒤쪽에서 고문 파질이 소리쳤다. 헬기 폭음이 더 가까워졌다.

"도망쳐야 돼……."

그 순간이다. '쉭' 소리와 동시에 폭발이 일어나면서 바위 조각에 싸인 파질의 몸이 허공으로 치솟았는데 몸통이 조각조각 흩어져 있다.

"꽈, 꽝!"

엄청난 폭발음이 울렸다. 그러고 나서야 헬기가 보였다. 두 대, 세 대……. 그때 다시 폭발이 일어나면서 바위 조각이 하리마의 머리를 쳤다.

제3기지를 급습한 것은 특공대대장 아부핫사이 인솔한 1개 중대 병력이다. 무장헬기인 건십 3대와 병력 120명을 태운 헬기 9대가 제3기지를 습격한 것이다. 먼저 건십에서 발사한 공대지 미사일 10여 발로 초토화된 제3기지는 이미 병력의 80퍼센트가 몰살당했고 나머지 병력은 헬기에서 내린 특공대원에게 참빗으로 이 잡듯이 소탕되었다. 하리마는 중상을 입은 채로 생포되었는데 곧장 헬기에 실려 후송되었다. 제3기지에 있던 반군 54명은 하리마를 제외하고 모두 폭사, 사살되었다. 5명이 부상을 입은 채로 생포되었고 3명은 멀쩡한 몸으로 항복했지만 아부핫산이 현장에서 모두 처형했다. 그래서 살아남은 자는 하리마뿐이었다. 물론 아부핫산의 특공대는 단 한 명의 부상자도 없었다.

보고를 받은 후세인이 고개를 끄덕이며 말했다.

"이번 작전이 끝나가는 것 같다."

후세인의 두 눈이 번들거리고 있다. 목 밑에 난 혹처럼 떼지도 못하고 침을 삼킬 때마다 걸리던 존재가 바로 하르만족이었다. 그런데 이번에 특명관이 목 뒤의 종기였던 투리크족 반군 지휘관이며 족장 카스마까지 제거해주었다. 그때 카심이 말했다.

"각하, 하리마부터 잡았으니 야스마라가 어떻게 나올지 궁금합니다. 후계자를 희생하고 결사 항쟁할 가능성도 있습니다."

"또 다른 방법은?"

후세인이 묻자 둘러앉은 지휘관들은 잠깐 침묵했다. 카심과 모하메드, 그리고 정보국장 쟈말렉까지 셋이다. 그때 먼저 쟈말렉이 말했다.

"항복할 가능성도 있습니다. 앞으로 반군 활동을 중지하고 이라크에 복종하겠다는 각서까지 쓰고 하리마까지 돌려받으려고 하겠지요."

가능성이 있는 일이다. 쟈말렉은 말을 이었다.

"야스마라 일가는 하르만족을 대를 이어서 지배해온 왕가나 같습니다. 야스마라 대(代)가 끊기면 하르만족이 사분오열되어서 관리하기가 더 어려울지도 모릅니다, 각하."

"그래서 협상하려는 것이지."

후세인이 고개를 끄덕이더니 카심에게 말했다.

"이제 작전이 마무리 단계이니 정 소장을 불러라. 정 소장의 의견도 듣겠다."

"예, 각하."

카심이 몸을 일으켰다. 정재국이 한 달 만에 바그다드로 오는 셈이다. 집무실의 분위기는 오늘도 밝다.

그 시간에 야스마라도 간부 회의를 주재하고 있었는데 이쪽 분위기는 침통했다. 고문, 세루크가 야스마라에게 건의하고 있다.

"족장, 후세인이 우리 부족을 다 몰사시키지는 못합니다. 그러니 족장께선 한동안 시리아로 피신하셨다가 돌아오시는 것이 가장 낫습니다."

그러고는 덧붙였다.

"간부급만 족장을 따라가고 나머지는 부족으로 돌아가는 것입니다. 우리 부족원은 씨가 마를 때까지 바히르 가문의 부족입니다."

바히르 가문이란 야스마라 집안의 이름이다. 그때 연대장 하잔이 말했다.

"시리아로 들어가면 다시 돌아오기가 힘듭니다. 부족으로부터 떨어지면 아무리 왕가의 가문이라고 해도 부족들한테서 잊히고 그 사이에 이라크 측이 내분을 쉽게 일으킬 것입니다."

하잔은 연대장급 간부로 야스마라의 오른팔이다. 하잔이 똑바로 야스마라를 보았다.

"족장, 후세인과 평화조약을 맺고 분쟁을 일으키지 않겠다고 약속하면 하리마를 풀어주고 우리를 구역에서 살게 해줄 것입니다. 협상하시지요."

"항복하자는 말이군."

경호대장 무바락이 말을 받는다.

"하르만족 독립은 포기하고 말이지?"

"아사드의 힘을 빌려 하르만족 독립을 이룬다는 건 애초부터 불가능한 일이었어."

하잔이 쏘아붙이자 무바락이 으르렁거리듯 말했다.

"배신자."

"난 하르만족 장래를 위해서 말하는 거야. 너처럼 생각이 좁지는 않아."

하잔이 눈을 부릅떴을 때 야스마라가 손을 들어 싸움을 말렸다.

"그만해라."

어깨를 치켰다가 내린 야스마라가 결정을 했다.

"사마로 마을의 정재국에게 하잔, 네가 가라."

"예, 족장."

하잔의 시선을 받은 야스마라가 외면한 채 말했다.

"평화협정을 맺겠다고 해라."

"반군의 완전 해체를 요구할 것입니다."

"그 대신 아무르시의 공동 관리, 보상금을 받아야 해체 명분이 선다고 전해."

"알겠습니다."

"협상이 한 달은 걸릴 테니 시간을 벌 수 있을 거야."

3년 전에도 한 번 써먹은 방법이다. 협상을 하다가 유야무야되는 바람에 야스마라는 기가 살아났고 후세인은 쿠웨이트 퇴각 무렵이어서 마무리를 할 겨를이 없었던 것이다. 야스마라가 고개를 돌려 무바락을 보았다.

"무바락, 동양 속담에 강하게 나가면 쉽게 부러진다고 했다. 부드러운 나무가 쉽게 부러지지 않는 법이다."

무바락이 고개를 끄덕였지만 입을 열지는 않았다.

"잘 왔다."

정재국을 끌어안고 볼에 세 번 입을 맞춘 후세인이 몸을 떼자마자 말했다. 그때 정재국이 낮게 말했다.

"리."

"광."

낮게 대답하면서 후세인이 이를 드러내고 웃었다. 뒤쪽에서 기다리던 카심, 모하메드, 쟈말렉하고도 인사를 마친 정재국이 앞자리에 앉았다. 오후 9시, 이곳은 바그다드의 지하 대통령 집무실 안. 고위층에게는 '지하 대통령궁'이라고 불리는 곳이다. 그때 후세인이 먼저 입을 열었다.

"이제 아들놈까지 우리 손에 있으니 야스마라는 산송장이나 같다."

후세인이 우물같이 깊은 눈동자로 정재국을 보았다.

"네 옆쪽의 정보국장은 곧 야스마라가 평화 협상 제의를 해올 것이라고 한다. 네 생각은 어떠냐?"

"그건 모르겠습니다만 야스마라는 서둘러야 할 것입니다."

"서두르다니?"

"곧 야스마라의 지휘부와 기지가 다 드러날 것이기 때문입니다."

"정말이냐?"

후세인의 눈빛이 강해졌다. 하리마의 은신처를 찾아내어 일망타진한 것이 바로 몇 시간 전이다. 이번에 야콥 휘하의 정보 장교와 정보원들을 하나도 빼놓지 않고 소집시켜 제각기 심문을 하고 앞뒤 추적을 했더니 지금도 정보가 무더기로 쏟아지고 있다. 심지어 지레 겁을 먹은 행정실 장교들도 수상했던 동료를 고발하는가 하면 정보를 누설했다고 자수를 한 장교도 있다. 정재국이 상황을 자세히 말했더니 후세인이 소리 내어 웃었다.

"네 말을 들어보니 우리가 오히려 서둘 필요가 없구나."

"예, 각하."

"야스마라가 공격해올 가능성은?"

"후계자까지 잡혔으니 당황한 상황일 것입니다. 그래서 사기를 올리려고 일시 공격을 할 가능성은 있습니다."

"그렇지. 나라도 그렇게 할 테니까. 그러고 나서 휴전 협상 제의를 하겠지."

이란, 이라크 전쟁 때 양측이 자주 써먹던 방법이다. 후세인이 말을 이었다.

"야스마라 이후도 고려해야 돼."

"……."

"야스마라의 바히르 가문이 싹 없어졌을 때 하르만 부족을 어떻게 이끌고 가느냐는 것을 말이다."

정재국이 고개만 끄덕였다. 그러나 그 일은 정재국의 소관이 아니다. 그때 후세인이 말을 이었다.

"네 말을 듣고 결정했다."

후세인이 정재국과 둘러앉은 측근들을 차례로 보았다.

"정 소장이 야스마라의 근거지를 찾아낸다면 바로 공격하도록. 야스마라가 제거된 후의 하르만족 관리는 그다음 문제다."

후세인의 시선이 카심에게 옮겨졌다.

"그러나 그전에 야스마라가 '항복 협상'을 제의해 온다면 협상에 응한다. 다만 그 조건은 우리가 정한다."

그렇게 결정이 났다. 다만 후세인은 '항복 협상'이라고 했다. 야스마라가 '평화 협상' 운운한 것을 들었다면 웃었겠지.

그날 밤, 정재국은 지하 대통령궁의 대통령 식당에서 후세인과 함께 밤참을 먹었다. 식탁에 둘러앉은 인원은 다섯, 후세인과 카심, 모하메드, 쟈말렉이 그대로 남아 밤참을 먹는 것이다. 말이 밤참이지 밤 10시 반이다. 그런데 후세인한테는 이것이 저녁식사인 것 같다. 카심 등은 정상적인 저녁밥을 먹었는지 모르지만 시치미를 딱 떼고 먹는다. 후세인이 양고기를 손으로 뜯어 입에 넣고 씹더니 정재국을 보았다.

"내가 여기 있는 사람들하고 상의를 했는데 모두 네가 시리아 쪽 국경을 맡는 7군단장 겸 국경경비사령관을 맡았으면 좋겠다고 하는구나."

"각하, 저는……."

놀란 정재국이 후세인을 보았다. 이번 작전을 끝으로 돌아갈 생각이었던 것이다. 물론 정재국의 생각이다. 그때 후세인의 얼굴에 웃음이 떠올랐다.

"내가 이 회장한테 양해를 구하겠다. 물론 이 회장은 네가 내 옆에 머무는 것을 찬성하겠지."

당연한 말이다. 그리고 정재국도 싫은 것이 아니다. 군단장 겸 사령관이라니, 벅찬 직책인 것이 부담이었기 때문이다. 둘러앉은 셋은 모두 웃음 띤 얼굴이고 후세인의 말이 이어졌다.

"아직 야스마라의 문제가 종결되지 않았지만 그놈이 어떻게 나오든 간에 너는 사령관이 된다. 그리고."

후세인의 시선을 받은 카심이 말했다.

"그리고 소장, 군단장이 되면 자네가 이번 작전을 수행한 장병들의 진급을 추천하게. 논공행상을 하라는 거야."

"예, 각하."

"그리고 아무르시로 군단본부를 이동시키고 시장은 군단장이 겸임하도록 각하께서 결정하셨어."

"잘 알겠습니다."

정재국이 고개를 끄덕였다. 야콥은 시장에서 물러나는 것이 낫다고 생각했던 정재국이다. 바그다드에서도 그렇게 판단한 것이다. 그때 물 잔을 든 후세인이 지긋이 정재국을 보았다.

"소장, 너는 나하고 인생을 같이 가는 거야. 내 말을 명심해라."

그 말뜻을 알았기 때문에 정재국은 고개만 숙였다.

다음 날, 정재국이 바그다드에서 헬기로 날아왔을 때는 오전 9시가 되어갈 무렵이다. 사단 본부가 자리 잡은 사마로 마을에는 참모장 벤슨과 연대장들까지 와 있었기 때문에 혼잡했고 생기가 넘쳐나 있다. 2개 연대는 이제 아무르시를 중심으로 120개 기지를 갖춰가는 중이다. 그때 보좌관 사다트 소령이 서둘러 정재국에게 다가왔다. 정재국이 연대장들의 보고를 받는 중이다.

"각하, 야스마라 측에서 연락이 왔습니다."

순간 상황실 안이 조용해졌다. 정재국이 무의식중에 손목시계를 보았고 다가선 사다트가 들뜬 표정으로 말했다.

"야스마라의 고문, 세루크입니다. 야스마라가 평화 회담을 제의한다고 했습니다."

순간 상황실 안이 떠들썩해졌다가 금방 가라앉았다. 모두의 시선이 정재국에게 옮겨졌다. 그때 정재국이 물었다.

"평화 회담이라고 했나?"

"예, 각하."

"누구한테 연락이 왔나?"

"무전으로 보좌관인 저한테 직접 연락이 왔습니다. 본인을 야스마라의 고문, 세루크라고 신분을 밝혔습니다."

사다트의 목소리가 상황실에 울리고 있다. 그때 고개를 끄덕인 정재국이 말했다.

"항복 회담이겠지."

"그렇습니다, 각하."

"내가 총사령부와 대통령 각하에게 보고를 해서 받아들이신다면 회담을 하겠다고 전해."

"예, 한 시간 후에 다시 무전 연락을 한다고 했습니다."

"그리고 회담 상대는 우리가 아니다. 회담은 총사령부가 맡는다."

이제는 정재국의 목소리가 울렸다. 어젯밤, 후세인이 말한 대로 진행되는 것이다. 이제는 전쟁이 끝났다. 정재국이 의자에 등을 붙였다. 자신이 7군단장 겸 국경경비사령관, 그리고 아무르 시장까지 겸임하게 된다는 것을 아직 말할 필요는 없다.

오후 3시, 바그다드에서 총참모부 소속의 소장이 협상 대표로 날아왔다. 정재국은 이미 국경경비사령관 및 7군단장으로 승진 발령이 난 상태다. 정재국보다 계급과 격이 낮지만 총참모부의 입장을 잘 아는 협상 대표를 보낸 것이다. 그것이 정재국의 격을 높이면서 야스마라를 격하시키는 전략일 것세다. 협상 대표 슈브라 소장에게 사마로 마을의 사령부를 빌려준 정재국은 참모들과 함께 아무르시로 옮겨갔다. 시장 야콥은 오전에 총참모부로부터 인사 발령을 받고 대기하고 있었다.

"대령, 그동안 수고했어."

정재국이 말하자 부동자세로 선 야콥이 대답했다.

"감사합니다, 각하."

"뭐가 감사하단 말인가?"

다가선 정재국이 묻자 야콥의 얼굴이 상기되었다.

"국방장관 각하께서 조금 전 전화를 해주셨습니다. 제가 문책당할 것을 군단장 각하께서 무마시켜 원대 복귀하도록 만들어 주셨다고 하셨습니다."

"어쨌든 너는 내 휘하 군단의 연대장이야. 내가 보호해줘야겠지."

주위에 벌려 선 수십 명의 참모, 연대장들은 숨을 죽였고 정재국의 말이 이어졌다.

"어쩔 수 없는 경우도 있는 법이야. 너는 네 능력껏 최선을 다했다고 생각한다."

"감사합니다, 군단장님."

고개를 끄덕인 정재국이 주위에 둘러선 장교들에게 말했다.

"아무르시는 이제 군단장이 직접 관리하는 도시가 되었다. 시민들도 북부 중심 도시가 된 것에 자긍심을 가져야 될 것이다."

이것이 후세인이 내놓은 전략적인 조치다. 정재국으로서는 생각해내지 못하는 조치인 것이다.

다음 날 오전, 사마로 마을에서는 제1기동사단 병력의 엄중한 경비 속에 슈브라 소장과 야스마라가 직접 회담을 했다. 야스마라는 대리인을 보내겠다고 했다가 슈브라가 그렇다면 협상을 취소하겠다고 통고하자 안전보장에 대한 약속을 요구했다. 그래서 슈브라가 문서로 약속을 했더니 간부들을 데리고 나타난 것이다. 협상이 시작된 것은 오후 4시경이다.

그 시간에 아무르시 청사에서는 7군단장 겸 국경경비군단 사령관으로 승진한 정재국 중장이 이번 작전에 참가한 장병들에 대한 논공행상을 했다. 정재국은 4개 사단을 지휘하는 군단장이 된 것이다. 논공행상에서 제1기동사단 직할 특공대대장 아부핫산은 대령으로, 사다트 등 소령급 보좌관들은 중령으로, 토르마 등 대위들은 소령으로 진급했으며, 이번 작전에 참가했던 전원이 1계급 특진했다. 다만 이칠성, 박상철은 군단장 보좌관으로 임명되었지만 대령으로 남았다.

"우리가 여기서 말뚝 박을 건 아니지 않습니까?"
군단장실에 셋이 남았을 때 이칠성이 웃음 띤 얼굴로 정재국에게 말했다.
"이 계급장도, 이 작전도 스쳐지나가는 일이라는 생각이 들어서요."
'나도 그렇다'라는 소리가 하마터면 입 밖으로 나올 뻔했기 때문에 정재국이 숨을 크게 들이켜고 나서 뱉었다. 그때 박상철이 말했다.
"난 후세인 대통령이 대장을 좋아한다는 생각이 들어요."
"그거야 당연하지."
이칠성이 맞장구를 쳤다.
"작전마다 성공했으니 당연한 일 아니냐?"
그 순간 정재국은 후세인의 심증을 읽을 수 있을 것 같았다. 후세인은 자신을 가까운 곳에 두려는 것이다. 그것은 미래에 대한 대비책이다. 후세인의 대역에 대해서 알고 있는 사람은 극소수다. 그리고 후세인이 언젠가는 대역에게 모든 것을 맡기고는 리스타랜드로 떠날 것이라는 사실을 아는 사람은 더 극소수다. 아마 카심이나 모하메드, 그리고 '그림자 장군'도 모르고 있을 지도 모른다. 오직 리스타 회장과 그 측근만 알고 있겠지. 그 중의 하나가 바로 자신 아닌가? 언젠가 리스타랜드로 떠날 때 후세인의 옆에는 바로 자신, 정재국이 따르고 있을 것이다. 이제야 정재국은 그것을 깨달았다.

"갓댐."

후버가 커다랗게 소리치고는 파이프를 집어 들었다. 이곳은 랭글리의 CIA 본부 부장실 안. 앞에는 부장보 윌슨과 중동 지역 보좌관 아놀드가 앉아 있다. 방금 후버는 아놀드한테서 이라크 국경 사태에 대한 보고를 들은 것이다. 30분 정도의 보고를 하는 동안 데니스 정이란 이름이 20번은 불렸다. 후세인은 3번, 아사드가 나르타까지 포함해서 5번, 야스마라가 3번, 카스마가 3번이었으니 데니스 정이 주인공이다. 데니스 정이 곧 정재국인 것이다. 후버가 빈 파이프를 쥐고 아놀드를 보았다. 아놀드 이스트우드는 50세, 카이로 대학을 나와 CIA에 입사한 후에 23년째 중동 지역만 맡았다. 아놀드의 아버지가 카이로 대사관에서 근무했기 때문에 그곳에서 어린 시절을 보내고 대학까지 나온 것이다.

"이봐, 아놀드, 이 기회에 그 특명관 놈을 시켜서 아사드까지 암살시켜버리는 것이 어떻겠냐?"

"그것은 불가능한 일이 아닙니다."

"굉장히 긍정적인 대답이군."

"아사드가 권력 유지 수단으로 외국과의 갈등을 유발시키는 정도가 심해졌습니다."

"영리한 놈이지."

"레바논, 요르단, 이라크는 물론이고 아프가니스탄, 터키하고도 분쟁을 일으켜서 내부 불만을 다른 곳으로 돌립니다."

"그놈 덕분에 군수산업연합체가 먹고 산다는 거 알지?"

불쑥 후버가 물었기 때문에 아놀드가 어깨를 늘어뜨렸다. 결국 '군산연'으로 이야기가 종결되는 것이다. 군산연까지 들어가면 국제 정치적으로 접근해야 된다. 미국 대통령도 결정할 수가 없다. 후버가 파이프에 담배를 눌러 담기 시작했기 때문에 그것을 본 윌슨이 긴장했다. 뭔가 결정을 내릴 때 후버가 저러는 것이다. 그 버릇을 알 리가 없는 아놀드는 눈만 껌벅였고 후버가 담배를 담으면서 입을 열었다.

"그런데 그 군산연도 꼼짝 못 하게 하는 상대가 있어. 그게 누군지 아나?"

후버의 시선을 받은 아놀드가 이맛살을 모았다. 그러나 대답은 해야 한다.

"의회겠지요. 미국 의회 말입니다."

담배가 단단히 담긴 것을 확인한 후버가 이제는 윌슨을 보았다. 아놀드의 대답에 대한 반응은 없다.

"부장보, 네 의견은?"

"여론 아닙니까?"

윌슨이 외면한 채 대답했을 때 후버가 파이프를 입에 물고 성냥을 그었다.

붕어처럼 뻐끔대면서 불씨를 살리자 후버의 입에서 이윽고 연기가 뿜어져 나오기 시작했다. 담배 연기가 아니라 입 안에서 불이 나오려는 것 같다. 그러다가 후버는 입에서 파이프를 떼더니 윌슨과 아놀드를 보았다. 둘은 그동안 후버의 입만 쳐다보고 있었다. 그때 후버가 불쑥 말했다.

"리스타다."

방 안에 잠깐 정적이 덮였는데 윌슨과 아놀드의 분위기가 달랐다. 윌슨은 잠자코 시선만 주는 반면에 아놀드는 당황한 것 같다. 눈동자가 흔들렸고 얼굴색까지 변해 있다. 후버가 말을 이었다.

"리스타하고 군산연이 한바탕 전쟁을 치른 후에 지금은 휴전 상태야. 알고 있지?"

"예, 압니다."

대답은 아놀드가 했다. 모르는 사람이 있겠는가? 특히 CIA는 군산연과 리스타의 전쟁을 교묘히 이용했던 것이다. 거대해진 군산연의 제동을 걸 정치인이나 기관은 없다. 거의 모든 기관이나 정보기관까지 군산연에 매수당한 동조자, 정보원들이 들끓었기 때문이다. 정치인은 더욱 그렇다. 대통령까지 군산연의 눈치를 보는 실정이 아니었던가? 그 군산연의 대항마는 리스타였다. 리스타의 엄청난 자금력과 조직력, 그리고 리스타연합의 정보력은 군산연보다 나으면 나았지 뒤지지 않는 것이다. 고개를 든 후버가 둘을 번갈아 보았다.

"리스타 소속이나 다름없는 데니스 정이 시리아 쪽 국경을 맡는 군단장이 된 거야. 이건 무엇을 의미하는가?"

아놀드는 눈만 껌벅였고 윌슨이 바로 대답했다.

"우리가 확실한 카드를 쥐게 되었다는 것을 의미합니다, 부장님."

"그렇지."

후버가 구름 같은 파이프 연기를 뿜어내고 나서 말을 이었다.

"아사드 그 망할 놈이 더 이상 장난을 치지 못한다는 것도 의미한다, 수틀리면 제 사촌 동생 나르타 아사드처럼 골로 갈 수도 있을 테니까."

"잘되었습니다. 시리아 동쪽 지역은 당분간 조용해지겠습니다."

"그런데 걸리는 게 있다."

파이프를 입에서 뗀 후버가 윌슨을 보았다. 부드러운 시선이다. 아놀드는 아예 쳐다보지도 않는다.

"윌슨, 내가 앞으로 2년만 더 부장 자리에 앉아 있을 테다. 클린턴이 재선되건 안 되건 말야."

"부장님은 앞으로 10년은 더 계셔야 됩니다."

"그럼 내가 CIA에 50년 있는 셈이야, 이 멍청아."

"그게 어떻습니까?"

"난 그때까지도 문제가 없지만 네가 그동안에 치매가 걸릴 거란 말이다."

아놀드가 외면했고 윌슨은 입을 다물었다. 정색한 후버가 말을 이었다.

"윌슨, 이제부터 문제는 아프가니스탄이야. 저 빌어먹을 사고뭉치 아사드 문제는 이제 후세인이 내놓은 절묘한 수에 의해서 안정되었어."

그 수란 바로 리스타의 용병 데니스 정, 정재국이다. 후버가 말을 이었다.

"아프가니스탄의 라바니가 위험하다. 내가 떠나기 전에 아프가니스탄을, 그리고 군산연을 눌러주고 가야 마음을 놓겠다."

이것이 후버의 욕심이었다. 욕심을 들은 윌슨은 한숨을 쉬었고 아놀드는 숨을 죽였다. 윌슨과 급수가 달랐기 때문에 반응이 다르다.

오늘은 정재국이 군단장 취임 인사차 바그다드에 왔다. 보좌관 이칠성과 박상철도 동행했는데 이제는 둘이 더 이라크군(軍)에 어울렸다. 둘 다 콧수염을 기른 데다 선글라스를 끼었고 허리에는 권총을 찼다. 영락없는 이라크군 장교다. 둘을 호텔에 남겨둔 정재국이 대통령궁에서 후세인을 만났을 때는 오후 3시 반이다. 인사를 할 때 이번에도 정재국은 어김없이 암호를 부르고 확인을 했다. 대통령 집무실로 들어오는 군단장은 정재국이 유일할 것이다. 집무실 안에는 카심과 모하메드가 와 있었기 때문에 넷이 둘러앉았다. 정재국을 만날 때는 대개 둘을 동석시킨다. 물론 벽에 붙어 선 그림자 장군은 여전하다. 후세인이 웃음 띤 얼굴로 정재국을 보았다.

"정, 너는 텐트의 귀퉁이 기둥 같은 역할이야. 아느냐?"

"예, 각하. 이해합니다."

정재국이 후세인의 시선을 맞받았다.

"서쪽 국경의 기둥이 되겠습니다, 각하."

"아사드의 장난질이 더 이상 통하지 않을 거다."

이제는 정색한 후세인이 말을 이었다.

"야스마라의 바히르 가문은 겨우 살아남았지만 얼마가지 않을 거다."

그렇다. 야스마라는 항복 협상에서 반군을 해체하고 무기를 반납했다. 그리고 야스마라는 아무르시의 주거지에 가족과 함께 연금되었다. 반군의 지도부도 심사를 거쳐 구속, 연금 상태로 분류되었기 때문에 완전히 소멸된 것이나 같다. 고개를 든 후세인이 정재국을 보았다.

"정, 넌 지금 아무르시의 군단장 숙소에서 살고 있나?"

"예, 각하."

"너, 혼자 말이지?"

"예. 당번병과 경호병이, 그리고 하인이……."

그때 옆에 앉은 카심과 모하메드가 빙글빙글 웃었기 때문에 정재국이 긴장했다. 그때 후세인이 입맛을 다셨다.

"정, 나는 네가 안정되기를 바란다."

"감사합니다, 각하."

"그래서 말인데."

다시 입맛을 다셨던 후세인이 카심을 보았다.

"카심, 네가 말해라."

"예, 각하."

어깨를 편 카심이 정재국에게 몸을 돌렸다.

"정, 내가 바그다드에 저택을 하나 구비해놓았어. 2층 대저택이야. 방이 14개나 있고 실내 풀장도 있네. 그리고……."

"그만."

후세인이 이맛살을 찌푸리며 말렸다.

"본론을 꺼내. 쓸데없는 말 그만하고."

"예, 각하."

심호흡을 한 카심이 정재국을 보았다.

"정, 결혼을 해서 가정생활을 하게."

순간 정재국이 숨을 멈췄다. 그때 카심이 말을 이었다.

"각하께서 다 준비를 해주셨네."

"……."

"각하의 조카 되시는 분이야. 진짜 조카라네, 정……."

그 대목에서 카심이 주춤했고 후세인이 다시 이맛살을 찌푸렸다. 또 못마땅한 것 같다. 다시 카심이 말을 이었다.

"각하께서는 자네가 이곳에서 정착해서 가족을 만들고 함께 사시기를 원하시네. 그것이 자네를 위해서도 필요한 것이라고 믿으시는 거야."

그것은 마음에 드는지 후세인이 고개를 끄덕였다. 이제 세 쌍의 시선이 모였기 때문에 정재국이 대답을 할 차례다. 정재국이 숨을 골랐다. 후세인이 자신의 조카딸까지 준비를 해놓은 것이다. 거기에다 대저택까지. 이것은 무엇 때문인가? 뻔하다. 잡아두려는 것이다. 언제까지? 그것도 뻔하다. 아마 이중에서 후세인을 제외한 자신만 알고 있을지도 모른다. 그것은 바로 이곳을 떠날 때 함께 떠나려는 것이다. 정재국이 고개를 들고 후세인을 보았다.

"각하, 따르겠습니다."

"아니, 대장님."

호텔에 들어와 둘에게 이야기를 했더니 놀란 이칠성이 먼저 말했다. 전에는 대장이라고 하더니 군단장이 되고 나서 대장님이란다. 님 자가 하나 붙었다. 박상철은 입만 벌리고 있다.

"그럼 여기서 살라는 겁니까?"

"그렇지."

외면한 정재국이 말을 이었다.

"아예 잡아두려는 것이지."

"아니, 그러면……."

"그만큼 믿고 의지하고 있다고 봐도 될 것이다."

"아무리 그래도 말입니다……."

그때 박상철이 물었다.

"우리들 이야기는 안 합니까?"

"뭐가 말이냐?"

정재국이 묻자 박상철이 어깨를 부풀렸다.

"저희들한테도 집이나 여자를……."

그때 이칠성이 박상철의 어깨를 손바닥으로 쳤다.

"네 분수를 알아, 이 자식아."

"아니, 왜 그럽니까? 나도 대령인데."

박상철이 성을 냈을 때 정재국이 말을 이었다.

"내가 남으면 너희들도 따라 남을 줄로 알고 있겠지."

정색한 정재국이 둘을 보았다.

"그래서 난 그렇게 하겠다고 했다."

그러고는 덧붙였다.

"너희들은 마음대로 해, 내가 그렇게 만들어 줄 테니까."

6장
결혼할 운명이다

해밀턴은 리스타랜드에 자주 오는 편이다. 리스타연합 소유의 전용기를 타고 도착한 해밀턴이 이광을 만났을 때는 오후 6시 무렵이다. 오늘도 베란다에 나와 앉아 있던 이광이 해밀턴을 맞는다. 이광의 옆에는 비서실장 안학태가 수행하고 있다.

"리스타 인구가 25만이 넘었더군요."

인사를 마친 해밀턴이 등나무 의자에 앉으면서 말했다. 리스타랜드는 이제 인구 25만의 대도시가 되어 있는 것이다. 이미 도시 체제가 다 갖춰져서 초, 중, 고, 대학까지 세워졌고 종합병원도 2개나 세워졌다. 해밀턴이 말을 이었다.

"이제는 관광객이 쏟아붓는 돈이 엄청날 것 같습니다."

이광은 웃기만 했다. 사실이다. 리스타랜드에는 특급 호텔이 7개, 그리고 카지노가 10여 개나 있는 터라 환상적인 유흥시설과 함께 카지노를 즐길 수 있는 것이다. 그때 이광이 말했다.

"윌슨한테서 연락이 왔더군. 당신한테 이야기를 전했다고 했어."

"예, 회장님."

자리를 고쳐 앉은 해밀턴이 이광을 보았다. 해밀턴은 CIA에서 윌슨의 선임자였다. 저녁노을이 덮여가는 수평선이 황금빛으로 물들고 있다. 해밀턴이 입을 열었다.

"이틀 전에 윌슨을 만났습니다. 리스타와 CIA 관계 그리고 중동 문제에 대해서 이야기를 했습니다."

정색한 해밀턴이 이광을 보았다.

"후버가 2년쯤 후에는 은퇴하고 윌슨에게 부장 직을 넘겨줄 것 같습니다. 그래서 자신의 임기 안에 중동 문제를 정리하겠다는 것입니다."

"후버가 30년이 넘게 CIA 부장을 하고 있지?"

이광이 웃음 띤 얼굴로 해밀턴을 보았다.

"내 회사 경력보다 길게 CIA를 이끌어온 사람이야. 역사적인 인물이지."

"욕심이 많습니다."

해밀턴이 외면한 채 말했기 때문에 이광이 풀썩 웃었다.

"욕심보다 책임감이네, 해밀턴."

"책임감이 지나치면 욕심이 된다고 생각합니다, 회장님."

"후버의 책임감은 애국심일 거야."

이광이 고개를 저었다.

"애국심은 아무리 많아도 욕심이 아냐."

"후버는 이번에도 리스타를 이용하려고 합니다."

마침내 해밀턴이 본론을 꺼내었다. 어느덧 정색한 이광을 해밀턴이 똑바로 보았다.

"자신의 애국심을 위하여 리스타를 이용하려는 겁니다."

"이런."

쓴웃음을 지은 이광의 시선이 안학태와 부딪쳤다가 떼어졌다.

"말하게, 해밀턴."

"군산연과 아프가니스탄 문제입니다."

이광은 입을 다물었고 해밀턴의 말이 이어졌다.

"부장은 이제 시리아와 이라크의 문제는 해결되었다고 생각하고 있습니다. 모두 정재국, 결국은 리스타 덕분이지요."

"……."

"남은 문제가 아프가니스탄입니다. 그곳이 지금은 중동의 화약고가 되어 있지요. 아프간 북부와 파키스탄 서부에서 결성된 '탈레반'이라는 이슬람 율법을 공부하는 학생들의 세력이 커지고 있는데, 곧 아프간 정부를 공격할 것 같습니다."

아프간은 지금 라바니가 대통령이지만 카불 근처만 장악하고 있을 뿐이다. 수십 개의 군벌, 파벌, 소련의 지원을 받는 공산주의 조직까지 뒤엉켜 내전 중이다. 1979년 소련이 아프간을 침공, 1989년 철군할 때까지 아프간도 10년 동안 내전을 치렀다. 그동안 아프간의 반군인 '무자헤딘'은 '투쟁자들'이라는 이름으로 미군의 무기 지원을 받았던 것이다. 소련이 철군한 것도 무자헤딘이 미국으로부터 지대공 미사일 등 최신 무기를 지원받았기 때문이다. 그것이 지금 화근이 되어서 지방 군벌들이 최신 무기로 무장하고 끊임없이 내전을 일으키는 원인이 되었다. 그때 해밀턴이 말했다.

"탈레반이 머지않아 아프간 정부를 붕괴시킬 것이라고 합니다. 10여 개의 군벌과 무장 조직이 있지만 탈레반을 당해낼 조직이 없는 실정입니다."

"……."

"미국은 공식적으로 내전에 개입할 수도 없고 지금처럼 부패한 라바니 정권이나 군벌을 지원해도 무기나 군자금만 축낼 뿐 효과가 없습니다. 그래서……."

"우리한테 도와달라는 말인가?"

불쑥 이광이 묻자 해밀턴이 얼굴을 일그러뜨리며 웃었다.

"후버의 미국에 대한 애국심이 타국과 타국인의 희생을 요구하는 셈이지요."

"우리도 희생만은 하지 않아. 얻는 것도 있어."

정색한 이광이 말을 이었다.

"난 장사꾼이야. 손해가 나는 장사는 안 해, 해밀턴."

"후버도 그것을 알고 있습니다, 회장님."

"바라는 것이 뭐라던가?"

"리스타에서 아프가니스탄에 하나의 군벌을 형성하는 것입니다. 이제 리스타는 그럴 만한 능력이 있으니까요."

"정재국이 모델케이스가 되었군."

"또 다른 '리스타 영웅'이 아프간에 필요한 셈이지요."

"그 대가는?"

그러자 해밀턴이 다시 정색했다.

"아프가니스탄에 대한 리스타의 영향력뿐만 아니라 군산연까지 장악할 수도 있습니다, 회장님."

"갓댐."

이라크는 회교국이지만 어느 정도 음주 문화가 형성되어 있다. 바그다드에는 파리의 '물랭루주'만큼은 못하지만 '물랭루주'라는 호화 나이트클럽이 있고 카페에서는 술도 판다. 오늘 밤 정재국은 위스키를 한 병쯤 마셨다. 아무르시의 군단장 관사 안, 응접실에는 정재국과 이칠성, 박상철까지 셋이 둘러앉아서 술을 마신다. 정재국이 붉어진 얼굴로 둘을 보았다.

"결혼은 내가 진심으로 좋아하는 여자를 데려오고 싶었는데."

"아직 얼굴도 못 보셨지요?"

약을 올리는 것처럼 박상철이 불쑥 물었다. 박상철은 눈의 흰자위까지 붉어져 있다. 이칠성이 눈치를 주었지만 박상철이 말을 이었다.

"대통령의 호의는 고맙지만 미룰 수 있지 않습니까? 그냥 여기 말뚝 박는다고 해놓고요."

"야, 닥쳐."

이칠성이 마침내 박상철을 나무랐다.

"네놈이 뭘 안다고 그래?

그때 정재국이 고개를 저었다.

"놔둬라, 상철이 말도 맞다. 나한테 그런 말 하는 인간은 너희들뿐이다."

정재국이 번들거리는 눈으로 둘을 번갈아 보았다.

"나한테는 군단장이고 시장, 사령관 따위는 중요하지 않아. 내가 여기 남는다고 한 이유는 보람 때문이야."

둘의 시선을 받은 정재국이 말을 이었다.

"내 인생에서 이만큼 보람을 느낀 적이 없다. 내 가치를 인정받는 보람."

"하긴 저도 그렇습니다."

이칠성이 동의했다.

"이까짓 대령 계급장 따위는 중요하지 않습니다. 내 능력을 인정받을 수 있다면 만족해요."

박상철이 눈만 껌벅이고 있는 것을 보면 공감하는 것 같다. 그때 정재국이 초점이 잡힌 눈으로 둘을 번갈아 보았다.

"내가 꿈꾸는 결혼생활 따위는 포기하겠다. 다 만족할 수는 없는 노릇이지."

정재국의 얼굴에 쓴웃음이 번졌다.

"오늘 이후로는 너희들한테도 이런 말 하지 않을 거다."

이것이 결론이다. 그러나 둘은 개운한 표정이 아니다. 세상에, 얼굴도 모르는 여자하고 결혼 약속을 하다니. 100년 전, 일제 강점기에도 사진은 주고받아서 얼굴은 보고 결혼했다던데.

"정재국은 이라크에 정착할 것 같습니다."

오늘은 리스타 본부 회장실로 출근한 이광에게 안학태가 말했다. 리스타랜드 중심부에 위치한 리스타 빌딩 86층 회장실에서는 랜드 전체가 다 내려다보인다. 이광이 거대한 유리벽 아래쪽 바다를 내려다보면서 고개를 끄덕였다.

"언젠가는 돌아오겠지."

"후세인 대통령이 잡아놓은 것입니다."

대답했던 안학태가 이광의 눈짓을 받고 앞쪽 의자에 앉았다. 안학태가 이광과 함께 밖을 내다보면서 말을 이었다.

"후세인 대통령의 조카로 카렌이라는 여자입니다. 후세인 대통령의 죽은 동생 딸로 친딸처럼 키운 여자입니다."

"……."

"올해 26세, 영국 케임브리지 대학에서 역사학 석사 과정까지 마치고 바그다드에서 고등학교 영어 교사로 근무하고 있습니다."

"정재국은 여자를 본 적도 없다면서?"

"예, 회장님. 아무것도 모릅니다."

안학태의 얼굴에 웃음이 떠올랐다.

"후세인 대통령은 정재국한테 사진도 보여주지 않았다고 합니다."

"그 양반, 짓궂어."

"카렌은 미모에 교양까지 갖춘 최고의 신붓감입니다. 후세인 대통령이 내놓기 아까워서 그런지도 모릅니다."

"정재국도 보통 신랑감이 아냐. 그만하면 유럽에서 공주도 데려올 수 있어."

웃음 띤 얼굴로 말한 이광이 의자에 등을 붙였다.

"이제 정재국은 후세인과 진퇴를 함께 하게 되겠군."

"예, 그럴 목적으로 조카하고 결혼을 시키려는 것이니까요."

안학태가 말을 받았다. 리스타랜드에는 이제 후세인의 별장이 완공되어 있는 것이다. 후세인이 직접 설계한 별장이다. '언젠가' 후세인은 이라크를 떠나 이곳의 별장으로 올 예정이다. 그때 정재국이 함께 올 것이다. 그리고 역사에는 후세인이 이라크에서 죽은 것으로 기록되겠지.

바닷가 별장으로 돌아온 이광이 현관에 들어서면서 웃었다. 정남희가 훈이하고 나란히 서서 맞았기 때문이다.

"어, 훈이가 왔구나."

고개를 숙여 인사하는 훈이의 어깨를 어루만진 이광이 함께 응접실로 들어섰다. 옆을 정남희가 따른다. 훈이는 18세, 정남희의 아들로 고2이다. 정남희는 결혼 3년 만에 이혼했기 때문에 훈이를 어렸을 때부터 혼자 키웠다. 어머니를 따라서 세계를 돌아다니던 훈이가 지금은 리스타랜드에 와 있다. 정남희가 '리스타 해외법인 총괄 사장'이 되면서 리스타랜드의 본부로 부임했기 때문이다. 응접실의 소파에 셋이 앉았을 때 이광이 부드러운 시선으로 훈이를 보았다. 훈이는 자주 보았기 때문에 이광의 시선을 맞받는다. 큰 키, 아직 덜 컸지만 용모는 정남희를 닮아서 눈이 맑고 잘생겼다.

"학교, 편입한 거냐?"

"네, 아저씨."

훈이가 또렷하게 대답했다.

"내일부터 학교 나가요."

"잘되었다. 어머니가 제일 좋아하겠다."

지금까지 훈이는 싱가포르의 국제학교에 다녔던 것이다. 그때 정남희가 말했다.

"훈이가 싱가포르 국제학교보다 뒤지지 않는다고 하네요."

"잘됐다. 앞으로 더 좋아질 테니까."

리스타랜드에는 8개의 고등학교가 운영 중인데 그중 3개가 국제학교다. 훈이는 그중 최고 수준의 제1국제학교에 편입했다. 이광이 말을 이었다.

"여기서 고등학교 마치고 네가 원하는 대학에 가면 된다. 랜드의 대학에 가거나 영국이나 미국의 대학으로 가도 되겠지."

"여기서 대학 다니고 싶어요."

훈이가 반짝이는 눈으로 이광을 보았다.

"외국생활 해보니까 다 비슷하더라고요. 고향에서 대학 가고 싶어요."

"고향."

불쑥 고향이란 단어를 빼낸 이광의 얼굴에 웃음이 번졌다.

"그렇지. 리스타는 리스타랜드가 고향이지."

훈이가 별장 안쪽의 제 방으로 돌아가고 응접실에 둘이 남았을 때 정남희가 웃음 띤 얼굴로 말했다.

"맞아요. 훈이한테는 리스타랜드가 고향이죠. 훈이는 고향으로 돌아왔다고 생각하는 것 같아요."

이광이 지그시 정남희를 보았다.

"너, 올해 몇 살이지?"

"왜요?"

놀란 듯 정남희가 되물었는데 이것은 그룹 회장과 사장 급 임원의 대화가 아니다. 이광이 이맛살을 찌푸리자 정남희가 눈을 흘겼다. 이것은 더 오버했다.

"저, 나이 들어 보여요?"

"내가 갑자기 나이든 느낌이 들어서 너한테 물은 거다."

"그래요, 오래되었죠."

"한이가 살았다면 훈이보다 세 살쯤 위였으니까 지금 대학 2학년쯤 되었으려나?"

"……."

"상철이는 이십 대 후반이 되었을 것이고."

이광의 눈동자가 흐려졌다. 그때 정남희가 입을 열었다.

"우리, 꽤 오래되었죠?"

"25년이다."

"저, 올해 48살 되었어요."

"49살이지."

"아시면서 왜 물으셨어요?"

"내 나이가 몇이지?"

"54세시죠. 저하고 5살 차이니까."

"잘 아네."

"재혼하셔야죠."

정남희가 정색하고 이광을 보았다.

"지금도 늦지 않으셨어요."

이광이 고개를 흔들었다.

"그럴 필요 없다."

자리에서 일어선 이광이 말을 이었다.

"네가 이렇게 와 주는 것으로 만족해."

카심의 목소리가 수화구에서 울렸다.

"정, 오늘 오후 7시에 바그다드호텔 라운지 특실이야."

정재국은 듣기만 했고 카심이 말을 이었다.

"그곳에서 카렌 양을 만나도록 하게."

이곳은 아무르시의 군단장 숙소 안. 오전 8시 반이다. 출근을 하려던 정재국이 국방장관 카심의 전화를 받은 것이다. 카심의 목소리에 웃음기 가 섞였다.

"오늘은 바그다드에서 쉬도록 하지."

"그럼 제가 모시고 가지요."

군단장 보좌관을 맡고 있는 박상철이 말했다. 방금 정재국의 바그다드 행 이야기를 들은 것이다. 박상철이 말을 이었다.

"헬기 대기시키겠습니다. 3시에 출발하시면 됩니다."

고개를 끄덕인 정재국이 이칠성을 보았다.

"그럼 다녀올 테니까 부탁한다."

이칠성은 군단장 비서실장이다. 오전 9시, 이곳은 군단장실 안. 정재국이 출근하자마자 바그다드행 이야기를 한 것이다. 군단 내부에서 군단장 바그다드행 사유를 아는 건 셋뿐이다.

카렌에게 다가선 어머니, 아야툴라가 말했다.

"미용실에 갔다가 모냐 의상실에 들르면 시간이 맞을 거다."

TV를 보고 있는 카렌의 머리를 뒤에서 쓸어 올리면서 아야툴라가 말을 이었다.

"머리는 조금 잘라야겠다. 너무 길어."

"그만."

머리를 흔들어 아야툴라의 손에서 머리칼을 빼낸 카렌이 TV에 시선을 준 채 말했다.

"내가 알아서 할 테니까 어머닌 그만 나서, 제발."

"너, 왜 이러는 거냐?"

아야툴라의 얼굴도 굳어졌다. 바그다드 서북쪽 고급 주택가 안. 그중에서도 사담가(家) 저택은 가장 웅장하고 고급스럽다. 왕가의 저택인 것이다. 사담 후세인 가문의 저택보다 더 좋은 저택을 짓는다면 바로 비밀정보국의 표적이 되는 터라 아예 없는 것이 낫다. 그때 카렌이 말했다.

"큰아버지도 내가 마크란하고 사귀고 있다는 걸 알고 있으면서 이러는 거야. 난 그것이 화가 나."

한 번 쏟아진 말이 마치 제방 구멍이 수압을 받아서 터진 것처럼 쏟아져 나오기 시작했다.

"이건 뭐야? 중세처럼 정략결혼이야? 큰아버지가 그런 인물밖에 안 돼? 뭐가 아쉽다고 그런 한국인하고 나를 결혼시키는 거야? 마크란이 어때서? 마크란은 교육장관 아들이잖아? 그따위 군단장 후보는 100명도 넘어! 마크란은 케임브리지에서 박사를 받고 지금 대학교수라고! 학계에서도 인정받는 유전자학 박사야! 논문도 세 번이나 실렸다고!"

"카렌, 미용실은 세 시간이 걸린다."

아야툴라가 다시 뒤에서 머리칼을 잡아 쓸면서 말했다. 카렌의 검은 머리칼은 길고 풍성하다. 그 머리칼에 어울리는 흑진주 같은 눈, 곧고 적당한 콧날과 야무진 입술, 그림으로 그린 것 같은 아랍 미인이다.

"카렌, 어쩔 수 없지 않니? 너도 어젯밤까지는 이해했잖아?"

아야툴라가 부드럽게 말을 잇는다. 50대 초반이지만 아야툴라도 미인으로 날씬한 몸매다.

"카렌, 큰아버지가 널 희생시키면서 그런 결혼을 시키겠니? 그, 정이라는 군단장은 이번에 시리아 국경 쪽의 부족들 반란을 다 진압했다고 하지 않니? 거기에다……."

"그만."

카렌이 리모컨을 던지면서 자리에서 일어섰다.

"만나긴 하겠어. 하지만 내가 싫다고 하면 큰아버지도 어쩔 수 없을 거야."

눈만 껌벅이며 서 있는 아야툴라에게 카렌이 다시 쏘아붙였다.

"만나고 나서 싫다면 큰아버지도 생각을 바꿀 수도 있겠지."

아야툴라가 고개를 끄덕였다.

"어쨌든 만나기나 해라. 미용실부터 가고."

밤 9시가 되었을 때 밖에서 노크 소리가 들리더니 정남희가 들어섰다.

소파에 앉아 TV를 보던 이광이 고개를 들고는 웃었다.

"넌, 항상 같은 표정이야."

"뭐가요?"

따라 웃은 정남희가 이광의 옆자리에 앉았다. 정남희는 진주색 가운 차림이다. 허리끈을 매었지만 가슴의 절반쯤이 드러났고 젖꼭지 윤곽도 가운 밖으로 선명했다. 가운 밑에 아무것도 걸치지 않은 것이다.

"침실에 들어올 때의 표정 말이다."

"어색해요."

정남희가 엉덩이를 들더니 바짝 붙어 앉았다. 옅은 향수 냄새가 맡아 졌다. 이광이 팔을 뻗어 정남희의 어깨를 당겨 안았다.

"그래서 항상 신선하고 신비로운 분위기가 되지."

"일부러 꾸민 것 아녜요. 저절로 그렇게 되는 것이지."

"바로 그것이 날 설레게 하는 거야."

정남희가 이광의 허리를 두 팔로 감아 안았다.

"우리, 참 오래되었죠?"

"너하고 같이 있는 시간이 더 많았지."

이광이 고개를 숙여 정남희의 입술에 입을 맞췄다. 그렇다. 밤낮으로 같이 지냈으니까, 회사에서 그리고 밤에 침실에서. 그때 비행기 사고가 있고 나서 정남희가 그렇게 만들어 주었다. 정남희가 입을 맡기면서 두 손을 분주하게 놀려 이광의 옷을 벗긴다. 이광은 정남희의 허리끈만 풀면 되니까 바쁠 건 없다.

정재국은 양복 차림이다. 그것도 캐주얼하게 입었다. 넥타이 없는 밝은 색 셔츠에 짧은 머리, 진 바지에 발목을 덮는 가죽 부츠. 머리에 카우보이

모자만 쓰면 영락없는 텍사스 카우보이다. 거기에 187의 장신에 볕에 탄 얼굴이었으니 미국에서 온 사업가거나 연예계 인사 같았다. 정재국이 바그다드 중심부에 위치한 백화점의 고급 의류가게에 들어갔다가 나왔을 때 밖에서 기다리던 박상철이 입을 쫙 벌렸을 정도다. 사복인 작업복 차림으로 들어갔다가 변신하고 나온 꼴이었다. 비명까지는 지르지 못했지만 박상철은 호텔에 들어오면서 탄성을 10번도 더 뱉었을 것이다. 쓴웃음을 지은 정재국이 옷차림을 둘러보면서 대답했다.

"최대한 예의는 갖춘 거다. 군복은 식상하지."

"과연 옷이 날개란 말이 맞습니다."

"그러냐? 코디가 맞춰준 건데 1만 불이 들었다."

"과연 돈값을 하는군요."

"코디가 내가 누군 줄 모르고는 이 차림으로 파리에 가도 베스트 드레서가 된다고 하더라."

"옷보다도 옷걸이가 좋으니까요."

"너, 귀대해서 별 달아주마."

"감사합니다."

"오늘 저녁에 만나서 그만두자고 할 작정이야."

"예?"

놀란 박상철이 숨을 들이켰을 때 차가 호텔 앞에 멈춰 섰다. 오후 6시 45분, 그때 정재국이 차에서 내리면서 말했다.

"넌, 숙소로 돌아가."

이곳은 바그다드호텔이다.

7시 정각. 시간이 1분쯤 지났다. 벽시계를 올려다본 카렌이 숨을 골랐을 때 문에서 노크 소리가 났다. 왔구나. 잠자코 있었더니 곧 문이 열리면서 사내 하나가 들어섰다. 시선이 마주친 순간 카렌은 숨을 들이켰다. 한국인이 아닌 것 같다. 크다. 카렌은 문득 자신의 몸이 위축되는 느낌을 받는다. 잘생겼다. 사내다운 용모, 강한 눈빛, 굳게 다문 입술, 그리고 옷차림은? 카렌은 소리 죽여 숨을 뱉었다. 이 캐주얼 차림은 카렌이 가장 선호하는 옷차림이다. 다가온 사내가 고개를 끄덕이며 말했다.

"살람 마리쿰"

놀란 카렌도 일어서서 아랍어로 대답했다.

"마리쿰 살람"

아랍어로 인사를 하다니. 앞쪽 자리에 앉은 사내가 입을 열었다.

"나, 미스터 정입니다. 반갑습니다."

이제는 영어다.

"카렌이에요. 반갑습니다."

카렌도 영어로 대답했다. 좀 정신이 없다.

정재국이 지그시 카렌을 보았다. 카렌은 검정색 히잡으로 머리를 감아서 얼굴이 더 선명해졌다. 갸름한 얼굴, 검은 눈동자, 곧은 콧날 밑의 붉은 입술, 날씬한 몸은 발목까지 닿는 긴 드레스로 감췄지만 몸매의 윤곽이 다 드러났다. 검은색 드레스에 검은색 단화. 숨을 죽이고 있던 정재국은 카렌이 다시 자리에 앉는 순간 어깨를 늘어뜨렸다. 검은 요정. 신비로운 분위기가 되어버린 느낌이 들었다. 카렌이 앉으면서 공기가 흔들려 짙은 향내가 맡아진 것도 그렇다. 카렌이 똑바로 시선을 주고 있었는데 눈동자도 흔들리지 않는다. 마주 앉아서 거리는 1미터 정도. 도발적이다. 그때서야 정재국은 슬슬 평상심을 회복했다. 갓댐.

"난 한국인이오."

말이 불쑥 그렇게 나와 버렸다. 후세인이 카렌에게 자신은 메이드 인 U·S·A라고 해주었을 것이 분명했기 때문이다. 메이드 인 코리아보다 돋보이겠지. 카렌은 쳐다만 보았고 정재국의 말이 이어졌다.

"어쩌다가 미국 웨스트포인트를 나와서 이렇게 되었지만 한국 여자하고 사는 것이 꿈이었지. 그런데 갑자기 당신 앞에 앉아서 감지덕지하는 표정을 지어야만 하는 신세가 된 거요."

정재국이 길게 한숨을 쉬었다.

"그리고 당신도 마찬가지겠지. 난데없는 한국인 용병하고 결혼을 하라는 지시를 받고 얼마나 황당했을까? 당신의 미모와 신분으로는 영국의 윌리엄 왕자하고 결혼할 수도 있는데 말요."

"……."

"그래서 여기 오면서 내가 없어지는 것이 당신한테 도움이 되리라는 생각이 들더군."

정재국이 어깨를 부풀리면서 카렌을 보았다. 두 눈이 번들거리고 있다.

"그 생각을 하고 나니까 방법이 떠올랐어요, 이 난관을 헤쳐 나갈 방법이."

"……."

"나는 각하의 호의를 거부할 입장이 못 돼요. 그리고 통수권자인 각하의 명령을 따라야 할 위치이기도 하고. 그래서 말인데, 당신이 각하께 내 이야기를 해줬으면 해요."

"……."

"그냥 싫은 상대가 있어. 이유 없이 보기 싫은 상대. 그러니까 내가 싫다고 해요. 본 순간에 구역질이 났다고. 목소리도 듣기 싫은데 어떻게 결혼을 하느냐고."

정재국이 고개를 끄덕였다.

"그렇지. 내가 당신을 보는 눈이 발정난 개 같았다고 해도 돼요. 입을 벌리고 침까지 흘리더라고."

"……."

"각하께서 물어보시면 그랬다고 내가 대답할 테니까."

그러고는 정재국이 의자에 등을 붙였다.

"당신은 더 멋지고 잘난 남자하고 결혼해야 돼요. 나한테는 돈 주고 사는 여자가 딱 맞아."

눈을 가늘게 뜬 정재국이 카렌을 응시하면서 덧붙였다.

"그리고 솔직히 말하겠는데 난 당신이 마음에 들지 않아. 결혼은 서로 사랑하는 사람하고 해야 되는 거요."

카렌이 잠자코 정재국을 보았다. 지금까지 듣기만 했다. 정재국의 한마디 한마디가 폭탄이 떨어져 폭발하는 것처럼 충격을 주더니 시간이 지나자 그것이 물 폭탄으로 바뀌었다. 그러다가 곧 시원한 바람이 되었다. 그러나 그 기분은 내색하지 않았다. 여전히 눈을 크게 뜨고 쏘아보는 표정. 입은 꾹 닫혀 있다. 이윽고 정재국의 말이 끝났을 때 카렌이 입을 열었다.

"그럼 갈까요?"

"아, 그럼 내 말을 잘 기억하시고."

"너무 빨리 가는 거 아녜요?"

"쳐다보는 것도 고역이었다고 말하면 되지, 뭘 그런 것까지 신경 쓰시나."

그때서야 카렌의 눈동자가 흔들렸다. 카렌은 아이였을 때부터 공주로 자란 신분이다. 영국 유학을 갔을 때도 대저택에서 경호원과 시종, 하녀의 시중을 받으면서 살았다. 이런 수모는 난생 처음이다. 그런데 이것이 불쾌

하지 않은 이유는 무엇일까? 그것을 생각할 여유는 없다. 그때 카렌이 입을 열었다.

"식사나 하고 헤어지죠."

땡, 세상일은 생각대로 되지 않는 경우가 많다.

바그다드와 리스타랜드와는 3시간 시차가 난다. 리스타랜드 시간은 오후 10시 반, 이광과 정남희가 별장의 베란다에서 밤바다를 보며 술을 마시고 있다. 바닷바람이 슬쩍 슬쩍 피부에 닿는 서늘한 날씨, 하늘에는 별무리가 가득 펼쳐져 있다. 포도주 잔을 든 이광이 바다를 향한 채 말했다.

"시에라리온에는 강정규가, 쿠웨이트에는 권철이, 그리고 이라크에는 정재국이 기반을 굳힌 셈이야."

정남희가 잠자코 안주 접시를 이광 앞에 밀어 놓았다. 그렇다. 리스타가 세계로 뻗어나가고 있다. 기업뿐만이 아니다. 리스타랜드를 중심으로 해외에 정치적인 입지도 굳히고 있는 것이다. 시에라리온은 이미 한국화가 되어서 정부도 장악했다. 강정규는 시에라리온 국적을 획득하고 나서 대통령으로 통치하고 있는 것이다. 현재 시에라리온은 급격한 경제 성장을 이루면서 주변 국가들의 부러움을 받고 있다. 시에라리온 국민들의 만족도는 최상이다. 또한 권철은 쿠웨이트에서 집권자인 왕자의 대행역으로 활동하고 있다. 이광이 말을 이었다.

"후계자를 양성할 생각이었지만 지금은 각 지역, 각 사업 부분에 책임자를 두고 성장시켜야겠어."

"그 방법이 최선일 것 같아요."

정남희도 리스타의 창립 멤버. 고개를 끄덕인 정남희가 말을 이었다.

"이런 상황에서 후계자를 하나 선정한다는 건 문제가 있을 것 같습니다."

이광의 시선을 받은 정남희가 말을 이었다.

"우선 조직이 너무 커요. 혼자서 감당하기에는 너무 벅찹니다. 더구나 시에라리온 같은 경우에는 국가 경영 사업입니다. 회장님 외에는 누가 혼자서 통솔할 수 없는 규모가 되었습니다."

이광이 고개를 끄덕이며 웃었다.

"네가 도와줘야겠다."

"결정은 회장님이 하시는 거죠."

이제는 제 술잔을 들면서 정남희가 말을 이었다.

"서둘지 마세요. 앞으로 10년은 더 현역에서 뛰셔야죠."

"한국 2천년 역사에 남을 영웅들을 만들 생각이야."

이광이 어둠에 덮인 수평선을 응시한 채 말을 이었다.

"한국에는 영웅이 너무 없었어. 이순신뿐이야."

정남희가 고개를 들고 이광을 보았다. 눈동자가 흐려져 있는 것이 뭔가 생각하는 얼굴이다. 이순신 외의 영웅을 떠올리는 것일까? 강감찬? 세종대왕? 을지문덕? 잠깐 동안 정남희의 눈을 보면서 그 생각을 했던 이광이 말을 이었다.

"앞으로 한국의 영웅시대가 시작될 거다."

그 시간, 포크를 내려놓은 정재국이 카렌을 보았다. 둘은 스테이크에 스파게티까지 먹고 있던 중이다. 이야기도 하지 않고 한 10분 동안 먹기만 했다. 포도주도 한 병 시켰기 때문에 둘은 술도 마셨다. 카렌이 사양하지 않고 잔을 비워서 1리터짜리 포도주가 삼분의 일쯤 남았다. 방 안에는 둘뿐이다. 음악도 없고 달그락거리는 소리만 났다. 방음 장치가 잘 되어서 소음도 없다. 정재국이 입을 열었다.

"오늘 아침에 갑자기 만나라는 연락을 받고 국경에서 헬기를 타고 왔어요."

정재국의 얼굴에 웃음이 떠올랐다.

"군복을 입고 만나기가 좀 그래서 백화점에 가서 옷을 사 입었지."

어깨를 들썩여 제 옷을 둘러보는 시늉을 하고 나서 정재국이 말을 이었다.

"옷을 사 입고 나오다가 보니까 보석 가게가 있더군. 그 보석 가게를 지나가는데 눈에 띄는 것이 있었어요."

"……"

"금팔찌인데 가늘고 보석이 서 너 개만 박혀 있는 것이 마음에 들더라고."

"……"

"그래서 샀어요."

정재국의 얼굴에 웃음이 떠올랐다.

"당신 만나서 그 이야기 해주려고 헬기 타고 오면서부터 작전을 짜고 있었거든요. 그래서 만나자마자 헤어지는 입장이니 선물이나 해주자, 내가 악의가 없다는 표시로라도."

그러고는 정재국이 주머니에서 보석 상자를 꺼내었다. 손바닥만 한 크기의 납작한 보석 상자. 피처럼 붉은색 가죽으로 만들어졌다. 정재국이 상자를 카렌 앞에 내려놓았다.

"카렌 씨, 선물이야. 받아요."

카렌이 상자만 보았고 손을 대지는 않는다.

"티파니 보석상인데, 바그다드에서 가장 고급 보석상이라고 하더군요."

"……."

"카렌 씨, 그냥 헤어지는 건 예의가 아냐. 아무리 서로 마음에 들지 않더라도. 솔직하게 이야기는 했지만 마무리는 깨끗하게 해야지. 그것이 한국인의 습성이오."

한국인 습성이 그렇다면 진즉 통일이 되었을 것이라는 생각이 들었지만 정재국은 제가 즉흥적으로 지어낸 거짓말에 스스로 감동했다. 그래서 몸을 일으켜 보석 상자 박스를 열어 카렌에게 보였다.

"봐, 카렌 씨."

어쩔 수 없이 보석 상자를 본 카렌이 숨을 들이켰다. 아름답다. 가는 백금 팔찌. 그런데 다이아몬드가 4개나 박혀 있다. 크다, 각각 3캐럿도 넘겠다. 가격이 엄청 비쌀 것 같다. 카렌도 보석이 많지만 이렇게 고급스러운 팔찌는 처음이다. 후세인은 풍족하게 살도록 해주었어도 보석 선물은 주지 않기 때문이다. 정재국이 다시 보석 상자를 카렌 앞에 내려놓았다.

호텔로 돌아왔을 때는 밤 10시가 되어갈 무렵이다. 만나서 밥만 먹고, 그것도 긴 이야기도 하지 않았기 때문이다.

"벌써 끝내셨습니까?"

박상철이 물었다가 곧 정신을 차리고는 다시 물었다.

"내일 부대로 돌아가시지요?"

"그래야지."

박상철이 주춤거리면서 옆에서 서성거렸다가 몸을 돌렸다.

"시키실 일 있으면 연락 주십시오."

"알았다. 푹 쉬어."

박상철이 방을 나갔을 때 정재국이 소파에 앉아 길게 숨을 뱉었다. 그때서야 긴장이 풀리면서 가슴이 먹먹해졌다. 부담은 덜었지만 뭔가 아쉽다. 정재국의 얼굴에 쓴웃음이 번졌다. 어쨌든 이번 작전도 성공이다.

"일찍 왔구나."

카렌의 눈치를 살피면서 아야툴라가 말했다. 방으로 따라 들어온 아야툴라가 뒤에서 조심스럽게 물었다.

"만났어?"

"그럼 만났지."

히잡을 벗은 카렌이 머리를 흔들어 긴 머리를 늘어뜨렸다.

"어때?"

"기분 나빴어."

아야툴라가 입을 다물었을 때 카렌이 가방에서 보석 상자를 꺼내 아야툴라에게 내밀었다.

"이거 받아."

"보석 상자야?"

상자를 받은 아야툴라가 상자를 열더니 숨을 들이켰다.

"아니, 이게."

"다이아지?"

"그래, 이거 비싸겠다. 네가 샀어?"

"내가 무슨 돈이 있다고……."

"이거, 1백만 불도 넘겠는데."

팔찌를 유심히 들여다보던 아야툴라가 카렌을 보았다. 아야툴라는 보석 가격을 아는 것이다.

"이거, 어디서 가져왔어?"

다음 날 오전. 아야툴라의 저택으로 후세인이 방문했다. 가족 모임은 1년에 2번이다. 후세인의 생일하고 하지 명절 때인데 올해에는 후세인이 벌써 세 번째 방문이다. 물론 이번 혼사 때문에 지난번에 방문한 지 열흘밖에 지나지 않았다. 아야툴라가 니캅으로 눈만 내놓은 채 후세인한테 인사를 하고 응접실로 안내했다. 오전 10시 반, 미리 연락을 해놓아서 집안 식구들은 대기하고 있었다. 후세인이 찾아온 이유는 뻔했다. 어제 정재국을 만난 결과를 들으려는 것이다. 응접실에 앉은 후세인에게 아야툴라가 말했다.

"카렌을 불러오겠습니다."

후세인은 고개만 끄덕였다. 죽은 동생 함둔의 첫째 부인이 아야툴라다. 이곳 여자들만의 안채에는 경호역인 그림자 장군도 따라오지 않았기 때문에 후세인은 혼자 앉아 기다렸다. 이윽고 응접실로 카렌이 혼자서 들어섰다. 후세인에게 고개를 숙여 보인 카렌이 두 손을 모으고 앞에 섰다. 집 안이어서 카렌은 히잡을 쓰지 않았고 검정색 차도르만 몸에 둘렀을 뿐이다. 그래도 아름답다. 얼굴에서 빛이 나는 것 같다.

"거기 앉아라."

후세인이 앞쪽 소파를 눈으로 가리키며 말했다. 카렌에게는 언제나 다정한 백부다. 후세인은 장성한 세 아들이 있었지만 엄격하게 다스렸고 측근들의 모임에도 참석시키지 않았다. 카렌이 단정한 자세로 앉았을 때 후세인이 물었다.

"만났느냐?"

"예, 백부님."

카렌이 똑바로 후세인을 보았다. 고개를 끄덕인 후세인도 카렌을 똑바로 보았다.

"어떻더냐."

"군인다운 사람이었습니다."

후세인의 얼굴에 쓴웃음이 번졌다.

"그건 내가 기다리는 대답이 아니다."

"백부님의 지시를 따르겠습니다. 다만……."

"다만, 뭐야?"

"그 사람이 저를 탐탁지 않게 여기는 것 같았습니다."

"왜 그렇게 느꼈느냐?"

"제가 마음에 들지 않는다고 했습니다."

그때 카렌은 후세인의 얼굴에 떠오르는 웃음을 보고는 숨을 들이켰다. 그래서 서둘러 말을 이었다.

"저한테 백부님께 말씀드리라고 부탁하더군요. 제가 그 사람이 마음에 들지 않는다고 말입니다. 그리고 그 사람도 제가 싫다고 분명히 말했습니다."

"……."

"한국 여자하고 결혼하고 싶답니다."

"……."

"백부님이 그 사람한테 물어보셔도 그렇게 대답할 것입니다."

"그런데 넌 괜찮단 말이지?"

"네, 백부님."

"그놈이 널 싫다고 해도 결혼할 것이란 말이냐?"

"백부님이 결혼시키신다면요."

"그래도 살겠다고?"

"네, 백부님."

"너, 내가 정보국에다 엄청난 예산을 쏟아붓는 거 알고 있지?"

"네, 백부님."

"어제 오후에 너하고 그놈이 호텔 라운지에서 이야기한 내용을 정보국에서 나한테 보고했다."

이제는 카렌이 입을 다물었고 후세인이 말을 이었다.

"다 들었다, 그놈이 다이아가 박힌 팔찌를 준 것도. 그 팔찌를 현금 110만 달러를 주고 샀더군."

"……."

"카심하고 모하메드도 같이 들었는데 두 놈은 웃음을 참느라고 애를 쓰더라."

"……."

"정, 그놈이 작전을 짠 것 같다."

쓴웃음을 지은 후세인이 천천히 고개를 끄덕였다.

"이제 알겠다. 내가 수습하지."

오전 11시 반, 호텔방에서 출발 준비를 하던 정재국이 전화벨 소리를 들었다. 응접실 탁자 위에 전화기로 다가간 정재국이 귀에 붙였을 때 곧 여자 목소리가 울렸다.

"저, 카렌인데요."

응접실에는 혼자뿐이었지만 정재국이 주위를 둘러보았다.

"아, 카렌 씨."

"방금 각하께서 다녀가셨어요."

카렌이 억양 없는 목소리로 말을 이었다.

"모두 당신의 작전이라고 하시는군요."

"……."

"우리 이야기를 정보국을 통해 다 들으셨다고 했어요."

"……."

"팔찌를 110만 불 현찰을 주고 샀다는 것도 아시더군요."

"어쨌든 작전은 끝났으니까요, 카렌 양."

정재국이 정중하게 말했다.

"내 거부 의사가 작전으로 포장되어서 조금 완곡하게 전달되었다고 봐
도 될 겁니다."

"어쨌든 결론은 같으니까요, 그렇죠?"

"그렇죠."

"그런데 각하께서는 당신의 알량한 작전을 뒤집어 버리셨어요."

정재국이 입을 다물었고 카렌의 말이 이어졌다.

"결혼해야 돼요, 장군."

"……."

"어쩌죠?"

카렌의 목소리에 웃음기가 번졌다.

"이번 작전은 실패했네요, 장군."

그러고는 통화가 끊겼기 때문에 정재국이 풀썩 웃었다.

"저놈이야. 수행원이지."

턱으로 앞쪽을 가리킨 모한이 목소리를 낮췄다.

"군단장 놈은 방에 있는 것 같아."

"그럼 오늘 밤에 해치우자."

도르만이 신문으로 얼굴을 가리면서 말을 이었다. 방금 그들 앞으로

박상철이 지나간 것이다. 이곳은 아라비아호텔의 로비 안, 오후 12시 반경이어서 혼잡하다. 전쟁이 끝나고 나서 전후 복구사업 등 경제정책으로 외국 손님들이 쏟아져 들어오기 때문이다. 지금도 로비에 찬 손님의 80퍼센트 이상이 서양인, 동양인 사업가들이다. 모한이 커피 잔을 들면서 도르만을 보았다.

"방 넘버까지 알아 놓았으니까 없애는 건 간단해. 다만 그 후가 문제지."

"비행기는 글렀고 육로로 시리아 쪽으로 빠져나가는 게 가장 낫다니까."

도르만이 주위를 둘러보다가 이쪽을 보는 앙리와 시선이 마주쳤다. 셋 모두 백인으로 사업가 행세다. 앙리의 뒤쪽 자리에 파이잘과 바트랑이 앉아 있었는데 둘은 쑵을 입은 아랍인이다. 그리고 호텔 밖 택시 운전사들이 모여 있는 곳에 또 셋이 섞여 있다. 모두 8명, 바그다드에 도착했을 때가 3일 전이었고 아무르시에 갔다가 모두 어젯밤에 다시 이곳으로 옮겨온 것이다. 목적은 하나, 국경경비사령관 겸 군단장 데니스 정의 암살이다. 그들은 남아공에서 두 번 비행기를 바꿔 타고 이곳에 온 것이다. 그때 모한이 말했다.

"내가 연락을 해보겠어. 탈출로를 확실하게 정해놓고 시작해야 돼."

체드랜크 상사는 케이든팀이 몰살당한 후에 한동안 전혀 반응하지 않았다. 시치미를 뚝 떼고 있었던 것이다. 그것은 케이든이 이라크 정보국에 포로로 잡혀 있었기 때문이기도 했다. 그러다 케이든이 5일 전에 심문을 받다가 계단에서 몸을 날려 자살을 해버린 것이다. 그것을 알게 된 체드랜크는 즉시 암살팀을 보냈다. 이젠 보복할 차례다.

밖에서 음료수와 과일까지 사들고 방으로 돌아온 박상철이 바로 전화기를 들었다. 오후 2시 반, 정재국은 방에 있을 것이다. 오늘 오전에 군단으로 돌아갈 예정이었던 정재국이 갑자기 출발을 보류하고 방에 머물고 있다. 다이얼을 누르자 곧 이칠성이 응답했다.

"여보세요."

"실장님, 나 상철이요."

한국말이다.

"어, 오늘 오후에 오는 거냐?"

"글쎄, 군단장께서 출발을 미루셨습니다. 아직 일정이 잡혀 있지 않아요."

"무슨 일 있는 거야?"

"그건 잘 모르겠네요."

"어제 선본 건 끝장을 내셨다면서?"

"예, 군단장께서 직접 그렇게 말씀하셨어요. 딱 끝냈다고 하셨습니다."

"어쨌든 대단하신 분이야."

"난 좀 조마조마합니다."

"야, 괜찮아. 어쩌지 못해."

한국말이었기 때문인지 이칠성이 거침없이 말했다.

"걱정 말고 잘 모셔."

"예, 실장님."

"다시 연락해라."

통화가 끝났을 때 박상철이 정재국의 방으로 전화를 할까 하다가 그만두었다.

그 시간에 후세인은 카심과 모하메드를 앞에 앉혀놓고 카렌을 만난

311

이야기를 하는 중이었다. 방 안 분위기가 화기(和氣)에 찼다. 카심도 문득 이 분위기가 이란전(戰) 초창기에 이라크군이 파죽지세로 밀고 나갔을 때와 비슷하다는 생각을 한다. 후세인이 생기 띤 얼굴로 둘을 번갈아 보았다.

"그놈이 저를 싫어해도 내가 하라고 하면 결혼을 하겠다는 거야."

후세인이 어깨를 들썩이면서 말을 잇는다.

"정재국이가 이렇게 될 줄 알고 작전을 짠 거야."

"제 생각도 그렇습니다."

카심은 정색하고 말했다. 고개까지 끄덕인 카심이 말을 이었다.

"아마 정보국에서 녹음테이프를 보고할 줄도 알고 있었을 것 같습니다."

"그놈, 참."

후세인이 얼굴을 일그러뜨리며 웃었다.

"듣고 보니까 징그러운 놈일세."

"어쨌든 자신은 각하의 손바닥 위에 놓인 처지라는 것을 아니까요."

모하메드가 거들었다.

"그런 상황에서 카렌 양의 자존심을 건드려서 역반응을 유도한 것입니다. 카렌 양을 그렇게 취급한 사내는 지금까지 없었으니까요."

"그렇군."

후세인이 고개를 끄덕였다.

"날 믿고 제멋대로 날뛰었어."

"제 주변 상황을 잘 알아야 그런 행동을 할 수 있습니다."

카심이 말하자 후세인이 의자에 등을 붙였다.

"자, 그럼 그것들의 로맨스가 지금부터 시작되는 건가?"

"벌써 카렌 양이 호텔로 전화를 했습니다, 각하."

모하메드가 거들었더니 후세인이 손을 저었다.

"그만해라. 이젠 식상하다."

응접실로 들어선 모한이 둘러앉은 팀원들에게 말했다.

"작전 개시다."

모두 긴장했고 모한이 말을 이었다.

"탈출로는 시리아 쪽 국경을 넘는 거다. 마침 정재국이 바그다드에 있으니 그동안에 없애고 곧장 떠난다."

"언제야?"

도르만이 묻자 모한이 손목시계를 보았다.

"오늘 밤, 10시 이후에."

지금이 오후 3시 반이다. 정재국이 투숙한 아라비아호텔에는 감시 2명이 나가 있는 중이다. 그때 모한이 도르만에게 말했다.

"도르만, 네가 정재국을 맡아."

"오케."

모한의 시선이 옆쪽의 파이잘과 바트랑에게로 옮겨졌다.

"너희 둘이 도르만을 보조하도록."

둘이 고개를 끄덕였을 때 모한이 말을 이었다.

"승용차 1대, 승합차 1대를 준비해놓을 테니까 작전이 끝나면 바로 출발한다"

"젠장."

도르만이 이맛살을 찌푸렸다.

"가능하면 12시 안에 끝내고 출발해야 밤에 멀리 떨어질 수 있어."

북쪽 국경까지는 500킬로가 넘는다. 길이 좋지 않아서 차로 10시간이나 넘게 걸린다.

"자, 준비해라."

모한이 말하자 모두 자리에서 일어섰다.

"오늘은 녹음 안 합니까?"

하그라비가 묻자 무스타파가 고개를 끄덕였다.

"안 해도 된다, 지시야."

둘은 아라비아호텔의 로비 옆 커피숍에 앉아 있다. 오후 4시, 무스타파가 주위를 둘러보았다. 손님이 많았기 때문에 커피숍은 빈자리가 거의 보이지 않는다.

"야합과 투르크한테 저녁 일찍 먹고 오라고 해."

"예, 대위님."

조원인 하그라비가 자리에서 일어나 커피숍을 나갔다. 무스타파는 아라비아호텔에 파견된 정보국의 대위다. 무스타파가 이끄는 도청 및 감시팀은 4명. 정재국의 방과 전화기에 도청 장치를 설치해 놓고 감시하는 것이 임무다.

"저 새끼, 누구야?"

하그라비의 뒷모습에서 고개를 돌리던 무스타파의 시선 끝에 사내 하나가 잡혔다. 어제도 본 사내다. 서양인. 이 호텔 투숙객 같은데 오늘도 구석 자리에 앉아 신문을 펼쳐들고 있다. 그런데 그 신문의 광고란이 어제 본 것과 똑같다. 저놈이 어제 들고 있던 신문을 들고 있다는 증거다.

"갓댐."

무스타파가 낮게 투덜거리면서 고개를 돌렸다. 이라크 정보국 소속 대위인 무스타파는 영국 정보학교에서 1년 반 동안 교육을 받고 온 엘리트다. 지난번의 쿠웨이트 전쟁 때는 전장에 투입되었는데 낙오되어서 미군 포로가 되었다가 석 달 만에 석방되었다. 그래서 진급도 못 한 것이다. 자리에서 일어선 무스타파가 신문을 든 사내 옆을 스치고 지나갔다. 신문을 쥔 손이 투박했다. 양복 차림으로 구두는 캐주얼하다. 달리기 좋은 신발이다. 전사(戰士)다. 나이는 30대 중반 쯤, 무스타파와 같은 또래. 무스타파는 쏩 차림으로 샌들을 신었다. 터번에 짙은 턱수염을 길렀으니 영락없는 상인 행색이다. 손에 쥔 가방은 상인들이 애용하는 헝겊가방. 안에 14발 탄창이 장착된 베레타 92F가 들어있다.

오후 9시 반, 카이쟌의 옆으로 다가온 무스타파가 낮게 말했다.

"다섯입니다. 셋은 식당에 앉아 있고 하나는 로비에, 하나는 후문 앞쪽입니다."

"좋아. 조금만 더 기다렸다가 행동 개시다."

카이쟌이 커피 잔을 들면서 말했다. 호텔 커피숍 안. 카이쟌은 특공대 중령으로 지금 4개 팀, 40명을 인솔하고 호텔에 와 있다. 모두 변장을 했기 때문에 호텔 종업원, 투숙객 등으로 가장해서 로비에서부터 정재국의 객실이 위치한 7층과 8층 계단까지 장악한 상태. 무스타파의 보고를 받은 정보국이 대경실색하고 대통령궁에 직보, 보고한 지 30분도 안 되어서 병력이 파견된 것이다. 앞쪽 자리에 앉은 무스타파가 말을 이었다.

"밖에 대기하고 있는 조가 있는 것 같습니다. 다섯 명은 모두 가방을 들거나 메고 있습니다. 무기를 소지하고 있는 것이 분명합니다."

고개를 끄덕인 카이쟌이 손으로 입을 가렸다. 소매 속에 감춘 마이크에 대고 송신하려는 것이다.

"작전 대기."

작전 시작 전의 명령이다.

도르만이 손목시계를 보았다. 이곳은 호텔 2층의 양식당 안, 구석 쪽 테이블에 앉은 도르만은 파이잘, 바트랑과 함께 양고기 스테이크를 먹은 참이다. 9시 45분, 냅킨으로 입을 닦은 도르만이 파이잘에게 말했다.

"5분 후에 나가자."

"그럼 제가 계산하지요."

파이잘이 말하더니 손짓으로 종업원을 불렀다. 종업원에게 계산서를 가져오라고 지시한 파이잘이 도르만에게 말했다.

"7층은 놔둡니까?"

"그놈까지 신경 쓸 필요 없어."

종업원이 계산서를 가져왔기 때문에 파이잘이 서둘러 계산을 끝냈다. 현금 계산이었고 팁을 많이 받은 종업원이 서둘러 떠나갔다. 정재국의 보좌관 박상철은 703호, 정재국은 802호실에 투숙하고 있는 것이다. 802호실은 특실이다. 후문 계단 위쪽에 앙리를 감시로 세워놓고 8층은 도르만과 파이잘, 바트랑, 셋이 습격한다. 모한은 로비에서 지휘를 맡았는데 호텔에서 한 블록 떨어진 골목 안에는 승용차와 승합차가 대기 중이다.

"자, 작전 개시."

도르만이 소매 속에 장착된 무전기에 대고 말했다. 이 무전은 로비의 모한과 후문의 앙리, 차에서 대기하고 있는 두 명과 거리의 연락원한테도 연락이 갈 것이다. 빈틈없는 배치다.

전화기를 내려놓은 박상철이 정재국에게 말하고는 벽 쪽으로 다가

갔다.

"온다는군요."

"갓댐."

쓴웃음을 지은 정재국이 의자에 등을 붙였다. 탁자 위에는 소음기가
장착된 베레타 92F가 놓여 있다. 벽에 붙어 선 박상철은 AK-47을 쥐고 있
다. 소음기도 달지 않았고 30발이 든 탄창을 끼웠다. 밤 9시 55분, 벽시계
를 본 정재국이 말했다.

"10시, 작전이구나."

"놈들의 탈출로는 뒤쪽인 것 같습니다. 후문에 한 놈이 서 있답니다."

박상철이 AK-47을 고쳐 쥐고 말했다. 박상철은 제 방에서 나와 정재국
의 방으로 들어와 있는 것이다. 그때 정재국이 탁자 위의 권총을 집어 들
었다.

8층에서 엘리베이터가 멈추자 먼저 파이잘이 내렸다. 오후 10시 정각.
복도는 비었다. 엘리베이터도 셋뿐이었기 때문에 바트랑과 도르만이 함
께 내렸다. 802호실은 10미터 앞의 오른쪽이다. 붉은색 양탄자가 깔린 복
도를 파이잘이 앞장을 섰고 뒤를 바트랑, 도르만이 따른다. 셋 다 쑵을 입
고 터번을 둘렀으며 제각기 가방과 종이 상자, 커다란 선물 봉투를 쥐거
나 가슴에 안았다. 안에는 개머리판을 접은 AK-47이 들어 있다. 순식간에
802호실 앞으로 다가간 셋은 좌우로 벌려 섰다. 중앙에 선 바트랑이 종이
상자 안에서 AK-47을 꺼내더니 문손잡이 부분에 총을 겨눴다.

"타타탕."

요란한 총성이 울렸고 동시에 바트랑이 육중한 체중을 실어 문을 걸어
찼다.

지끈, 나무 부서지는 소리와 함께 문고리 부분이 부서지면서 문이 활짝 열렸다. 동시에 바트랑, 파이잘, 도르만 순으로 방으로 뛰어 들어갔다. 도르만은 맨 마지막으로 뛰어 들었는데 다섯 발짝을 뗀 순간 앞에 응접실이 펼쳐졌다. 스위트룸이어서 응접실 옆쪽의 회의실 문이 열려 있다. 바트랑은 어느새 그쪽으로 뛰어들었고 파이잘은 곧장 직진해서 앞쪽의 문을 발길로 차 열었다. 도르만은 몸을 돌려 옆쪽 방문을 열었지만 비었다. 다음 순간, 도르만의 심장박동이 빨라지면서 긴장감으로 몸이 굳어졌다. 비었는가? 다음 순간이다.

"꽝! 꽝!"

두 번의 폭음과 함께 번쩍이는 섬광이 일어났다. 섬광탄, 이건 천하의 도르만이지만 순간적으로 귀가 먹먹해지면서 정신을 잃는다. 도르만은 2초면 깨어난다. 잠깐 숨을 들이켰다가 뱉은 순간이다. 그러나 그 순간이 영원으로 이어지는 인생도 있다.

"타타타타타타."

총성이 울렸을 때 도르만은 금방 의식을 찾았지만 가슴에 충격을 받고는 뒤로 벌떡 넘어졌다. 아직 청각은 살아있어서 총성이 다시 울렸다.

"타타타타타타."

로비에 있던 모한은 폭음과 총성이 이어졌을 때 이맛살을 찌푸렸다. 폭음이 섬광탄이다. 도르만은 섬광탄이 없는 것이다. 후문 안쪽에 서 있던 앙리가 불안한지 모한을 힐끗거렸다. 그때 모한은 앙리 옆으로 다가가는 세 사내를 보았다. 지금까지 로비 구석에서 공짜 커피를 끓이는 종업원 앞에 앉아 있던 둘 하고 어디선가 나타난 사내 하나다. 모두 호텔에서 울리는 폭음과 총성에 놀라 우왕좌왕하던 중이다. 그 순간 셋이 앙리를 한꺼번에 덮쳤다. 숨을 들이켠 모한이 몸을 돌렸다. 정문 쪽으로 도망치려는 것이다. 작전이 실패했건 성공했건 생각할 겨를이 없다. 도망쳐야 한다. 그때다. 지금까지 옆에서 열심히 사업 이야기를 하던 두 사내가 모한을 덮쳤다. 놀란 모한이 두 손을 휘저었지만 턱에 강한 충격을 받고는 몸이 늘어졌다.

정재국이 문을 열고 밖으로 나왔을 때 기다리고 서 있던 카이쟌이 보고했다. 10시 15분.

"방을 습격한 셋을 모두 사살했습니다."

정재국의 시선이 앞쪽 802호실로 옮겨졌다. 정재국의 방이다. 반쯤 부서진 방문으로 연기가 뿜어져 나오고 있다. 지금 정재국은 803호실 앞에 서 있다. 박상철과 함께 앞쪽 방으로 옮겨와 있었던 것이다. 물론 카이쟌이 옮기도록 요청했기 때문이다.

"로비에서 둘을 생포했습니다."

카이쟌이 말을 이었다.

"체포한 놈 중 하나가 지휘자인 것 같습니다, 각하."

"수고했어."

정재국이 카이쟌과 악수를 나눴다. 이제 호텔을 옮겨야만 한다.

다음 날 아침, 후세인이 정보국장 쟈말렉한테서 보고를 받는다. 오전 9시, 대통령 집무실. 방 안에는 카심과 모하메드가 불려와 있다.

"2시간 전에 범인은 남아공의 체드랜크 상사에서 보낸 용병이라고 자백했습니다."

쟈말렉이 생기 띤 시선으로 후세인을 보았다. 대공(大功)을 세운 것이다.

"모두 8명을 파견했는데 현장에서 3명 사살, 2명 체포. 차를 준비해놓고 대기하다가 도망치던 셋을 바그다드 서북방 140킬로 지점에서 둘을 사살하고 하나를 체포했습니다."

"잘했군."

후세인이 고개를 끄덕였다.

"먼저 놈들을 발견한 대위하고 이번 작전에 공을 세운 장교들은 1계급 특진을 시키도록."

"예, 각하."

"긴장하고 있으면 평시에도 그런 공을 세울 수 있는 거다."

"예, 각하."

"정 중장이 운이 좋구나."

후세인의 얼굴에 웃음이 떠올랐다.

"결혼할 운명인가 보다."

이광을 본 조백진이 얼굴을 활짝 펴고 웃었다. 조백진이 누구인가? 이광과 강원도에서 군 생활을 같이 한 전우. 이광이 분대장이었을 때 경기관총 사수였던 조백진은 그 후로 직업군인이 되어서 월남에 파병되었다가 돌아왔다. 그 후로 제대하고 나서 본업을 살려 리스타에서 근무하게 되었으니 임원 중에서 가장 긴 인연이다. 조백진의 현재 직책은 리스타자원의 사장. 리스타연합의 소속이지만 독자 계열사다. 리스타자원은 인력자원 회사다. 다시 말하면 남아공의 체드랜크 상사와 비슷한 용병 회사인 것이다. 이곳은 바닷가에 위치한 이광의 별장. 조백진의 손을 잡은 이광이 옆자리에 나란히 앉았다. 안학태가 이광의 다른 쪽에 앉는다. 오후 3시 반, 리비아에 있던 조백진이 이광의 연락을 받고 날아온 것이다. 이광이 입을 열었다.

"리스타자원이 우리들의 비밀 무기지."

조백진의 시선을 받은 이광이 웃었다.

"네가 운영하는 회사 규모는 어떻게 되는 거냐?"

물론 예산까지 알고 있었지만 조백진의 입으로 듣고 싶었기 때문이다. 조백진이 조금 굳은 얼굴로 이광을 보았다.

"리비아 사막에 5개 부대, 약 125개의 팀이 남아 있습니다."

조백진이 말을 이었다.

"군사 조직이지만 기존의 소대, 중대 등의 체제를 버리고 10명 기준의 팀으로 운영해서 적소에 파견하고 있습니다."

이광이 고개를 끄덕였다. 최근의 정재국도 팀장으로 파견되었고 그전에 권철, 강정규도 그렇다. 지금 조백진이 운영하는 리스타자원에서는 시에라리온 군부대에 대량의 고문관을 파견하고 있다. 약 100여 개 팀이 고문관으로 파견되어서 시에라리온 군을 급속하게 정예화시켜 가고 있는 것이다. 또한 리스타랜드의 치안유지와 방어에도 리스타자원이 기반이다. 그때 이광이 말했다.

"리스타자원의 기능을 가장 잘 알고 있는 것이 CIA야."

조백진이 고개를 끄덕였다.

"그래서 지금까지 잘 이용해왔지요."

"이번에는 아프간이다."

"저도 언젠가는 아프간 이야기가 나올 줄 알았습니다, 회장님."

"내가 네 분대장이었을 때가 그립다."

"회장님은 그때도 빅 보스이셨지요."

"너, 더 이상 진급할 자리가 없다."

"저도 이 자리에 있다가 퇴직할 겁니다."

"아프간의 탈레반에 대항할 조직을 만드는 거다."

정색한 이광이 말을 이었다.

"파슈툰족의 탈레반이 라바니 정권을 무너뜨릴 가능성이 크다는 거야."

"그걸 막는 것입니까?"

"지금 그걸 막을 시기가 지났다는군."

이광이 말을 이었다.

"미군을 투입할 수도 없고, 라바니 정권은 부패해서 더 이상 지원할 수도 없다는 거야."

"그럼 다른 부족을 지원하는 것입니까?"

"이번에는 장기전이다."

그때 이광의 시선을 받은 안학태가 말을 이었다.

"탈레반이 곧 집권하면 아프간은 엄청난 난민이 발생할 겁니다. 탈레반은 철저한 회교 원리주의를 표방해서 율법에 어긋나면 가차 없이 처벌할 테니까요."

조백진이 고개만 끄덕였고 안학태가 말을 이었다.

"리스타 용병은 아프간의 제2부족인 타리크족 군벌의 하나인 하사니 가문을 돕는 것입니다."

"……"

"아프간은 최대 파벌이 되어있는 파슈툰족의 탈레반과 주변에 10개의 군벌로 나뉘어 있습니다. 리스타 용병은 그중 하나인 하사니를 지원해서 앞으로 세워질 탈레반 정권을 견제하는 것이지요."

그때 조백진이 물었다.

"이게 모두 CIA의 각본이란 말이지요?"

"예, 후버가 세운 계획입니다."

안학태가 웃음 띤 얼굴로 이광의 전우(戰友)를 보았다.

"후버는 리스타자원을 CIA 자원으로 생각하는 것 같습니다."

"그래서 우리가 여러 가지 이득을 보았지요. 이용당한 것만은 아닙니다."

조백진이 말을 이었다.

"우리가 CIA를 이용한 적도 있으니까요."

이광의 얼굴에 웃음이 떠올랐다. 리스타는 기업이다. 이윤 추구를 목적으로 한 리스타가 CIA보다는 장삿속에 더 밝을 것이다. 이광이 고개를 돌려 조백진을 보았다.

"네가 팀을 꾸려라. 이번 작전은 가장 중요하다. 이곳은 세계의 이목이 모여 있는 화약고야. 이곳에서 리스타의 역사를 심는다고 생각해라."

헬기 안. 리시버를 귀에 붙이고 있었기 때문에 옆에 앉은 박상철의 말이 선명하게 울렸다.

"각하, 그냥 가시는 겁니까?"

한국말이다. 고개를 돌린 정재국이 박상철을 보았다.

"무슨 말이냐?"

"전화라도 하시는 것이 낫지 않겠습니까?"

"괜찮다."

"예, 각하."

박상철이 얼른 시선을 돌렸지만 제 나름 힘껏 조언을 한 셈이어서 개운한 표정은 아니다. 카렌에게 연락이라도 하는 것이 낫지 않겠느냐는 충고

다. 정재국이 혼잣소리처럼 말했다.

"너, 아무르에서 오래 살 작정을 해야 될 거다."

"알고 있습니다, 각하."

"그러니까 서두를 것 없어."

"예, 각하."

"너도 여기서 결혼을 하든지."

박상철이 그 말에는 대답하지 않았다. 말을 그쳤더니 헬기 엔진 음이 리시버를 가득 채우고 있다. 오전 9시, 헬기는 국경도시 아무르를 향해 날아가는 중이다.

"여보세요."

카렌의 목소리. 오후 3시 반. 정재국이 아무르시의 군단장 집무실에서 전화를 받는다.

"아, 카렌 양."

정재국이 정중하게 대답했다.

"갑자기 웬일이오?"

"왜 연락도 안 하고 돌아갔어요?"

"듣지 못했습니까?"

"뭘요?"

"호텔로 암살자들이 습격해 와서."

카렌이 말을 멈췄고 정재국의 얼굴에 웃음이 떠올랐다.

"암살자들은 처치했지만 호텔에 그대로 있을 수만은 없어서."

"내가 아무르로 갈까요?"

"무슨 일 있어요?"

"만나러요."

"용건은?"

"어머니도 뵙고 싶다고 하고……."

"아직 이곳은 뒤숭숭해서 그럴 시기가 아닌 것 같습니다."

"알았어요."

카렌이 순순히 동의했다.

"그럼 다시 연락드릴게요."

"그러지요."

전화기를 내려놓은 정재국이 앞에 선 이칠성을 보았다.

"적극적이군."

"좋은 현상 아닙니까?"

이칠성의 표정은 시큰둥했다.

"어차피 결혼하실 것 아닙니까? 상대가 적극적인 상황이 더 낫지요."

"그렇지."

"각하께서도 카렌 양을 싫어하시는 것도 아니지 않습니까?"

"그건 그렇다."

그때 이칠성이 어깨를 늘어뜨렸다.

"각하답지 않으십니다."

"안다."

"좋지만 망설이는 이유는 뭡니까?"

"아직 이곳에 정착할 준비가 되어 있지 않기 때문이지."

"결국은 이곳을 떠나실 것 아닙니까?"

"언젠가는."

"후세인 대통령과 말씀이지요?"

"그렇다."

그때 이칠성이 길게 숨을 뱉었다.

"제가 결혼해야겠습니다."

"네가 왜?"

"제가 해야 각하께서도 안정되실 것 같아서요."

"미친놈. 결혼이 방탄조끼인 줄 아는군."

"그렇습니다."

이칠성이 정색하고 정재국을 보았다.

"각하께선 방탄복을 자존심 상한다고 놔두시는 꼴입니다."

"카렌이 방탄복이냐?"

불쑥 되물었던 정재국이 의자에 등을 붙였다. 그러나 이칠성과 이야기를 하다보니까 가슴이 안정되었다. 비유는 적절하지 않아도 이해하는 상대가 있기 때문일 것이다. 그때 정재국이 불쑥 말했다.

"그래. 내가 욕심을 버리겠다."

다 욕심이다. 스스로에게도 숨기고 있었지만 모든 불안, 분노, 초조감의 근원은 따져보면 욕심에서 기인한다.

"앞으로 3년에서 5년이야."

그 시간에 후세인이 카심과 모하메드를 번갈아 보면서 말했다. 뒤에 호위 장군, 타카트가 그림자처럼 서 있다. 후세인이 말을 이었다.

"지금 클린턴 시대지만 미국의 정책은 중동을 분열, 내란에 빠뜨리는 거야. 제1타깃이 이라크다. 아니, 바로 나지."

후세인의 얼굴에 쓴웃음이 번졌다.

"리비아의 카디피는 핵 포기를 하고 미국에 항복했기 때문에 2순위지."

"각하, CIA는 언제든지 정책 방향을 바꿉니다."

카심이 말을 이었다.

"오늘 적대적이었다가 내일 이득이 될 것 같으면 금방 뒤집는 것이 CIA 고 미국 놈들 정책입니다."

"됐다, 카심."

쓴웃음을 지은 후세인이 손을 들어 카심의 말을 막았다.

"난 결심했다, 3년 후에 이라크에서 사라지기로."

카심과 모하메드가 입을 다물었고 후세인의 말이 이어졌다.

"너희들 둘이 내 대역을 데리고 이라크를 통치하도록 해라."

둘은 눈만 끔뻑였고 후세인의 얼굴에 다시 웃음이 떠올랐다.

"너희들이 나처럼 대역을 내세워서 이곳을 떠날 수도 있겠지. 하지만 내 대역은 이라크 최고 통치자가 되었으니 만족할 거다."

"각하, 다시 고려해보시지요."

모하메드가 겨우 말했을 때 후세인이 눈동자의 초점을 잡았다.

"정재국과 카렌의 결혼을 서둘러야 돼. 그래야 국경지역의 안정이 굳 어져."

대통령 집무실을 나온 카심과 모하메드가 복도를 걸어 경호실장 집무 실 앞에 섰다. 붉은색 양탄자가 깔린 복도에 마주 보고 섰을 때 모하메드 가 눈으로 집무실을 가리켰다.

"들어갔다 가시렵니까?"

"아니, 됐어. 둘이 수군거리는 분위기를 각하께 보여주기 싫어."

카심이 말하자 모하메드는 코웃음을 쳤다.

"우리가 무슨 역적모의를 합니까?"

"각하께선 마음을 굳히신 것 같은데."

바짝 다가선 카심이 모하메드를 보았다.

"대역 1호가 제대로 해낼 수 있을까?"

"그놈은 대통령 노릇에 환장을 한 놈입니다."

모하메드가 어깨를 부풀리며 말했다.

"아마 진짜 대통령 노릇을 하라면 한 달을 하는데도 목숨을 걸 놈입니다."

"그놈이 마음대로 하게 나두면 안 되지."

"그러니까 우리가 견제를 해야지요."

"젠장."

길게 숨을 뱉은 카심이 말을 이었다.

"각하가 지치신 거야."

"저는 이해합니다."

따라서 숨을 뱉은 모하메드가 말했다.

"쉬셔야 하는 건 맞아요."

조백진이 앞에 선 사내를 물끄러미 보았다. 장신, 넓은 어깨, 그러나 어깨가 늘어졌고 얼굴은 찌푸리고 있다. 이곳은 리스타랜드의 리스타자원 소속의 안가. 바닷가 별장이어서 열린 창문으로 바닷바람이 몰려오고 있다. 조백진이 손에 쥐고 있는 서류를 보았다. 인적사항이 적혀 있다.

"고대형. 33세. 리스타연합 소속 통역관. 서울대 영문과 졸. 영어, 파슈툰어, 아랍어, 타지크어에 유창함. 미혼. 군 경력. 한국 해병특공대 5년 복무. 중사로 제대. 현 리스타연합 행정실 과장."

고개를 든 조백진이 고대형을 보았다. 평범한 학력, 경력이다. 파슈툰,

타지크어에 능통하다는 것이 이번 작전에 적합하지만 이런 조건의 요원은 얼마든지 찾을 수 있다. 조백진이 다시 서류 끝 부분을 보았다. 추천자는 해밀턴이다. 연합사장, 해밀턴이 추천을 한 것이다. 조백진이 물었다.

"특기가 뭐야?"

"없습니다."

바로 대답이 돌아왔다, 굵은 목소리. 그러나 아직도 조백진과 시선을 마주치지 않는다. 조백진이 다시 물었다.

"여기 왜 왔는지 알고 있나?"

"예. 작전 때문이라고 들었습니다."

"무슨 작전인지는 아나?"

"모릅니다."

"위험하다는 말도 못 들었고?"

"예, 사장님."

"총 쏠 줄 아나?"

"압니다."

그때서야 고대형의 눈동자에 초점이 잡혔다. 자존심이 상한 듯 눈썹까지 찌푸리고 있다. 조백진이 다시 물었다.

"어느 정도야?"

"예?"

"총에 대한 지식, 사격술"

"전 해병특공대 중사 출신입니다."

"그건 알고."

"총기류는 다 다룰 수 있습니다. 사격도 특등 사수 급입니다."

"자네 아프간에서 작전할 수 있어?"

불쑥 조백진이 묻자 고대형은 고개를 들었다. 검게 탄 얼굴, 두툼한 입술은 굳게 닫혀 있다. 그때 고대형이 입을 열었다.

"어디든 갈 수 있습니다."

고대형을 내보낸 후에 조백진에게 보좌관 유동일이 방으로 들어와 말했다.

"고대형의 자료가 또 왔습니다."

앞에 선 유동일이 서류를 내밀었다.

"미혼으로 되어 있지만 여자관계가 많습니다. 지금까지 동거한 여자가 5명. 모두 6개월에서 길어야 1년으로 끝냈고 동거 중에도 여자를 수없이 만났습니다."

자료에는 동거녀 사진과 몇 번 만난 여자까지 다 기록되어 있다. 조백진이 서류에서 시선을 뗐다.

"이 자식 발정난 개야 뭐야?"

유동일은 쳐다만 보았고 조백진이 말을 이었다.

"발정기가 지속되는 개로군."

고대형의 동거녀는 5명, 사귄 여자가 14명이다. 동거하는 기간과 사귄 여자들과 만나는 기간이 겹쳐 있다. 서류에서 시선을 뗀 조백진이 고개를 흔들었다.

"안 되겠다, 이 새끼."

"예, 사장님."

"그런데 해밀턴 사장이 왜 이놈을 추천한 건가?"

그것은 유동일도 알 수 없기 때문에 입을 다물었다. 입맛을 다신 조백진이 유동일에게 말했다.

"연합에 다른 책임자급 요원이 있느냐고 문의해. 비서실에 직접 연락을 하라고."

리스타연합 비서실로 직접 연락을 하면 해밀턴에게 바로 보고가 될 것이다.

"전데요."

카렌의 목소리가 들린 순간 정재국은 저절로 숨을 들이켰다. 오후 3시, 정재국이 오늘은 시장 집무실에서 전화를 받는다. 이것은 직통전화라 아무나 전화할 수가 없다. 전화번호를 아는 사람은 30명도 안 된다. 그런데 전화번호를 알려주지도 않은 카렌이 전화를 했다.

"아니, 웬일이야?"

인사보다도 말이 그렇게 먼저 나갔다. 그때 카렌이 짧게 웃었다.

"나 지금 아무르시에 있어요."

"……."

"오후에 헬기를 타고 왔지요. 경호실장한테 부탁했더니 헬기를 보내주시더군요."

"……."

"지금 시청 앞 카페에서 전화하는 건데, 어떻게 하죠?"

그때 숨을 들이켠 정재국이 말했다.

"내가 차를 보내지. 차를 타고 내 관사에서 기다려."

할 수 없다. 둘이 카페에서 데이트를 할 수는 없는 노릇이지.

오후 6시 반. 이광의 저녁을 같이 먹자는 연락을 받고 조백진이 별장의 응접실로 들어섰다. 그 순간 조백진이 눈을 크게 떴다. 이광 옆에 해밀턴이 앉아 있었기 때문이다. 조백진을 본 해밀턴이 자리에서 일어나 악수를 청했다.

"아니, 언제 오셨습니까?"

해밀턴과는 그룹 사장 중에서 가장 교류가 많았기 때문에 조백진이 반가운 얼굴로 물었다.

"온 지 한 시간밖에 안 됩니다."

해밀턴이 웃음 띤 얼굴로 조백진의 손을 잡았다.

"고대형에 대해서 드릴 말씀도 있고요."

"아, 그렇습니까?"

조백진이 고개를 끄덕였다.

"잘 오셨습니다."

리스타연합 비서실에 연락한 지 만 하루가 지났다.

저녁 식사를 하는 중에 이광이 조백진에게 고개를 돌렸다.

"이라크에 있는 정재국이 곧 후세인 대통령 조카딸하고 결혼할 거야."

식탁에는 안학태까지 넷이 둘러앉았지만 해밀턴 때문에 영어를 쓴다. 이광이 말을 이었다.

"이제 이라크는 당분간 큰일이 없을 것 같다. 모두 정재국의 공이지."

이광의 시선이 해밀턴에게 옮겨졌다.

"아프간에 보낼 고대형에 대해서 말해 봐. 조 사장은 탐탁지 않게 생각하고 있는 것 같던데."

조백진이 이광에게 말했던 것이다. 그때 해밀턴이 고개를 끄덕였다.

"자료를 보면 당연합니다. 작전 책임자로 무적격자죠."

"거기, 아프간은 여자도 없는 곳이야."

이광이 웃음 띤 얼굴로 말을 이었다.

"사고 치면 큰일 난다. 나도 그놈 자료를 보았지만 특별한 능력도 없지 않아?"

"그렇습니다."

해밀턴이 정색하고 이광과 조백진, 안학태까지 보았다.

"지금까지 저는 고대형을 전문 암살자로 고용하고 있었습니다."

놀란 셋이 움직임을 멈췄고 해밀턴의 얼굴에 쓴웃음이 번졌다.

"기록에는 쓸 수가 없는 내용이죠. 그래서 조 사장이 이상하게 생각할 줄 예상했습니다."

"암살자라니."

포크를 내려놓은 이광이 해밀턴을 보았다.

"연합에서 전문 암살자를 고용하고 있었단 말인가?"

"예, 회장님."

정색한 해밀턴이 말을 이었다.

"회장님께도 보고를 드리지 못했습니다. 저하고 암살자만 알고 있는 체제로 운용했지요."

모두 숨을 죽였기 때문에 파도 소리가 크게 울렸다. 이곳은 베란다다. 밤바다 위에 불빛 2개가 떠 있다. 리스타랜드의 순시선일 것이다. 해밀턴이 말을 이었다.

"고대형은 전문가입니다. 지금까지 17명을 암살했는데 전혀 흔적도 남기지 않았습니다."

"……"

"연합에 고용된 지 5년, 겉으로는 평범하고 조금 어리숙한 과장급 사원으로 진급도 늦었지만 정예입니다."

"암살 전문가군."

"아프간 작전에 적격입니다. 더구나 파슈툰, 타지크어에 능통하고요."

그러고는 해밀턴이 길게 숨을 뱉었다.

"이제 고대형을 제가 보낼 때도 되었습니다. 오래 있으면 꼬리가 밟히거든요."

적절한 때 조백진의 요청이 온 셈이다. 이광이 고개를 돌려 조백진을 보았다.

"네가 고용해야겠다."

 <끝>

특명관 3

초판1쇄 인쇄 | 2020년 9월 28일
초판1쇄 발행 | 2020년 10월 7일

지은이 | 이원호
펴낸이 | 박연
펴낸곳 | 한결미디어

등록 | 2006년 7월 24일(제313-2006-000152호)
주소 | 서울시 마포구 모래내로 83 한올빌딩 6층
전화 | 02-704-3331
팩스 | 02-704-3360
이메일 | okpk@hanmail.net

ISBN 979-11-5916-141-4 979-11-5916-138-4(set) 04810

ⓒ한결미디어 2020